LE DÉBUTANT

Sergueï Lebedev

LE DÉBUTANT

Traduit du russe
par Anne-Marie Tatsis-Botton

LES ÉDITIONS NOIR SUR BLANC

Titre original : *Debioutant*

ISBN : 978-2-88250-776-1

HOMONCULUS *(dans l'éprouvette, à Wagner)* :
Ah, mon petit papa ! Tu vois, je suis vivant.
Sur ton cœur, tendrement, presse ton bel enfant !
Pas trop fort cependant, l'éprouvette est fragile.
Tout ici-bas a son revers :
Le naturel est à l'étroit dans l'univers,
Quant à l'artificiel, il faut qu'on le confine.
(À Méphistophélès) :
Ah, mon malin compère ! Assiste à mes débuts.
Heureuse est la rencontre, tu es le bienvenu !
Je me dois d'être actif puisqu'à présent j'existe :
Trouve-moi un emploi, je m'y mets tout de suite.
Mais il faut que ce soit un travail important.

Goethe, *Faust*, acte II[1]

---

1. Traduit par A.-M. Tatsis-Botton à partir de la version russe de Boris Pasternak. *(Toutes les notes sont de la traductrice.)*

1

Vyrine s'était depuis longtemps habitué aux maladies de longue durée qui accompagnent l'approche de la vieillesse. Mais en été il éprouvait des gênes et des douleurs plus vivement qu'en d'autres saisons. Elles mûrissaient, se renforçaient vers la fin du mois d'août, pour l'anniversaire de sa fuite : articulations, vaisseaux, pupilles, tout lui faisait mal – puis cela passait tout seul en automne, quand il faisait moins chaud, quand le baromètre se calmait.

C'est peut-être l'effet de ma condamnation à mort prononcée *in absentia* ? plaisantait-il à part lui, sentant sur ses lèvres l'absinthe de sa mort différée.

Ou alors, c'est mon corps qui se venge ? Il me fait payer le nouveau visage créé par un plasticien ? Les cicatrices et les grains de beauté effacés au laser ? Il se souvient de tout et programme sa vengeance pour la date de ma défection ?

Les lentilles de contact qui changeaient la couleur de ses yeux lui causaient une conjonctivite chronique. Il avait mal aux pieds à cause des talonnettes qui le grandissaient. Ses cheveux étaient cassants et tombaient, abîmés par la teinture. Être un autre – c'est un travail quotidien, pénible. Et il n'arrivait pas à s'y faire.

Formellement, l'homme du passé n'existait plus. Il y en avait un autre. Un remplaçant, un mutant dont la biographie avait été inventée par des maîtres ès mensonges et réincarnations.

Une autre langue. D'autres habitudes. Même ses rêves étaient autres. Autre était sa mémoire – comme une excroissance sur la précédente.

La personnalité qu'on lui avait donnée coexistait avec son « moi » authentique, mais seulement comme une prothèse ; Vyrine n'avait que très rarement l'impression qu'elle faisait intrinsèquement partie de lui.

Son corps, même réécrit, redessiné au scalpel, se souvenait – avec ses tripes, son foie, ses reins où se cristallisent les strates de l'existence, les calculs hépatiques et néphrétiques. Son corps résistait, rejetait sa nouvelle image, son nouveau nom, son nouveau destin. Il résistait, bien que pour Vyrine il n'y eût pas, il ne pût pas y avoir de retour dans le passé ; à cause du verdict, sa condamnation métaphorique, banale, avait aussi une force juridique.

Alors il avait appris à ne pas étouffer l'opiniâtreté de cette chair vieillissante qui niait l'imposture imposée par le mystère de sa nouvelle naissance, à l'apprécier, à l'observer avec compassion. Mon corps, mon corps, je n'ai plus que toi, disait-il parfois avec une étrange tendresse adolescente. Et c'était vrai, son corps était la seule preuve matérielle de ce que jadis un autre « lui » avait existé.

Mais il existait un autre témoignage, inaccessible, sur lequel il n'avait aucune prise. Un fantôme de papier. Un double de sa vie. Un « moi » archivé que les gens ordinaires n'ont pas.

Son dossier personnel d'officier.

L'empreinte, l'essentiel de ce qu'il avait été. Avant d'être un transfuge. Avant d'être un traître.

Une chemise de carton bleu. 225 x 330 x 25 mm.

Photo d'identité. Questionnaire. C.V. Certificat de travail. Accord de non-divulgation. Profil psychologique. Test d'endurance : un cross de trois kilomètres. Enquête de personnalité. Papiers, papiers, papiers.

Il savait qu'après sa fuite un ordre avait été émis, portant le tampon « Extrêmement secret » et un nombre avec deux zéros : « Mesures à prendre concernant la trahison de Vyrine A. V. » Au secrétariat, on lui avait lu ce genre d'ordres – concernant d'autres que lui. Ils étaient identiques, comme des copies carbone. « Dégénérescence idéologique. Chute morale. Prendre des mesures pour localiser les conséquences de la trahison. »

Seuls changeaient les noms de ceux qui devaient être punis : directeurs de sous-département, officiers du personnel, chefs de service éducatif, chefs de division qui n'avaient pas fait preuve d'assez de vigilance et n'avaient pas démasqué à temps le traître potentiel.

Quant à lui, il savait que dans son cas ces réprimandes étaient sans objet. Il avait été dévoué au système plus que d'autres. Et il avait paniqué plus que d'autres quand le pays avait commencé à tomber en morceaux et que le système semblait devoir s'écrouler aussi.

Vyrine essayait de se convaincre que presque trois décennies avaient passé et que l'information qu'il avait transmise, les agents qu'il avait donnés, tout cela avait depuis longtemps perdu son importance. Il se disait que les agents auraient de toute façon été grillés depuis longtemps, que depuis longtemps quelqu'un les aurait donnés, pas moi, quelqu'un d'autre. J'ai seulement réussi à les vendre à temps, comme on vend une devise juste avant une dévaluation catastrophique ; passé un ou deux ans, qui aurait eu besoin, par exemple, de renseignements sur les agents infiltrés dans l'émigration russe antisoviétique, dans les rangs des partis communistes européens ? Alors que l'URSS n'existait plus ?

Quand il y réfléchissait de façon rationnelle, Vyrine pensait qu'il était relativement en sécurité. Mais son dossier resté là-bas, derrière l'ex-frontière soviétique qu'il ne pouvait pas franchir, était comme une poupée vaudoue dans laquelle un sorcier pouvait à tout moment planter ses mortelles aiguilles.

C'est pourquoi il lui arrivait parfois d'éprouver une inquiétude irraisonnée, il examinait ses mains, son ventre, son cou, son visage : n'y avait-il pas là une éruption, un papillome, ces signes étranges que l'extralucide nature envoie parfois aux humains ? À ces instants il lui semblait qu'il y avait un lien trouble, fatal, entre la chair et le papier ; que le dossier resté dans les archives était capable de sensations, qu'il en savait plus que ce qu'il contenait, et qu'il avait l'âme rudimentaire d'une furie capable uniquement de traquer et de se venger.

« Le papier veut du sang », murmurait-il en se rappelant les lourdes chemises en carton qu'on lui remettait : observations opérationnelles, développement opérationnel. Il était alors le chasseur, pas le gibier. Il s'occupait des expulsés, des transfuges, de ceux qui passaient à l'Ouest. Ils partaient mais leurs dossiers restaient aux archives ; si c'était nécessaire, on reprenait les affaires. Ils avaient au travail une expression consacrée : « remonter des archives ».

De la cave. Des profondeurs. Du tréfonds.

Dans ces dossiers, on trouvait tout. Des milliers de pages. Le déchiffrement de conversations téléphoniques sur écoute. Les communications des agents de renseignement. Des liasses de rapports de filatures : « Pendant la première moitié de la journée, on n'a observé aucune sortie de l'objectif de son appartement ni aucune visite de sujets connus de nos services. À 16 h 35 min dans la cour de l'objectif est entrée une voiture, de marque... » « À 10 h 05 min l'objectif est sorti de chez lui, est allé à la boulangerie où il a acheté un pain blanc... »

Les lettres pâles (le ruban de la machine à écrire était usé) semblaient refléter l'impuissance, l'anémie de ceux qui étaient soumis à la filature. Il se rappelait ces lignes, par milliers. À l'époque, leur médiocrité agissait sur lui comme un aphrodisiaque, comme l'incarnation visible de la puissance de leur institution et de l'insignifiance de leurs ennemis intérieurs : fourmis, moucherons, insectes sous leur loupe.

À présent – depuis sa nouvelle vie dans un pays libre – il avait l'impression que ce qu'il avait lu, alors, était un roman paranoïaque sans auteur, le texte des textes, écrit sous emprise par la machine à mémoire de l'État. Un roman qui prétendait – à l'extrême – embrasser l'ensemble de la vie, en faire une copie pour la police.

Mais l'État est toujours un cyclope, son regard n'est pas stéréoscopique, il est unilatéral. Il ne voit que le filigrane de la loyauté ou de la déloyauté. Des reflets de soupçons préconçus qui acquièrent au hasard des événements une chair illusoire. C'est pour cela, pensait-il, qu'un dossier n'est pas le duplicata d'une vie. C'est son double, un double à part, ténébreux, tronqué, tissé de dénonciations, de mots volés, écoutés aux portes, de scènes épiées ; c'est la source d'un pouvoir secret et maléfique qui se résume à la possibilité d'arracher les voiles protecteurs du quotidien.

Lui aussi avait créé ce genre de doubles pour qu'ils l'aident à donner la chasse aux gens.

Maintenant c'était lui qu'on chassait.

Vyrine n'avait aucune preuve. Mais il le sentait, le devinait avec son sixième sens de victime. Il n'y avait rien de sûr, leur service ne partageait pas les informations, pas même en interne. Il ne faisait que supposer qu'il y avait eu – qu'il pouvait y avoir eu – un autre ordre, secret : l'ombre de celui qui était répertorié « Mesures à prendre concernant la trahison »... Ordre, et aussi sentence. Dans les années quatre-vingt-dix, Vyrine avait témoigné devant les policiers qui enquêtaient sur les liens commerciaux de ses anciens collègues, les sociétés écrans, les transferts et le blanchiment d'argent. À l'époque cela lui avait paru sans danger. Plus maintenant.

Les psychologues l'avaient prévenu qu'il pourrait éprouver le désir irrationnel de téléphoner à l'ambassade, de se rendre. Ou de prendre des risques sans raison, de négliger bêtement les règles de conspiration, comme si inconsciemment il voulait être démasqué.

Mais il n'avait jamais ressenti rien de semblable.

Il n'avait même pas raconté aux psychologues que, superstitieusement, il craignait tout autre chose : une coïncidence fâcheuse, un incident isolé, insignifiant, un détail fatal, une bêtise. Comme celle qui s'était produite il y a un mois : Vyrine avait reçu par la poste l'annonce officielle qu'il était sélectionné pour faire partie d'un jury d'assises.

C'était une loterie, un coup de hasard : un programme informatique l'avait choisi parmi trois cent mille habitants de la ville. On pouvait même dire que c'était bon signe, que sa personnalité clandestine n'interpelait pas les bureaucrates non informés et qu'il était traité comme n'importe qui d'autre.

Mais il se tint sur ses gardes. Comme s'il avait senti qu'un regard étranger, mauvais, cherchait le contact. Dès le début on lui avait solennellement promis que son nouveau nom ne figurerait sur aucune liste électorale ni dans un tirage au sort. Il avait dû téléphoner à son officier traitant. Ce dernier lui avait présenté ses excuses, promis que son nom serait supprimé ; apparemment le tribunal avait renouvelé son logiciel et sa base de données, d'où l'erreur.

Vyrine insista pour procéder selon la voie habituelle, légale : se faire dispenser pour raison de santé. Pour ne pas laisser de traces informatiques qui pourraient indirectement renvoyer au statut particulier de Monsieur Mikhalski. L'officier se contenta de sourire poliment.

Son précédent curateur se souvenait de la guerre froide. Du mur. Il avait récemment pris sa retraite. Le nouveau avait la trentaine. Il était encore à l'école maternelle quand Vyrine était passé à l'Ouest. Il avait sûrement l'impression que son protégé était une sorte de vieux débris, un détritus inutile oublié dans un grenier.

Il croit que l'ennui m'a rendu dingue, pensa Vyrine.

Sa première impulsion fut de partir. Mais il changea tout de suite d'avis : s'il était vraiment espionné, un départ précipité pouvait le trahir. Alors Vyrine passa un mois à observer strictement, et même trop strictement, son éternel train-train de retraité célibataire et misanthrope.

Et le sentiment d'inquiétude le quitta enfin ; ne restaient plus que ses habituels et lassants ennuis de santé.

C'était le début du mois d'août. Le matin, au marché de la ville, les fermiers vendaient des cerises, luisantes, d'un rouge sombre, baignées du bourdonnement doré des guêpes, ces cerises tardives qui servaient à la confection du fameux gâteau local.

Les cerises étaient un peu fermentées. Au cours de ses nombreux voyages, Vyrine n'en avait jamais vu de pareilles. C'étaient les Goliath des cerises, tellement grosses qu'elles en perdaient toutes proportions, elles atteignaient un gigantisme monstrueux. Vyrine en acheta, irréprochablement sucrées, mais ne put finir tout le cornet : pas assez de goût, un fruit à la chair morte, c'était comme embrasser des lèvres insensibles, anesthésiées.

En récompense de ses longues semaines de réclusion, il décida de faire la grande promenade qu'il aimait. Partant de la rivière qui divisait la ville en deux, haute et boueuse après la pluie, s'éloignant de ses folles eaux qui tantôt volaient, écumaient, tantôt formaient une vague grondante, Vyrine se dirigea vers les collines, vers le bois qui était sombre en été, même en plein midi.

Il prit la rue montante qui partait de la place principale, longeant la maison aimée des touristes où, d'une lucarne, saillait une statue bizarre, surplombant la rue : un janissaire moustachu en gilet bariolé, un yatagan dans une main et un bouclier dans l'autre – souvenir d'un siège cruel, de l'ancienne menace turque venue d'Orient.

Cela faisait longtemps que Vyrine ne se comportait plus en touriste dans cette ville. Ni les automates dansants des horloges d'église, ni le funiculaire à pente raide, ni les tunnels sous la montagne du château ne l'amusaient. Mais cet assassin solitaire avec, sur son bouclier, deux croissants de lune dos à dos qui ressemblaient à des parenthèses tournées dans le mauvais sens – divinité d'un moment dangereux, d'une heure funeste –, Vyrine ne le prenait pas à la légère. Il avait l'illusion que si un assassin venait prendre sa vie, le janissaire le préviendrait, lui ferait un signe.

Des touristes se pressaient près de la maison au janissaire. Il entendit des mots courants de sa langue maternelle – après sa réclusion ils le prirent par surprise et le frappèrent comme s'ils cachaient, en leur banalité, un second sens ignoré de ceux-là mêmes qui les prononçaient. Vyrine passa en douceur de l'autre côté de la rue, regarda sans tourner la tête le reflet dans une vitrine : rien de spécial, juste une excursion dominicale.

Quartier pavillonnaire. Jardin botanique en périphérie. Les vitrages de l'orangerie étaient embués de l'intérieur, comme si la végétation étrangère des tropiques, empruntant les comportements rapaces des reptiles et des insectes, émettait une respiration brûlante, un suc corrosif – comme si elle rassemblait ses forces pour s'échapper à l'extérieur.

Vyrine prit le chemin de terre qui montait en zigzaguant sur le flanc de la vallée.

Le bois était merveilleusement grand. Il poussait sur les pentes douces de la crête calcaire, coupé de ravines qui s'ouvraient dans des broussailles embrumées, dans la pourriture verte des fougères et des mousses. Ici les distances se perdaient, le chemin était tout en tournants et le soleil brillait tantôt à droite, tantôt à gauche. Mais, à la crainte d'être perdu, la cloche de la basilique répondait haut et clair ; en fait, c'était pour cette lente vibration du bronze qui guidait, encourageait, dispersait les alarmes que Vyrine aimait ce chemin entre les sapins centenaires qui lui rappelaient la forêt de son enfance.

Il marchait, sentant son corps s'emplir d'une bienheureuse fatigue. Vyrine connaissait chaque racine, chaque trou de ce chemin, savait d'avance qu'à gauche il verrait un pâturage bordé de sorbiers – les baies sont sûrement déjà rouges –, puis il sentirait la bonne, la réconfortante odeur de la cheminée d'une ferme… La marche le fatiguait et le revigorait en même temps, ses craintes passées lui semblaient ridicules ; on dirait que j'ai vraiment vieilli, pensait-il, je suis devenu méfiant sans raison.

Au dernier tournant on voyait la basilique. Elle s'élevait sur un éperon rocheux qui divisait en deux le haut de la vallée. La façade jaune flanquée de deux clochers prolongeait verticalement l'à-pic de l'escarpement. Elle était beaucoup plus grande que la cathédrale de la ville. Mais elle avait été édifiée ici, à l'extérieur, dans les montagnes, près du col, sur l'antique route des pèlerins – ses voûtes magnifiques proclamant l'immensité et la signification d'une vision, d'une conversion à la foi qui s'était produite dans la solitude et le silence des rochers.

Derrière l'église, près du mur, dans l'ombre des châtaigniers, il y avait un bon petit restaurant en plein air. Les serveurs habituels le reconnaissaient – ou faisaient semblant ; ils ne lui adressaient pas la parole mais lui souriaient avec considération et retenue. Ici il était tout à fait « Monsieur Mikhalski » ; ce sentiment émouvant d'union, de fusion entre ses personnalités réelle et fictive, il l'emportait avec lui comme un don précieux, quand il revenait par le tramway qui suivait le fond de la vallée.

Aujourd'hui le restaurant était plein : c'était l'été, un dimanche. Il n'y avait qu'une seule table de libre, au bord, sous un arbre aux branches étendues. À côté du bac à sable et des balançoires. Il va sûrement y avoir des enfants turbulents, ils vont brailler… Vyrine préférait se trouver au milieu des gens qui déjeunaient tranquillement, derrière des inconnus, dans le brouhaha de conversations paisibles, des bruits de couteaux et de fourchettes, là où il est difficile d'espionner, de photographier – ou de viser.

Vyrine examina les clients : quelqu'un se préparait-il à partir ? Non, tous étaient assis, détendus, contents de paresser. À la table voisine, une petite brune avait un peu de crème brûlée sur la lèvre supérieure. Elle ne l'essuyait pas, ne la léchait pas, sachant combien c'était charmant et sensuel. Son cou était pris dans une espèce de collier de chien en métal sombre – signe de passions pimentées, de voluptueuses souffrances –, porté effrontément dans ce restaurant près de l'église.

L'amie de la petite brune, en son huitième mois de grossesse, pas moins – sa robe que remontait son gros ventre montrait des jambes nues, grassouillettes et solides –, mangeait son gâteau au chocolat et son schnitzel en même temps avec autant d'appétit que si son enfant était arrivé à terme, était né tout en restant dans ses entrailles, et réclamait sa part de festin.

Vyrine voulait s'en aller. Il avait un peu la nausée à cause de la fatigue, des odeurs lourdes, de la densité des voix étrangères – c'était un petit village, ici tous sont cousins au troisième ou quatrième degré, cela dégage des relents étouffants d'inceste qui repoussent l'étranger comme l'eau de mer salée.

Mais il se laissait prendre au charme de la lumière jouant dans les feuilles des châtaigniers, des nappes couleur d'argile bleue, bien repassées, sans un faux pli, des bouteilles au long col emplies d'eau glacée, du gazouillement anodin des voisins, du ballet des serveurs qui portaient sur leurs épaules d'énormes plateaux de six ou huit assiettes où, à côté d'une salade – feuilles épaisses veinées de rouge – élégamment arrangée comme si elle sortait de chez le coiffeur, voguaient au-dessus des têtes des schnitzels dorés, recouverts de chapelure, pareils à des éclaboussures déchiquetées de cuivre crachées par la gueule rougie d'un fourneau.

« Miam, miam, miam », chantonnait, murmurait à son enfant à naître la femme enceinte. Au-dessus de la porte, à l'arrière de l'église, l'ange de plâtre au visage bouffi soufflait sans bruit dans sa trompette dorée. Et Vyrine se sentit tomber dans cet été insouciant qui s'était installé sur toute la terre.

Il commanda une bière et un steak. L'odeur enivrante attira des guêpes. Elles n'étaient pas intéressées par les restes de dessert dans les assiettes d'à côté, les traces de miel ou de chocolat – elles n'en avaient que pour la bière. Elles se promenaient sur le bord de la chope, se posaient sur son épaule, sur son bras, tournoyaient, importunes et obstinées. Il fit un geste pour les chasser, faillit renverser sa bière. Il avait une forte allergie aux piqûres d'insectes. Quand il était encore en fonction, les médecins lui avaient dit qu'elle empirerait avec l'âge et lui avaient même proposé de le radier pour raison de santé. Ces guêpes, ces guêpes ! Il éloigna la chope, d'une chiquenaude il chassa une guêpe de la table, puis une autre, en regrettant de ne pas avoir pris une veste.

Une piqûre. Au cou, par-derrière. Soudaine. Très douloureuse, comme faite par une infirmière inexpérimentée.

Il porta la main à son cou, mais la guêpe s'était envolée. Il se retourna, ne pensant qu'à sa douleur, et remarqua machinalement un homme qui partait, montait dans une voiture. L'immatriculation n'était pas celle de la région.

Son cou lui faisait mal. La douleur se diffusait vers le haut et vers le bas, à l'épaule, à la joue, à la tempe. Il tâta la piqûre et sentit quelque chose de minuscule, sans doute le dard.

Tout se brouilla dans sa tête. Sa respiration s'accéléra. Une chaleur sèche envahit son corps. Il se leva avec effort, alla aux toilettes.

Se laver. Se laver à l'eau froide. Prendre un comprimé. Mais d'abord, se laver. Comme sa gorge se serre ! Il ne pourra sans doute même pas avaler le médicament. Sa peau brûle.

Il tenait à peine debout. Il s'appuya au lavabo, se passa maladroitement de l'eau sur le visage. La guêpe l'avait piqué au côté droit du cou et à présent il pouvait à peine plier son bras droit. Il poussa le comprimé, le força dans sa gorge. Il vit dans la glace son visage gris, exsangue mais comme enflé de l'intérieur, on aurait dit qu'une volonté mauvaise essayait d'anéantir le travail du chirurgien, de lui rendre de force son aspect antérieur.

Le comprimé aurait déjà dû agir. C'était un produit tout nouveau.

Mais il n'agissait pas.

Une éruption rougit sa peau grise. Son ventre eut un spasme. Il glissa sur le sol, fixa le carrelage – et comprit tout. Cet homme n'était pas un client du restaurant. Les gens du coin ne mettent pas leur voiture là où il s'était garé.

Il fit un dernier effort, se releva, sortit dans le couloir en se tenant aux murs. Sa gorge enflée ne lui permettait pas de crier, d'appeler à l'aide. Sur le perron il se heurta à un serveur qui apportait de la cuisine un plateau avec des bouteilles et des chopes. Dégoûté, ce dernier crut le client complètement ivre et s'écarta. Alors Vyrine tomba, s'écroula, entraînant le serveur au bas des marches, percevant le fracas de la vaisselle brisée, espérant que cela attirerait l'attention de tous, qu'on se retournerait, et gargouilla, chuinta droit dans une oreille inconnue :

– Ambulance… police… c'est un attentat… je ne suis pas ivre… On m'a empoisonné… empoisonné…

Et il s'effondra, entendant encore les bruits du monde mais ne comprenant déjà plus à quoi ils correspondaient.

2

Les deux généraux se connaissaient depuis longtemps. Ils avaient travaillé ensemble sous les drapeaux rouges marqués de la faucille et du marteau.

Le général-lieutenant était alors le directeur du comité du Parti. Mais en fait, sans que cela se sache, il dirigeait un département numéroté[1] qui n'était même pas mentionné sur le tableau des effectifs top secret. Le général-major était son suppléant, son héritier, son rival. Cela faisait longtemps que le comité du Parti avait été dissous. Mais le département était resté. Il avait survécu à toutes les réformes de l'organisme dont il dépendait, à tous les changements de noms et de dirigeants, à toutes les scissions et fusions. Comme avant, il n'avait qu'un numéro et n'apparaissait pas dans l'organigramme.

Ils s'entretenaient dans une pièce insonorisée et n'avaient pas à craindre des oreilles indiscrètes. Mais leur langage particulier, plein d'euphémismes professionnels, retors par nature, permettait aux interlocuteurs de rester constamment dans le non-dit, de construire des phrases qu'on pouvait interpréter comme exprimant une certitude ou un doute.

---

1. L'adjectif « numéroté » est employé en guise de code, pour éviter de nommer les services qui relèvent du secret d'État.

Ils savaient tous les deux que leur conversation d'aujourd'hui déboucherait vraisemblablement sur un ordre, tacite, non enregistré dans les fiches des services secrets, mais qui devrait néanmoins obtenir l'aval au plus haut niveau. Chacun d'eux voulait échapper à sa responsabilité en cas d'échec, mais obtenir sa récompense en cas de succès. Chacun savait ce que pensait l'autre.

– D'après le témoignage de nos voisins, il est mort après quatre jours de coma artificiel. Il a bien failli s'en sortir. Il n'est pas exclu que la dose ait été insuffisante. Ou que le mode d'injection ait été mal choisi. Il a peut-être eu le temps de prendre un médicament bloquant. Ou bien une substance extérieure a pu diminuer l'efficacité de la préparation. La météo aussi a pu jouer un rôle. La pression atmosphérique. C'était dans les montagnes, en altitude. Il a eu le temps de dire que c'était un attentat avant de perdre connaissance. Il s'est trouvé que le serveur du restaurant était un ancien policier. Quelqu'un d'autre n'y aurait pas attaché d'importance, aurait pensé à des propos d'ivrogne...

– Nos voisins voulaient que ça fasse du bruit, ou pas ?

– On ne nous donne pas de détails, évidemment. Possible que nos voisins fassent contre mauvaise fortune bon cœur : ils diront que la publicité de l'action était planifiée depuis le début.

– Bon... Passons à notre information.

– Une commission d'enquête interorganisationnelle a été créée. Les protocoles internationaux sont impliqués. Des experts étrangers convoqués. Très peu de chimistes ont les qualifications nécessaires. On en a appelé quatre. Nous en connaissons trois, ils sont fichés chez nous. Des célébrités. Mais pas le quatrième. Nous n'avons accès à aucune information sur lui. À notre demande, la question a été posée à des agents compétents. Personne n'a entendu parler de ce savant. Les recherches se poursuivent, on a mis sur le coup nos antennes à l'étranger.

– Oui, vu de loin, c'est un illustre inconnu...

Tous les deux eurent un petit sourire.

– Notre source dit que ce professeur n'a jamais travaillé dans le cadre d'opérations policières. Peut-être a-t-il été employé par l'armée, mais notre source n'en sait rien. Notre source ne participe pas directement aux recherches. Ses possibilités, à l'avenir, sont limitées. Il ne fait que coordonner la collaboration avec la police de son pays.

Il y eut un silence. Les deux généraux se représentaient très bien la stratégie bureaucratique mise en place quand un événement exceptionnel se produisait : chaos maîtrisé, piles de paperasse, accords, documents qu'il fallait partager avec d'autres instances. Obligation de renoncer aux règlements de confidentialité. Commissions provisoires. Et ces spécialistes étrangers à qui, en d'autres temps, on n'aurait même pas entrouvert la porte. Que l'opération se soit ou non déroulée comme prévu, elle leur avait involontairement offert une brillante opportunité dont les voisins ne savaient rien.

– Il y a une très forte probabilité pour que ce professeur soit Kalitine, dit enfin l'adjoint.

– Oui. Cette probabilité existe. C'est exactement son profil scientifique. Tout coïncide. Et comme les soupçons tombent visiblement sur notre pays, il est très logique que ce soit lui qu'on invite. S'il est vivant, bien sûr. Et sain d'esprit.

– Il n'a que soixante-dix ans. Je suppose qu'il fait très attention à sa santé. Physique et mentale.

– On a une adresse ?

– Notre informateur nous l'a communiquée.

– Nous n'allons pas compromettre notre informateur ?

– On ne peut pas le dire avec certitude.

– Il est précieux ?

– Relativement. À cause de son passé en RDA, sa carrière a été entravée. Il partira bientôt à la retraite.

– Compris. Il faut donner l'ordre à notre antenne. Qu'ils se renseignent. Qu'ils envoient les meilleurs.

– S'ils confirment que c'est lui, on pourra prendre des mesures. Et mettre en route la coordination.

– Intéressant. Si c'est Kalitine, c'est intéressant.

– Le Débutant...

– Oui. Le Débutant. Son préféré.

– Aucun agent opérationnel actuel n'a travaillé avec le Débutant.

– Je sais.

– J'ai un candidat. Il a travaillé avec une des premières préparations de Kalitine. C'est vrai qu'il n'a pas l'expérience de missions à l'Ouest. Mais il y est né et y a grandi. Son père servait dans notre corps d'armée. Il connaît bien la langue. Voilà son dossier.

– Je jetterai un œil. Envoyez immédiatement toutes les instructions nécessaires.

– À vos ordres.

Le suppléant sortit de la pièce.

Le général ouvrit le dossier.

3

La coupe et le serpent.

Kalitine avait parfois l'impression que ce logo discret et familier à tout le monde le persécutait.

Enseignes des pharmacies. Ambulances partout présentes. Boîtes de médicaments. Salles d'attente des hôpitaux. Badges du personnel médical. Pourtant, avec de l'entraînement, il avait presque réussi à s'abstraire, à ne pas faire attention, ne pas tenir compte de la signification de l'emblème qui s'adressait personnellement à lui.

Mais pas maintenant.

Les soupçons des médecins avaient éveillé les siens, lesquels devaient rester ignorés du corps médical. Ce qui arrivait à son organisme était peut-être un effet retardé d'anciennes expériences, le ressac d'une vague ancienne. Il avait toujours suivi à la lettre les instructions de sécurité, mais ses préparations étaient trop imprévisibles, inapprivoisables, on ne pouvait pas les comprendre totalement. Ses enfants. Son héritage.

Certains actes médicaux auxquels le soumettaient les médecins nécessitaient une analgésie locale.

Le narcotique choisi par l'anesthésiste avait un effet secondaire caché et inoffensif, celui d'un « sérum de vérité » faiblard et non professionnel. Kalitine pourchassait des souvenirs vifs, nets, comme numériques, des rêveries sentimentales qui le ramenaient au passé, à des choses auxquelles, éveillé, il n'avait pas pensé depuis des siècles.

Il était de nouveau petit garçon, écolier, fils obéissant, il n'avait pas encore trouvé sa vocation ni rencontré son mentor. Il en était au stade de développement où l'imagination débordante de l'enfant peuple le monde de grands mystères, où il peut éprouver angoisse et excitation devant l'inexplicable, mais déjà les prémices d'une biographie rationnelle se mettent en place ; c'est dans cette vive contradiction – parfois, pas chez tout le monde – que naissent des attirances, des entraînements, des symboles, profonds avertissements du destin.

... Tous les ans, à Pâques, il va avec ses parents chez oncle Igor.

En fait, Pâques, l'enfant ne sait pas ce que c'est. Pour le carnaval, on fait des crêpes. Pour Pâques, on teint des œufs dans l'eau où ont bouilli des pelures d'oignon et on fait un koulitch[1]. Est-ce que c'est une fête ? Aucune feuille du calendrier ne la mentionne. À l'école, on n'en parle pas. On dirait que même ses parents ne savent pas très bien pourquoi on doit fêter Pâques. Eux-mêmes ne l'auraient sans doute pas fait. Mais puisque oncle Igor les invite, on ne peut pas refuser. Il les appelle et fixe le jour ; pas un mot sur Pâques au téléphone, comme si c'était sous-entendu.

Qui donc est oncle Igor ? L'enfant devine que ce n'est pas son vrai oncle. Ou plutôt que ce n'est pas tout à fait un oncle ; il y a bien un lien familial, mais embrouillé, qui exigerait de peser la dose de parenté avec une balance d'apothicaire, de feuilleter les vieux albums usés rangés dans quelque recoin et qu'on interdit aux enfants de regarder sans les adultes. Là, parmi des visages inconnus, des endroits qu'on n'arrive pas à situer, paysages, maisons, fonds idylliques utilisés dans un atelier de photographe de province, apparaît tout à coup une femme en robe blanche, assise près de la masse énorme d'un piano anthracite et plongée dans le mystérieux grimoire d'une partition ouverte. C'est elle, le début de l'intrigante chaîne de métamorphoses corporelles : de maigre en gros, de grand en petit, de brun en blond et inversement, dont le dernier maillon est – oncle Igor.

---

1. Gâteau traditionnel de Pâques, sorte de brioche.

Le petit garçon a déjà compris qu'il ne fallait pas poser de questions sur certaines personnes qui figurent sur les photographies. De toute façon, on ne lui répondrait pas ou on lui raconterait n'importe quoi. Par contre, on pouvait poser des questions sur l'entourage, les voisins, les collègues de son père.

Sur tout le monde, sauf sur oncle Igor.

Ils habitent dans la Ville neuve. Dix ans plus tôt, il n'y avait personne, c'était la taïga. Alors ici tous sont des « colons », des « enthousiastes », c'est ainsi qu'on les encense dans les discours officiels. La Ville est entourée par le Mur – une barrière de béton surmontée de barbelés. On dirait que le Mur a été construit pour que la Ville puisse grandir : entre lui et les habitations s'étendent des terrains vagues défoncés.

On ne peut pas les appeler sur leur téléphone personnel depuis l'extérieur, au-delà du Mur. Ni envoyer du courrier à leur domicile. Ni aller leur rendre visite. Leur Ville n'existe sur aucune carte, aucun guide ou atlas. Les trains de passagers n'y arrivent pas. Ni les avions ordinaires. On ne parle pas de la Ville dans les journaux. Ni à la radio. On ne la montre pas à la télévision. Elle s'appelle Sovetsk-22. Pour ses habitants : la Ville, tout simplement.

Le petit garçon ne se rappelle pas s'être jamais trouvé de l'autre côté du Mur. Pourtant il sait d'où ils viennent (sa mère dit souvent que la capitale lui manque), où ses parents sont nés, où ils ont fait leurs études et se sont rencontrés, où vivent ses grands-mères et sa tante.

Mais oncle Igor, c'est comme s'il était né ici. Comme s'il avait surgi en même temps que la Ville. Directement dans son six-pièces au deuxième étage du bâtiment que tout le monde dans la Ville appelle simplement la Maison.

Quand quelqu'un dit : « Nous allons bientôt déménager dans la Maison », tout le monde l'envie, car il comprend de quelle Maison il est question. C'est celle qui est rue de la Révolution. La plus remarquable de la Ville. Huit étages. Avec des colonnes à l'entrée et des moulures sous les corniches. Des poignées de porte en bronze à l'entrée principale, là où un portier accueille les visiteurs. Des plafonds hauts et des appartements immenses. Deux ascenseurs à chaque entrée.

On dit qu'il aurait dû y avoir plusieurs Maisons de ce type. Mais pour une raison quelconque on n'en a construit qu'une.

C'est un grand honneur que d'y habiter. Son père dit qu'un jour, peut-être, on leur donnerait un appartement là-bas. Sa mère détourne la tête avec un sourire triste et ironique.

Aucun de ses camarades de classe n'est jamais entré dans la Maison. Lui, si. Mais pour l'instant ce n'est pas tellement la Maison qui l'intrigue, qui l'intéresse. Elle n'est que l'enveloppe, la coquille – ce sont justement des coquillages sculptés qui soutiennent les corniches de la Maison – qui renferme le mystère de la vie d'oncle Igor.

On dirait que ses parents le sentent. Cela ne plaît pas à son père. Il préférerait ne pas l'amener là-bas. Ce n'est pas notre milieu, dit-il. Mais oncle Igor les invite tous les trois. Et son père, si peu accommodant, ne peut pas refuser. Pourquoi ? Le petit garçon veut le savoir.

Sa mère... Un jour l'enfant surprit sa mère en train d'essayer, en l'absence de son père, un peignoir qu'oncle Igor lui avait offert pour son anniversaire. Venu d'ailleurs, extraterrestre : une fine soie bordeaux avec des oiseaux, des fleurs et des dragons brodés dessus. Elle se tenait devant le miroir, tantôt serrant autour d'elle pour mettre en valeur sa silhouette, tantôt laissant flotter librement les larges pans du peignoir. Une lumière printanière jaillissait du miroir. Les pétales jaunes des lotus frémissaient. Le dragon d'argent et le dragon d'or aux yeux d'émeraude s'enroulaient passionnément autour de ses hanches, exhalant de leurs narines violettes une fumée de perles et de nacre. Bien qu'habillée, elle mettait tellement à nu ses sentiments que le petit se troubla et ferma la porte. Ce n'était pas la honte qui guidait sa main, mais la passion blessée : ce cadeau avait fait naître entre elle et oncle Igor une intimité qu'il aurait voulu partager.

Plus tard, le souffle coupé par la transgression du double interdit : violer les frontières et s'habiller en femme, il enfila ce peignoir – et le rejeta aussitôt, terrassé par le sentiment tenace de dégoût et d'angoisse que lui causait le caractère démonstratif et vulgaire de cette transformation. Pourtant sa mémoire enregistra l'acte, le procédé, comme s'il les engrangeait en pressentant que cela pourrait lui servir un jour.

Le garçon avait déjà une idée précise de l'organisation de la vie dans la Ville, il répartissait tous les gens qu'il connaissait dans des cases. Heureusement, la Ville s'y prêtait fort bien.

Au centre, derrière un deuxième Mur, il y avait l'Institut où travaillait son père. Et tous les habitants – gardiens, femmes de ménage, serruriers, chauffeurs, chercheurs, vendeuses, enseignants, médecins de l'hôpital comme l'était sa mère – travaillaient directement ou indirectement pour l'Institut.

La seule chose qu'il ne savait pas, c'était où placer oncle Igor.

Il n'était ni militaire ni civil, n'appartenait à aucun type reconnaissable et vérifié. Il était à part. *Sui generis.*

Il était le seul à vivre comme si la Ville, l'Institut, les Murs, les commandantures n'existaient pas. Ni les drapeaux rouges, les banderoles, les manifestations, les pancartes qui invitaient à la vigilance, les miradors.

L'enfant devinait qu'il ne voyait ni ne connaissait la vérité ultime sur oncle Igor, celle qui expliquait sa position particulière. Il aurait pu supposer que le travail d'oncle Igor était secret, comme celui de son père, par exemple. Ou même encore plus secret. Mais voilà, tous les adultes ayant accès aux informations classifiées avaient des habitudes communes, des plaisanteries, des tics de langage que n'avait pas oncle Igor. Et surtout, comme son père, ils vivaient en étant conscients que leur importance était empruntée, conférée par leur titre d'habilitation, et ils avaient peur de le perdre. Oncle Igor, lui, ne dépendait de personne. C'était ce destin à part, en apesanteur, que voulait le garçon pour lui-même.

Chez oncle Igor, à Pâques, on mettait sur la table une fine nappe de lin où des proverbes étaient brodés en rouge, avec l'alphabet d'avant la révolution. On y posait un chandelier à douze bougies, de petits verres à vodka vert foncé avec un bandeau doré. Oncle Igor décrochait du mur sa vieille guitare : dans la petite fenêtre ronde grillagée par les cordes luisait faiblement le poinçon doré du luthier.

Avec sa taille enfantine (il devait même mettre un coussin sur sa chaise), sa maigreur, ses cheveux longs et blancs luxuriants comme ceux d'une femme, sa veste grise en laine fine et sa chemise blanche, oncle Igor avait l'air d'un artiste, un peu prestidigitateur – quelqu'un qui savait donner vie aux choses. Entre les mains des invités, les verres et les couverts semblaient se mouvoir selon des lignes qui ressuscitaient du néant un tableau dont aucun des convives n'avait la moindre idée, car ils n'avaient pas conscience de n'être ici que des doublures, de répéter un autre festin.

Oncle Igor menait la conversation sans faire le moindre effort. Le petit garçon voyait son père, si renfermé d'habitude, se redresser et s'animer, sa mère devenir plus jolie, les autres invités se relaxer, comme si oncle Igor leur donnait un lustre joyeux, un teint animé, leur apprenait à apprécier différemment le goût de la nourriture, l'épicé des épices et le salé du sel. Pas un mot sur les laboratoires, les missions gouvernementales, les expériences, les unités, les primes, les formules, les équations, les homologations militaires, les sous-traitants. Les adultes ne savaient pas très bien de quoi d'autre on pouvait parler et c'était drôle de les voir déconcertés, reprenant du vin ou de la vodka. Oncle Igor chantait en s'accompagnant à la guitare des chansons que le garçon n'entendit jamais plus, puis il allumait le tourne-disque, et de la galette laquée de noir s'envolaient en tournoyant des airs de danse tellement dépaysants que le garçon avait l'impression que ce n'était pas de la musique, mais la voix même du disque, faite d'une matière inconnue, étrangère à ce monde.

Quand on commençait à danser, on envoyait les enfants jouer. C'est ce moment qu'il attendait. Ils jouaient à cache-cache, comme ils le faisaient depuis qu'ils étaient tout petits ; mais dans l'appartement d'oncle Igor il y avait assez de recoins pour qu'on puisse se dissimuler et chercher pour de vrai, longtemps et sans laisser les autres gagner.

Maintenant que les enfants avaient grandi, ils gardaient cette vieille habitude un peu à contrecœur, par ennui. En fait le jeu avait pris un autre sens : les garçons écoutaient la respiration des filles, les filles se cachaient derrière les rideaux, faisant parfois exprès de se laisser trouver. Dans la pénombre des pièces s'éveillaient les premiers sentiments. Une seule, la dernière au bout d'un couloir, était toujours fermée à clef.

Le garçon aimait ces heures où ils jouaient. Il se cachait mieux que les autres, savait rester invisible même à découvert. Les silhouettes des filles ne le troublaient pas, ses désirs avaient un autre objet.

Celui qui se cache voit l'espace comme à l'envers, par les yeux des objets, des murs, des photographies. Il s'efforce de se fondre dans l'environnement – à la limite, de ne faire plus qu'un avec lui. Alors, à ses yeux, le jeu de cache-cache n'était que l'introduction à un voyage, à une immersion dans cet inconnu attirant, dans la vie et le cadre de vie d'oncle Igor.

Il se figeait, entouré d'objets dépouillés de leur matérialité et changés en fantômes de velours qui, pensait-il, pouvaient lui parler dans l'ombre, lui transmettre quelque chose par leur simple contact. La lointaine pièce fermée ne l'intéressait pas, il ne pensait pas qu'oncle Igor eût de vrais secrets cachés derrière cette porte. Et puis, il voulait s'approprier non la vie secrète d'oncle Igor, mais celle de tous les jours, son insolente, évidente liberté d'action et d'opinion, sa capacité de vivre sans crainte, de ne dépendre de personne – et en même temps d'être indispensable à tous, respecté de tous.

Ce soir-là, ils jouèrent longtemps. L'excitation était passée. Cherchant une fois de plus une cachette, le garçon remarqua que la porte toujours fermée était entrouverte ; un pâle rayon de lumière filtrait dans l'embrasure.

Il eut le souffle coupé, pressentant tout à coup que ce n'était pas un hasard.

Je vais juste jeter un coup d'œil, se dit-il. Un coup d'œil, c'est tout.

Une lampe de bureau était allumée dans la pièce. C'était sûrement oncle Igor ou quelqu'un de la maison qui l'avait laissée allumée et, dans l'agitation des préparatifs de la fête, avait oublié de revenir. Sa lumière, si intime, secrète, qui connaissait la solitude et les pensées d'oncle Igor, attirait irrésistiblement.

On ne m'a pas interdit d'entrer ici, pensa le garçon. Je dirai que je jouais à cache-cache. La porte était entrouverte.

Il parcourut lentement la pièce, examinant les armoires, les bibliothèques, le bureau. Dans un coin tictaquait bruyamment une horloge de parquet à balancier, comme si elle mesurait le bref laps de temps qui lui était imparti avant qu'il soit vu.

Il voulut s'en aller, fit trois pas vers la porte – il n'était pas tranquille. Il avait compris que tous les livres ici étaient des livres d'un chimiste, les mêmes que ceux de son père. Mais oncle Igor en avait davantage, son père ne connaissait que l'allemand, et ici il y en avait en anglais et en français. Le garçon en prit un sur une étagère : oui, il y avait le tampon de la bibliothèque interdite de l'Institut.

Quand son père travaillait à la maison, il enlevait tous les papiers de la table une fois qu'il avait fini. Si le garçon avait besoin d'entrer, il frappait à la porte et son père retournait les feuillets sur lesquels il travaillait. Oncle Igor avait laissé son bureau comme s'il n'était sorti que pour une minute : il y avait du thé dans un verre et un crayon pointu, méchamment aiguisé, reposait sur le papier. Pages imprimées, grappes imposantes de formules criblées de corrections.

Le garçon se détourna. En lui se mêlaient de la déception et un vague espoir. Oncle Igor ne pouvait pas être un collègue de son père. Et pourtant, il l'était. Ses livres en témoignaient : il n'était qu'un chercheur civil comme il y en avait des centaines dans la Ville.

Tout à coup le garçon vit qu'un petit triangle de tissu dépassait de la porte d'une armoire, comme le coin d'un marque-page. Vert, couleur d'uniforme militaire. Avec une broderie de feuilles d'or. Un bout de manche, sans doute.

Le garçon tira dessus, mais la porte était bien fermée.

Je dirai que je voulais me cacher dans l'armoire, décida-t-il. On ne me l'a pas interdit.

Il ouvrit lentement la porte.

Dans l'armoire, comme à l'intérieur d'une caverne où un chasseur de trésor serait descendu avec une torche, la lampe de bureau révéla un scintillement.

Des broderies d'or flamboyaient. L'or étincelait sur les boutons. Sur les décorations – l'or, la pourpre, l'acier et l'argent : émail rouge sang pour les drapeaux et les étoiles, gris acier pour les faucilles, les marteaux, les charrues et les baïonnettes, pour un soldat portant fusil ; il y avait des épis et des feuilles en or, des lettres en or : L É N I N E.

Un uniforme était suspendu dans l'armoire. Tout entier recouvert, de la poitrine au nombril, des écailles rondes et dures de décorations et de médailles. Sur chaque épaulette brillait la grande étoile solitaire des généraux-majors.

L'uniforme était petit, presque pour enfant, à la taille d'oncle Igor. Sans les décorations, il aurait même sans doute été comique. Mais les reflets d'or, de rubis et de saphirs lui donnaient comme une puissance surnaturelle. Le garçon ne pouvait pas imaginer ce que devait faire un homme pour mériter tant de récompenses. Était-il un homme, seulement ? Un héros ? Une créature supérieure ?

Sur une étagère, le képi. Le ceinturon. Une paire de bottes.

L'autre oncle Igor. Le vrai. Qui a droit à une vie particulière.

Le garçon n'avait jamais vu de près autant de choses précieuses. Il passa ses doigts sur les écailles d'or, d'argent, de rubis, lourdes et froides. Dans le miroir fixé à l'intérieur de la porte de l'armoire se reflétait son visage troublé, que la confusion rendait étranger.

Il émanait, de l'uniforme surchargé de décorations et qui ne faisait plus qu'un avec elles, une force pure, absolue. Et le garçon ne put résister. Il ne pensait déjà plus qu'on pouvait le surprendre, le punir, lui interdire de fréquenter oncle Igor. Il avait tellement envie de communier à cette force, de s'y plonger, qu'il retira l'uniforme du cintre et d'un mouvement étonnamment aisé, comme volé au propriétaire, il enfila les manches.

Le poids lui fit plier les épaules. Il fallait s'arc-bouter sous l'uniforme comme sous la barre à haltères dans une salle de sport. Mais ce poids était indiciblement agréable, il pesait et protégeait en même temps, il vous enveloppait de sa fine doublure de soie.

Le garçon restait immobile et ne se reconnaissait pas, comme s'il avait revêtu non l'habit d'un autre, mais ses traits, son caractère. Ces symboles connus, assimilés depuis l'enfance, ciselés ici sur les décorations, semblaient faire de lui une partie de quelque chose d'infiniment plus grand, plus vaste, comme le ciel étoilé.

Il fit un pas vers le miroir. Et, aveuglé par l'éclat de ces richesses, il remarqua presque par hasard des emblèmes militaires sur les revers de l'uniforme.

Pas des chars.

Pas des hélices.

Pas des canons de fusils croisés.

Un serpent et une coupe.

Une coupe dorée autour de laquelle se lovait, tête levée, un serpent, comme s'il voulait boire – ou protéger le vase interdit.

Il n'avait jamais vu cet emblème. Ne savait pas ce qu'il signifiait.

Parmi les étoiles, les faucilles, les marteaux et les baïonnettes (outils de guerre et de travail soudés en un seul tout, pensait-il, par l'histoire même de son pays et pour cela gravés sur les décorations), le serpent et la coupe semblaient venir d'un autre monde, très ancien, quand l'homme en était encore à donner des noms aux constellations. Et le garçon devina alors soudain que c'était ce symbole discret, incompréhensible, qui était la clef de tout : mystérieux, caché, il expliquait les décorations, le grade de général, le parcours scientifique d'oncle Igor, il rassemblait le tout en un secret d'exception, de pouvoir et de force.

Le garçon enleva soigneusement l'uniforme et le remit dans l'armoire, laissant dépasser un coin de la manche entre les battants de la porte. Le mirage ne se dissipait pas. Le poids bienheureux. La protection totale.

Il avait trouvé son idole. Sa voie pour devenir comme oncle Igor.

Le serpent et la coupe.

Quatre ans plus tard le garçon était premier en chimie. Il allait commencer sa terminale. Son père lui dit que la veille de la rentrée, ils iraient chez oncle Igor, pour parler de son avenir. Le garçon devinait que son père, son gentil papa, « plat de nouilles », comme l'appelait sa mère quand elle était en colère, ne voulait pas qu'il marche sur ses pas d'éternel second, de roue de secours. Quant à sa mère, elle n'avait pas la moindre envie que son fils soit la copie de son mari. Ils étaient prêts à le remettre à celui qui était capable de forger des destinées, de les transformer pour le mieux, de les hisser à des hauteurs inaccessibles. Le garçon était conscient de leur renoncement, et de sa joie. Leur sacrifice lui était doux. Il comprenait déjà que le serpent et la coupe, l'emblème des médecins militaires sur l'uniforme d'oncle Igor, n'étaient qu'un camouflage. Il n'était pas médecin. Il n'inventait pas de médicaments. Dans leur Ville, beaucoup de choses n'étaient pas ce qu'elles semblaient être, et en grandissant le garçon l'avait accepté sans en être troublé, avec une facilité qui étonnait ses parents.

Il s'attendait à un questionnaire serré, se prépara soigneusement à répondre, résolu à montrer ses connaissances. Mais oncle Igor lui posa une dizaine de questions assez simples, hocha la tête et dit :

– Bon, ça va.

Le garçon eut l'impression qu'oncle Igor l'étudiait. Il le regardait, un peu distrait, indifférent, le pesant sur une balance selon un système de mesure dont le garçon n'avait aucune idée.

En prenant congé dans le couloir, oncle Igor dit comme en passant :

– Il aura ma recommandation pour l'École de médecine militaire. Mais à une condition. Qu'il se présente demain à la Troisième entrée. Je lui ferai faire un laissez-passer.

Les parents et le garçon furent pétrifiés.

La Troisième entrée de l'Institut !

Il n'y en avait que trois. Tout le monde en Ville les connaissait.

La Première, c'était celle avec les portes cochères pour les voitures et les tourniquets écaillés pour les employés. Il y avait la queue au bureau des laissez-passer, quelqu'un criait vainement dans le combiné d'un téléphone interne. Des gardes de la Sécurité intérieure – grosse bedaine et revolver dans un étui éculé – vérifiaient les papiers d'identité. Ça sentait l'ennui, la sueur, la soupe aux choux de la cantine.

Son père passait par la Deuxième entrée quand il allait au travail. D'épais rideaux flottants voilaient les vitrages du vestibule, et ce n'est qu'au moment où la porte s'ouvrait pour une seconde qu'on pouvait voir le hall de marbre gris et les gardes en veste grise. Les laissez-passer en carton valables pour la Première entrée ne l'étaient pas ici. Il en fallait un comme celui de son père, avec photo, dans un étui de similicuir.

La Troisième… la Troisième était une simple porte en fer munie d'une sonnette. Une porte dans un mur de brique sans fenêtre, sur le côté du bâtiment. Tout le monde savait sans l'avoir appris qu'elle menait au même endroit que les deux autres : à l'intérieur de l'Institut, ville dans la Ville. Il était interdit de stationner en face de la Troisième entrée, un agent de la circulation arrivait aussitôt. À côté, les constructions ne devaient pas dépasser un étage.

Mais à qui appartenait la Troisième, qui accueillait le visiteur derrière la porte – personne ne le savait. Ou personne ne le disait.

– À la Deuxième, rectifia son père, qui croyait avoir mal entendu.

– Non. À la Troisième, répondit oncle Igor avec un doux sourire. À onze heures.

Le garçon sentit que cette réponse coupait dans le vif les liens qui l'attachaient à ses parents. Son père n'avait jamais passé la porte de la Troisième entrée. Il ne pouvait même pas espérer entrer là-bas. Lui, oui.

Demain.

À onze heures.

Ce matin-là, son père lui donna sa montre. Le garçon avait envie que le monde entier sache où il allait. Mais comme par un fait exprès il y avait peu de passants, et près de la Troisième entrée la rue était complètement déserte. Si seulement quelqu'un l'avait vu, même par la fenêtre d'un autobus !

L'aiguille des secondes lui disait de se dépêcher. Le garçon approcha son doigt de la sonnette. Appuya. Le bouton était très dur. Silence. Il lui sembla tout à coup qu'il pouvait encore faire demi-tour, partir – chez son père et sa mère, dans sa vie d'avant. Il regarda derrière lui. Une rue poussiéreuse. Un grand type dépenaillé en veste ouatinée noire, sale, s'était arrêté au coin, le regardait ; d'où sort-il celui-là, on est dans la Ville, quand même, pas de clochard par ici ! Le garçon enfonça le bouton de toutes ses forces. À l'intérieur résonna un son aigu, comme une alarme.

Un enseigne renfrogné et surpris lui prit son passeport tout neuf, recopia son nom et son prénom. Il poussa vers lui un cahier jaune aux coins cornés : signe là. Il fit tourner le cadran du téléphone, composa deux chiffres : 2-8.

Un autre enseigne arriva et dit : suivez-moi. Sur sa patte de col il avait le serpent et la coupe. Le garçon eut la gorge nouée à l'approche, si peu impressionnante, du mystère. Un couloir. Une porte capitonnée de similicuir. Un passage étroit à travers une cour clôturée d'un mur de brique ; derrière, quelqu'un gémit. C'est quoi, des chiens ? Porte suivante. Un linoléum usé sur le sol. Une odeur de salle de classe non nettoyée, après les vacances. Des fenêtres par lesquelles on ne voit que de hauts murs de brique. Un labyrinthe. Il commença à avoir froid. Il avait déjà perdu le sens de l'orientation, ne savait plus où il était par rapport à la rue.

Une porte blindée. Une grande pièce vide. Des traces sur le papier peint : il y avait là des rayonnages. Le garçon était décontenancé et malheureux. Où sont les instruments, où est le laboratoire, et enfin, où est le mystère ?

Oncle Igor sortit de la porte d'en face, en simple blouse bleue. Encore un autre oncle Igor. Il lui fit signe à deux doigts : suis-moi. Par un couloir sombre et poussiéreux ils arrivèrent à un vestiaire où se trouvaient des armoires métalliques inhabituellement larges ; à côté était la salle de douches, chaque pommeau ayant la taille d'une fleur de tournesol.

– Jadis c'est ici que nous nous changions, dit oncle Igor. Plus loin, c'était la zone stérile. Maintenant cet endroit n'existe plus. Sur le papier ce secteur a été démoli depuis longtemps, pour en construire un nouveau. Mais les travaux ont pris du retard. Cet endroit n'existe pas, tu comprends ? C'est pour ça que je peux t'y amener.

Immobile, le garçon écoutait chaque mot.

– Ton père est un bon chimiste, dit oncle Igor. Mais il a peur de ce qu'il étudie. Il a peur. C'est pour cela que je ne le prendrai jamais dans mon laboratoire. Et toi, tu as peur ?

– Non, répondit-il sans avoir le temps de réfléchir.

– Ouvre la dernière, dit oncle Igor en montrant les armoires.

Le garçon l'ouvrit. À l'intérieur, à l'étroit entre les parois, il y avait quelque chose : une peau de caoutchouc vert ne faisant qu'un avec un masque à gaz. Il la tira à l'extérieur, elle était très lourde, glissante de talc, et ressemblait, pensa-t-il, à la peau écailleuse d'un serpent, à sa mue de l'an dernier.

– Mets-le, dit oncle Igor.

Il enfila maladroitement ses jambes dans le pantalon de caoutchouc, mit le scaphandre. Le col raide et dur l'étrangla. Les poignets étaient trop serrés. Il respirait mal, sa vue se brouilla. Les mains d'oncle Igor le redressèrent, fermèrent la combinaison dans le dos, attachèrent solidement les sangles aux chevilles – et il se retrouva à l'intérieur, dans cet utérus en caoutchouc, comme un fœtus vivant dans la carcasse d'un reptile mort.

– Retourne-toi. Regarde-toi dans la glace – la voix d'oncle Igor lui parvenait comme de très loin.

Il fit un pas maladroit, comme s'il apprenait à marcher, soulevant ses bottes pesantes. Il voulait désespérément s'échapper des entrailles de caoutchouc, de leur étreinte visqueuse et mortelle.

– Regarde-toi, répéta oncle Igor quelque part dans les profondeurs.

Il eut du mal à trouver le miroir à travers les lunettes embuées du masque.

Un monstre le regardait. Une horrible créature des marais aux yeux ronds hébétés, sans bouche, sans visage, étranger à tout le vivant, sans ressemblance ni parenté avec quiconque.

C'était lui. Un autre lui. Particulier. Méconnaissable.

Et soudain le garçon ressentit la paix indicible, la sécurité totale que donnait ce scaphandre.

Les plis du caoutchouc ne le serraient plus. Sa gorge s'était habituée à l'étreinte du col. Le garçon ne sentait plus le poids des nombreux kilos de caoutchouc, il planait. Ça, dans le miroir, c'était lui, et il ne voulait pas que la fusion prenne fin. C'était encore plus merveilleux que l'uniforme d'oncle Igor tout constellé de décorations, c'était plus violent que tout ce qu'il avait jamais éprouvé dans sa vie.

Sous cette apparence, il n'avait peur de rien. Comme oncle Igor.

Quand le garçon sortit, suant, rouge, couvert de talc et d'une espèce de pâte collante, parfaitement heureux, oncle Igor sourit largement et lui tapota le dos.

– C'est notre vieux costume. Nous avons commencé avec ça. Pars, on va te reconduire. Je signerai ta recommandation. Si tu termines le cursus avec mention, je te prendrai avec moi.

Il se figea, il n'y croyait pas. Oncle Igor donna une petite bourrade sur son dos mouillé : va, va.

4

Le lieutenant-colonel Cherchniov avait posé une permission. Il allait fêter l'anniversaire de son fils. Seize ans. En terminale. Sa femme avait demandé le divorce après sa troisième mission au Caucase, quand Maxime avait trois ans. À présent elle était remariée, Maxime avait une demi-sœur. Cherchniov voulait se convaincre que c'était la guerre qui les avait séparés, Marina et lui. Histoire banale chez les officiers, il n'était ni le premier ni le dernier. Il y avait eu beaucoup de divorces dans leur section ces années-là. Le pays vivait comme s'il n'y avait aucun combat sur son sol. Cherchniov se répétait que sa femme avait simplement rejoint cette majorité qui ne voulait rien savoir de la boue, du sang, des horreurs de la guerre et des victimes.

Mais il n'arrivait pas à s'en convaincre entièrement et cela le tourmentait, car il ne supportait pas l'ambiguïté.

Il ne regrettait rien de ce qu'il avait fait, ni pendant cette guerre-là, ni pendant les suivantes.

Un seul incident, pensait Cherchniov, avait été probablement injuste, gros de conséquences. Il n'arrivait pas à bien trouver les mots. « Injuste » – mais pas dans le sens moral, il n'avait aucun remords. Du point de vue strictement moral, il agirait de même si c'était à refaire. Et pourtant il sentait qu'il y avait eu là une sorte de violation, de torsion du destin qui, même indirectement, avait provoqué le départ de sa femme et la perte graduelle du contact avec son fils qui, comme le pensait Cherchniov, était à présent une petite nature, une mauviette – pas son genre.

Marina était trop sensible, elle avait un sixième sens, elle pouvait deviner, saisir quelque chose à partir de rien et, consciemment ou non, le transmettre à son fils. Elle ne leur interdisait pas de se voir, au contraire, elle lui demandait parfois de venir passer une journée avec Maxime. Mais Cherchniov sentait que si son fils s'éloignait, ce n'était pas seulement parce qu'il devenait adulte ; c'était comme s'il savait sur son père quelque chose qu'il n'aurait pas dû savoir, comme si parfois, en cherchant la dispute, la bagarre, il l'interrogeait : en fait, qui es-tu, père ? Quel est ton vrai visage ? Qu'as-tu fait à la guerre ?

Cherchniov se refusait catégoriquement à penser qu'il avait de quoi avoir honte. Il considérait qu'il avait la conscience pure.

Et pourtant, il avait repensé des douzaines de fois à cette nuit-là, à ce container maritime à l'arrière de la base militaire, qui servait de cellule et de salle d'interrogatoire. Il se rappelait l'odeur du sang et des vomissures ; un de ses collègues rigolait en disant que le vomi et la merde de l'ennemi ne puaient pas comme les nôtres.

Une lumière sourde, un homme nu affublé d'un masque à gaz, enchaîné à la paroi par des menottes. Les questions répétées : qui, quand, où ? Ça crie, ça chuchote, ça maudit, ça pleure, ça geint. Le lieutenant Evstifeïev bloque l'arrivée de l'air dans le masque.

Sentiment familier de puissance : on transforme le prisonnier en une marionnette anonyme avec une tête en caoutchouc, sans visage, on force un corps nu, exposé aux tortures, à réagir au langage rythmé et impitoyable de la douleur : qui, quand, où ? Liberté qu'on a de travailler à visage découvert : cela multiplie le pouvoir, le rend encore plus personnel et donc plus intense, grisant.

Aujourd'hui Cherchniov cherchait dans sa mémoire s'il aurait pu trouver une autre issue à ce container, à ses quatre parois de fer. Il n'avait aucun remords et ne regrettait même pas les tortures, les doigts écrasés, les côtes brisées, l'étouffement, les yeux exorbités derrière les verres embués du masque à gaz.

Mais il aurait obligatoirement dû deviner tout de suite que leur agent se servait simplement d'eux pour régler ses propres comptes. Cherchniov cherchait depuis longtemps un chef de guerre qu'il avait l'ordre d'éliminer. Un de leurs agents leur avait enfin signalé un prétendu courrier de ce chef. Mais en fait il avait fourgué à Cherchniov un nullard, un ado stupide, ivre de haine pour les soldats, et qui ne savait rien : le dernier mâle d'un clan depuis toujours ennemi de celui de l'agent.

Cherchniov s'était fait avoir, il s'était inexcusablement laissé entraîner par l'excitation et il avait cru, oui, cru que le prisonnier, même si ce n'était qu'un petit morveux, savait où se cachait le chef.

Tout avait été vain. Leur obstination à le torturer. Son orgueil juvénile, ritualisé, qui l'empêchait d'avouer qu'il n'était pas celui qu'ils croyaient.

Leurs inventions minables.

La longue endurance de la victime.

Quand enfin il craqua complètement, sitôt qu'il se mit à tout raconter, Cherchniov comprit comment et par qui il s'était laissé berner.

Il aurait sans doute été possible de sauver le gamin. Le rendre ou le vendre à ses proches qui, jour et nuit, attendaient à l'entrée de la base, se passant de main en main des listes froissées établies par on ne sait qui. C'est ce qu'on faisait parfois avec des prisonniers de peu d'importance – et les gens payaient beaucoup plus pour un vivant que pour un mort.

Mais Cherchniov prit ses dispositions pour qu'on l'achève et qu'on l'enterre dans la fosse secrète derrière l'usine de ciment. Son erreur était trop humiliante.

Encore une chance qu'Evstifeïev, un lourdaud borné et obéissant, n'ait apparemment rien compris. Par contre, si le gamin avait parlé, les gens du coin et les collègues auraient appris ce qui s'était passé : ici, les rumeurs allaient vite.

Les militaires pouvaient arrêter n'importe qui et obtenir n'importe quel aveu, c'était dans l'ordre des choses. Mais un officier qui s'était laissé avoir par les manigances d'un agent aussi facilement que Cherchniov aurait été pour les siens un crétin, pour les autres, un guignol : l'autorité qu'il s'était forgée se serait envolée en un clin d'œil.

Cherchniov n'attendit pas que son ordre soit exécuté. Il partit. Revenu au bout d'une semaine, il demanda au sergent Kapoustine, un ivrogne, fornicateur, bourreau, un type qui faisait le commerce de prisonniers : « C'est fait ? » Et il reçut la réponse attendue : « C'est fait, c'est fait, capitaine. »

Kapoustine pouvait se permettre d'être à tu et à toi avec ses supérieurs. Il faisait des affaires avec de telles sommités que les quatre petites étoiles de capitaine sur les épaulettes de Cherchniov paraissaient bien pâles.

Cherchniov ne pouvait rien faire non plus contre l'agent qui lui avait joué ce sale tour. Ce dernier ne travaillait pas uniquement pour lui. Et puis ce n'était pas qu'un informateur, c'était le produit bizarre de cette longue guerre, de cette drôle d'époque : il avait réussi à combattre dans les deux camps, à mettre sur pied un business totalement illicite (tout autre business était impossible) avec des Arméniens, et maintenant on lui promettait une bonne place, même si elle n'était pas de premier plan, dans la nouvelle administration. D'ailleurs l'agent n'alla pas raconter qu'il avait roulé le capitaine : il ne voulait pas que la famille du gamin apprenne qui l'avait donné aux fédéraux.

Alors Cherchniov resta avec du sang sur les mains, versé pour rien. Avec un acte de barbarie tout à fait inutile. Avec la sensation d'avoir, stupidement, pris un chiot pour un loup dans l'ardeur de la chasse, et de s'être couvert de honte devant le monde entier. Torturer à mort a un coût, et il avait payé le prix fort pour un ado qui ne valait pas deux kopecks.

Il y avait dans son unité des gens qui n'auraient pas compris les doutes de Cherchniov, qui se seraient bornés à dire : un de plus, un de moins. Cherchniov, lui, se serait pardonné d'avoir raté son objectif. Mais cette erreur du tireur qui vise juste mais se trompe de cible – non.

Evstifeïev mourut six mois après. Lors d'une perquisition, il fut fauché par une rafale venue d'une cave. Kapoustine fut tué, par les siens ou ceux d'en face, alors qu'il apportait sa cargaison habituelle de cadavres à l'usine de ciment. Pour Cherchniov, cette coïncidence n'avait rien d'exceptionnel. La guerre, c'est la guerre. Il éprouva seulement un secret soulagement quand ses collègues lui apprirent que les témoins involontaires de sa bévue étaient morts. Kapoustine était un fouille-merde, un fouineur, il connaissait tout et tout le monde, il avait sûrement compris comment l'agent avait baisé le capitaine en beauté.

Un mois après son retour à la maison, Marina lui dit qu'elle était enceinte.

Diverses étaient les nuits que Cherchniov avait connues avec elle. Il pensait qu'il savait distinguer ce qui, dans l'acte sexuel, reste en dehors de la sexualité, et quelle signification extérieure acquiert parfois l'amour charnel.

Il se souvenait en particulier d'une nuit, ou plus exactement d'une longue soirée d'été. Ils avaient quitté la ville dès le matin pour aller aux champignons, avaient vu qu'on vendait de pleins paniers de jeunes agarics à l'entrée du métro. Eux n'avaient presque rien trouvé : les gens du coin, les champignonneurs lève-tôt, avaient déjà tout cueilli. Il n'y avait que des fougères cassées, piétinées près des souches et, dans la mousse, les moignons blancs des agarics ramassés.

Mais il y avait la rivière qui berçait le pont suspendu, la baignade dans l'eau rapide, étonnamment tiède, pénétrée de la surface jusqu'au fond par le scintillement des bancs de poissons. C'était un jour plus grand, plus vaste, plus important que les autres. Et quand le soir ils firent l'amour, Cherchniov sentit – sensation à la fois violente et normale – que c'était en ces jours-là, comme marqués d'un signe, qu'étaient conçus les enfants aimés, les dons du ciel.

Ensuite Marina eut un retard – écho physique, léger clapotis de l'univers. Mais le test fut négatif. Il partit peu après pour sa première mission sur le théâtre des opérations et cela lui fit oublier le pont, la rivière et leur étreinte.

Quand il revint, la nuit fut empoisonnée par cette nudité pitoyable et asexuée que Cherchniov avait vue jusqu'à la nausée dans le container. Nuit sans caresses, sans tendresse. Il voulait désespérément jouir, comme pour se débarrasser en elle de tout ce qui lui était arrivé ; il ne remarquait pas que Marina gémissait de douleur et non de plaisir.

Puis Cherchniov se réhabitua au corps de sa femme, sans défense, livré à son pouvoir ; ils faisaient l'amour encore et encore, se retrouvant tels qu'ils étaient avant. Mais il était intérieurement persuadé que Maxime avait été conçu cette nuit-là, la première, la plus noire.

La veille Maxime avait eu seize ans. Cherchniov avait proposé de l'emmener, lui et ses camarades d'école, manger des chachliks à la campagne ; il pensait que cela lui ferait plaisir. Mais, de façon inattendue, Maxime demanda qu'il lui offre un match de paintball sur un terrain qu'il avait choisi.

Cherchniov dit « oui » et loua un autobus. Marina et son nouveau mari étaient contre, ils avaient peur qu'il prenne des coups. C'est uniquement pour cela que Cherchniov accepta. L'idée ne lui plaisait pas trop. Maxime savait que son père était militaire de carrière, qu'il avait combattu dans une vraie guerre. Mais ils n'en avaient jamais parlé, pas même du peu que Cherchniov avait le droit de raconter.

Il ne reliait pas le destin de son fils à celui de l'autre gamin, à présent anonyme, jeté dans la fosse de la cimenterie. Mais la coïncidence – celui-là est mort, et Maxime a été appelé à la vie – était trop voyante pour que Cherchniov puisse l'ignorer.

Et voilà que Maxime lui-même lui avait proposé de jouer à la guerre. Pourquoi ? Dans quel but ? Cherchniov sentait inconsciemment que cette demande risquait de rapprocher deux mondes qu'il préférait superstitieusement tenir à distance l'un de l'autre. Même si les balles des fusils de paintball n'étaient pas des vraies. Même si ses collègues, plus ou moins au courant de ses problèmes familiaux, s'étaient réjouis : le garçon se réveille enfin, les gènes paternels ont pris le dessus. Vous allez jouer ensemble. Mais Cherchniov était certain que Maxime voudrait jouer contre lui.

L'explication de tout ce qu'il avait fait, il l'avait échafaudée autour de Maxime : c'était pour qu'il vive en paix. Cherchniov ne pouvait pas s'avouer que son fils n'était pour lui important et nécessaire que comme justification. Et maintenant il attendait quelque sale tour, une vengeance, un ricochet venu du passé. Mais il ne pouvait pas refuser.

Voyant le panneau : « Terrain X, paintball », Cherchniov quitta la grand-route. Il n'avait pas eu le temps de regarder où ils allaient avant de partir. C'étaient sans doute des entrepôts abandonnés, une ancienne maison de repos transformée en plaisant décor de champ de bataille ou de monde post-apocalypse nucléaire.

Cherchniov avait vu Grozny après deux attaques de l'armée. Les faubourgs de Damas pilonnés par les bombes. Des villages incendiés. Il éprouvait d'avance un sentiment orgueilleux de supériorité. Car durant toute sa vie, de l'école au service, on lui avait appris à considérer la violence comme la première source d'expérience qui compte, à respecter son authenticité, ses traces indéniables et indélébiles.

Il regarda son fils et ses copains dans le rétroviseur. Des chiards. Des pisse-au-lit. Des morveux. Brusquement il eut envie de leur mettre le nez dans la vraie boue, la vraie cendre, envie de trouver en quittant la route non un bois de banlieue avec ses sentiers fréquentés mais un village éventré après une opération de nettoyage, dans lequel il ne reste plus une âme, plus de petits secrets entre voisins parce que toutes les portes sont enfoncées, les rideaux arrachés, les armoires renversées et chaque fente fouillée par les yeux des soldats.

La vision du village dépeuplé avait rappelé, fait revivre ce sentiment mauvais, opiniâtre, qu'il éprouvait lors d'une rafle bien préparée. Combien de fois avaient-ils roulé ainsi vers l'objectif, les premières années uniquement en véhicules blindés, puis aussi en autobus, vérifiant leurs armes, se préparant à encercler et à attaquer ! Il avait même découvert l'essence, le rythme de cette sensation dans un poème qu'un vieux casse-pieds leur avait lu au cours d'anglais de l'armée – un prof qui avait connu les légendaires Cinq de Cambridge. La poésie n'intéressait généralement pas Cherchniov. À l'école, apprendre des vers était un supplice, ils se changeaient en bouillie dans sa mémoire, il n'arrivait pas à comprendre pourquoi des gens les composaient, qu'est-ce que c'était que cette manie. Mais ce poème, pour la première fois de sa vie, il le retint sans avoir à le répéter, tellement il épousait les contours de son âme. Et à présent il le murmura, satisfait de pouvoir, comme jadis, reconnaître son bien dans les sons d'une langue étrangère.

O what is that sound which so thrills the ear
Down in the valley drumming, drumming ?
Only the scarlet soldiers, dear,
The soldiers coming.

O what is that light I see flashing so clear
Over the distance brightly, brightly ?

Only the sun on their weapons, dear,
As they step lightly[1].

Cherchniov voulut continuer mais s'interrompit. Ils étaient arrivés.

Le terrain de paintball se trouvait dans un ancien camp de pionniers.

Cherchniov avait espéré qu'ils n'auraient pas à jouer parmi des containers. Un jour, il était allé se détendre avec des collègues, et le jeu imitait une bataille dans un port. C'est efficace et bon marché : il suffit d'acheter des containers de rebut au prix de la ferraille, de les disposer dans un champ, et le labyrinthe est prêt. Les propriétaires leur avaient dit que ça se faisait beaucoup, c'était ce qui revenait le moins cher ; le principal, c'était de louer le terrain. Les collègues qui avaient combattu là-bas avaient ricané, avaient tapé sur les flancs des containers avec leurs crosses – ça sonnait creux, c'était vide ; et Cherchniov avait senti avec bonheur qu'ils avaient en commun quelque chose de solide, quelque chose dont il ne fallait pas parler tout haut. Mais il ne voulait pas jouer avec Maxime dans cet environnement.

Il en eut un autre.

Un camp de pionniers. Reconnaissable, typique. Cherchniov avait été dans un camp de ce genre, sur le territoire de la garnison de son père. Une guérite à l'entrée. Des dortoirs sans étages, enduits d'un badigeon jaune qu'on pouvait gratter, diluer dans de l'eau et transformer en un liquide salissant dont on pouvait s'asperger les uns les autres à l'aide de boîtes de conserve. Une place d'armes envahie de mauvaises herbes avec des mâts pour les drapeaux. Un buste de Lénine recouvert de peinture argentée, écaillée. Le bâtiment des bains, bas, en brique. Des bacs à fleurs fabriqués avec des pneus devant le bâtiment de l'administration. Des haut-parleurs sur des poteaux…

---

1. Deux premières strophes du poème de W. H. Auden. « Oh quel est donc ce bruit là-bas dans la vallée, / Roulement affolant de tambours, de tambours ? / Ce n'est, chérie, que celui de la rouge armée, / Des soldats arrivant ce jour. / Oh quels sont ces éclairs qui ont soudain jailli, / Tous ces reflets mouvants, si brillants, si brillants ? / Ce n'est, chérie, que le soleil sur leurs fusils, / Tandis qu'ils vont allègrement. »

Il y eut une odeur de fumée – on faisait du feu dans les environs pour créer une fausse atmosphère de bataille. Maxime alla à la réception : il voulait payer le match lui-même, même si c'était avec l'argent de son père. Ses amis attendaient près de l'autobus. Cherchniov pensa qu'ils allaient s'en griller une, mais personne ne fumait. Il fut le seul à sortir une cigarette, tira une bouffée, souffla, chassant un mauvais pressentiment, revoyant deux strates, deux moments de sa mémoire.

Il commande la patrouille des pionniers. Ils jouent à *Zarnitsa*[1], le jeu de guerre qu'ils attendaient depuis le début des vacances, rampent, se cachent derrière les haies taillées de travers, vers l'état-major des « bleus » installé dans le bâtiment 12, écoutent le général de l'autre camp (le chef des pionniers Venia Valkov) donner des ordres, en goûtant par avance le moment où ils monteront à l'assaut, arracheront les bouts de tissu bleu cousus à points lâches aux chemises des ennemis, et alors, vexés, furieux, les vaincus s'assiéront par terre, là où ils auront été soi-disant tués.

Et puis – en surimpression – voilà les mêmes allées asphaltées, les mêmes haies mal entretenues, les flancs jaunes des bâtiments, les bains en brique rouge. Mais les stands avec leurs slogans rouge et blanc sont criblés de balles, brûlés. Au mât pend un drapeau bricolé, orné d'un loup qui montre les dents. Le même camp, la même inscription « Le Jeune Léniniste » en arc de cercle au-dessus de l'entrée. La forêt, elle, est différente, ce ne sont pas des pins clairsemés mais des feuillus denses, déjetés, tordus par la gravitation interne des montagnes. Non loin de là coule un torrent impétueux, et son grondement s'apparente aux voix de ceux qui occupent à présent le camp : comme si quelqu'un avait réuni, fondu en un tout les sons les plus étranges, les plus perçants.

Lui, il commande une unité – un petit groupe. Son rôle actuel est d'observer, parce que tout est décidé d'avance, le chapelet trafiqué dans son coffret sculpté est déjà transmis, un chapelet de bois aux grains grossièrement polis : le bois s'imbibe si bien de l'huile parfumée qui masque la faible odeur du produit…

1. Jeu officiellement encouragé en URSS pour sa valeur éducative (patriotisme, combativité, camaraderie, etc.) et pratiqué dans tous les camps de vacances.

Cherchniov avait été très surpris quand on lui avait donné, en échange d'une signature, le plan concocté par le commandement. Il avait dit prudemment qu'il serait plus pratique d'envoyer un missile ou d'organiser une frappe par hélicoptère. Il ne voulait mettre en danger ni son groupe ni l'opération pour favoriser une quelconque carrière scientifique, pour expérimenter sur le terrain une arme antédiluvienne qui avait tout de la farce – et pourquoi ne pas les faire tirer à l'arc ou se battre au poignard ? Mais à présent il sentait littéralement bouger le chapelet caché dans le coffret, pressentait le moment où des mains étrangères soulèveraient le couvercle, prendraient le cadeau substitué au vrai, les grains enfilés sur une cordelette grossière, et les feraient glisser entre leurs doigts – alors retentirait le cri de l'empoisonné, glapissement indigne d'un homme qui se respecte.

Et quand l'homme qui portait le même nom de famille que le gamin torturé, l'ennemi de toujours, le chef de guerre, tout récemment encore président du kolkhoze « L'Aube », cet homme qui avait le même âge que Cherchniov, poussa le faible cri qui accompagna sa mort, Cherchniov éleva vers le Créateur une louange impie, blasphématoire, furieuse, vers le créateur de cette mort discrète qui imbibait le chapelet.

Il reçut une décoration et fut promu au grade supérieur. Mais ensuite son avancement fut un peu freiné, il fut mis de côté comme un instrument complexe qui s'était avéré adapté, mais dont on n'avait pas besoin souvent. Pour les missions ordinaires on envoyait plutôt les autres, et ce genre d'opérations particulières ne s'était plus présenté. Du moins dans leur département.

Les autres le dépassaient, lentement mais sûrement, en promotions, gratifications et rang dans le classement informel des agents de terrain. Sa carrière avait été marquée par la substance mystérieuse dont il ne savait rien, bien qu'il eût signé, avant l'action, un accord de non-divulgation spécial, en plus des ordinaires. Quelque part dans les hautes sphères circulaient les secrets et les ordres. Quelque part, pensait Cherchniov, dans les laboratoires de leur ministère, des chimistes continuaient à créer de nouvelles substances. Et le lieutenant-colonel attendait que s'opère la jonction : celle d'un ordre et du produit, celle de lui-même et de la prochaine cible.

Cherchniov finit sa cigarette, écrasa le mégot du pied. La résolution s'était prise d'elle-même : aujourd'hui il laisserait son fils lui tirer dessus. Pas le tuer, mais le blesser. C'était nécessaire. Il fallait que Maxime, heureux et confus, voie la peinture sanglante sur le corps de son père. Cette tache rouge, ce tir réussi deviendrait leur première histoire d'adultes, et, plus tard, ils en évoqueraient le souvenir : ah, t'as vu comment je t'ai descendu, ah ça, tu m'as bien eu.

Cherchniov enfila la combinaison de jeu. Les équipes se séparèrent. Les uns devaient prendre d'assaut « la base » (un vieux dortoir), les autres, la défendre. Cherchniov se porta volontaire pour l'attaque. Ce sont les attaquants qui ont toujours le plus de pertes. Il aurait voulu dire quelque chose pour encourager son fils, mais, tandis qu'il choisissait ses mots, Maxime abaissa la visière de son casque, leva deux doigts dans sa direction – le V de la victoire.

Et Cherchniov se retrouvait une fois de plus couché derrière les arbres, regardant les petites maisons jaunes. Il rampait, tirait, commandait ses subordonnés : à droite, à gauche, fais le tour. Bien sûr, il n'employait que le tiers ou le quart de sa force, il ratait volontairement sa cible ou bien restait sans tirer. Il aurait pu les battre tous en dix minutes, même avec le mauvais fusil de paintball qui n'avait ni précision ni portée. Mais il jouait mal exprès, il essayait de briser, de vaincre des réflexes acquis au cours des années, de se forcer à mal anticiper. Il cherchait Maxime des yeux, il crut une fois ou deux reconnaître sa silhouette derrière une fenêtre, son casque avec le numéro 1. Tout le monde avait le même uniforme, le même casque, et Cherchniov était inquiet ; il avait peur de se tromper, de permettre qu'un de ses joueurs « tue » ou « blesse » son fils, il manœuvrait discrètement le jeu pour arriver à ses fins.

Les défenseurs se replièrent dans le bâtiment. Cherchniov traversa la zone à découvert, se plaqua contre le mur, tendit l'oreille et plongea dans l'embrasure de la fenêtre. Il voulait arriver indemne jusqu'à son fils tout en éliminant en chemin des gars de son équipe, pour que la victoire de Maxime soit plus éclatante.

Mais il se trouva que les étroits corridors étaient barricadés de lits métalliques, de tables de nuit, de chaises. Même pour lui, ce n'était pas si simple. Et sans s'en apercevoir Cherchniov s'excita, entra dans le rythme et le feu de l'action. Il descendit un type d'un tir précis juste dans la visière du casque, qui dégoulina de rouge. Il en acheva un autre d'une rafale tirée dans les jambes. La riposte toucha le mur près de sa tête.

Pour détourner l'attention, Cherchniov lança un dossier de chaise dans le couloir. Il bondit. Du coin de l'œil il vit un mouvement sur le côté, dans une pièce qui avait semblé vide. Il envoya une rafale, presque à bout portant, sachant qu'à cette distance les billes de peinture font très mal, mais il ne pouvait déjà plus s'arrêter. Il tira comme il aurait tiré dans une vraie bataille, verticalement, de l'aine au cou, fit deux pas pour aller donner le coup de grâce, pointa le canon...

Le coup ne partit pas.

Il y avait moins de cartouches dans un fusil de paintball que dans un chargeur classique.

Sur le casque du joueur, il y avait le chiffre 1. Maxime, renversé sur le dos, taché de faux sang, gémissait et essayait de fuir en rampant, à grands coups de talons sur le linoléum glissant. La peinture rouge n'avait fait qu'éclabousser légèrement la visière en plastique de son casque. Derrière, des yeux fous de souffrance et de peur fixaient Cherchniov.

Cherchniov aurait encore pu tout arranger. Se jeter à genoux. Prendre son fils dans ses bras, le serrer contre lui. Lui demander pardon. Lui expliquer ce qui lui était arrivé, lui dire que jouer au paintball avec un militaire de carrière, ce n'était pas une bonne idée. Mais la force mauvaise qui avait guidé son doigt sur la détente et qui répondait si volontiers au rythme de la marche – *Only the scarlet soldiers, dear, the soldiers coming* –, cette force fit que Cherchniov tourna le dos et partit. Son fils ne pouvait pas gémir ainsi, avoir si peur. Et surtout, il ne pouvait pas, il n'avait pas le droit de regarder son père de cette façon.

Cherchniov sortit dans le couloir. Plus d'ennemis. Il avait gagné le combat qu'il voulait perdre.

Son téléphone vibra silencieusement dans la poche de sa combinaison.

– C'est toi ? Demain, huit heures, à la Direction. Compris ? Terminé.

5

Les médecins de l'hôpital traitaient Kalitine avec un respect appuyé. Et ce n'était pas parce qu'il avait une assurance coûteuse. Les médecins considéraient que Kalitine était un ancien collègue, et au début ils s'attendaient à ce qu'il soit un malade pénible. Mais il s'était révélé un patient idéal : il ne s'énervait pas, ne posait pas de questions, la nuit, il n'appelait pas l'infirmière de garde, il supportait bien les soins.

Ils pensaient qu'il n'avait pas peur.

Mais Kalitine avait peur. Il n'avait eu peur comme ça qu'une seule fois dans sa vie, durant un des longs hivers de son enfance. Ils venaient d'emménager dans la Ville, on leur avait attribué un deux-pièces avec cuisine et salle de bains – l'appartement lui parut immense après le recoin qu'ils occupaient dans un appartement communautaire. Il allait dans une nouvelle école – et là tous les élèves étaient des nouveaux, il n'y avait pas, comme dans son ancienne classe, des terreurs qui redoublaient ou triplaient leur année. La vie lui semblait radieuse et encourageante.

Et soudain, inexplicablement, le comportement de ses parents changea. Le soir, ils retournaient une casserole sur le téléphone (ils avaient à présent leur propre téléphone) et s'enfermaient dans la cuisine. L'eau coulait bruyamment dans l'évier, la radio braillait triomphalement : aujourd'hui le pays entier... Les voix de ses parents étaient à peine audibles : étrangères, distantes. Il se cachait dans le couloir derrière le vieux manteau de fourrure râpé qui avait appartenu à sa grand-mère et essayait d'attraper au vol ne fût-ce qu'un mot.

Sa mère était chirurgienne. Récemment encore elle parlait fièrement des équipements exceptionnels de sa salle d'opération. Et maintenant elle voulait partir au plus vite. Son père essayait de la convaincre de rester.

– Mais tu portes mon nom de famille, disait doucement son père.

– Tu crois qu'ils n'ont pas mes données personnelles ? répondait sa mère.

– Tout va s'arranger, disait son père d'une voix incertaine. Regarde, on m'a nommé spécialiste hors classe. J'ai reçu mon habilitation « secret Défense ». Première catégorie ! Est-ce qu'on me l'aurait donnée si nous étions soupçonnés de quelque chose ? On a l'appartement. On est payés. Nourris. Mon sujet de thèse a été approuvé.

– Tu as lu les journaux ? demandait aigrement sa mère. Les assassins en blouse blanche ! J'étais l'élève de l'un d'eux, tu comprends, oui ou non ?

Son père ne répondait pas. Puis il disait :

– Igor nous aidera.

– Sauf s'il est arrêté aussi, répondait sa mère d'une voix morne, triste. Ça ne fait que commencer.

Ces conversations nocturnes détruisaient la chaude, l'impalpable douceur de ce qui avait été son foyer, ouvraient des béances d'où soufflaient la peur et l'inconnu. Il se mit à imaginer que certains professeurs le regardaient bizarrement, comme s'ils savaient quelque chose. La peur devint l'assaisonnement de tous ses plats, l'ombre de tous ses sentiments, l'écho de tous les sons. La peur avait enlevé du monde toutes les rambardes et tous les étais, lui avait volé son sens habituel de l'équilibre, l'avait privé de son agilité.

C'est pour cela qu'il tomba dans le vestiaire après le cours de gym. Il s'était emmêlé les jambes en mettant son pantalon. Il renversa maladroitement sur le sol le sac de toile d'un élève. Des vêtements en sortirent – et un tas de vieilles photos salies aux coins écornés, déchirés.

À côté de lui se trouvait Vovka Sapojok, le rigolo de la classe. Il s'approcha d'un bond, regarda par-dessus son épaule, siffla, stupéfait, puis eut un claquement de lèvres salace, répugnant.

Les photos s'étaient éparpillées en désordre. Des jambes, des seins, des derrières nus, de la chair en noir et blanc, des bas, des plumes d'autruche, des rideaux de mousseline, des divans, des mules. Des femmes sur le dos, accroupies, à genoux. Des hommes nus en chapeau noir. Des touffes de poils sombres entre des cuisses potelées. Des bites dans des bouches. La mise à nu non des corps eux-mêmes, mais de la vie réelle d'hommes et de femmes, secrète, celle qui se cachait sous les habits du quotidien. Le sérieux effrayant de ce qui se passait là, sur les photos. C'était comme s'il avait vu un accouchement ou la mort. Et ces accoutrements bizarres, irréels, ces parures comme venues d'un théâtre de contes, d'un rituel de l'au-delà, d'un monde perdu, en déshérence.

Il regardait, figé. Sapojok s'était tu, penché en avant, appuyé sur son épaule comme dans une langueur amoureuse.

Des voix firent irruption dans la pièce. Une équipe de volley-ball : des élèves plus âgés. Grands, en sueur, de mauvaise humeur après le match. Sapojok fut le premier à sentir le danger, essaya de bondir en arrière mais il lui tomba sur le dos, se traîna sur le derrière comme un jeune corniaud agité, puis boula de côté, disparut.

Les nouveaux venus se mirent à rigoler, à glousser, mais soudain ils se turent.

– Espèce de cafard !

Un coup violent le rejeta sur le banc.

Il connaissait cette voix. Celle du fils du colonel Izmaïlov, le commandant militaire de la Ville. Il l'avait vu avec son père chez oncle Igor. Il avait écouté la conversation des adultes qui racontaient qu'après la guerre le colonel avait été envoyé en Allemagne pour démanteler du matériel scientifique, et qu'il en avait rapporté « beaucoup de choses intéressantes, pour lui personnellement ».

Intéressantes… Le garçon comprit qu'Izmaïlov fils avait pris ces photographies à son père. Sûrement en cachette. Et si on les trouvait, si un prof entrait…

Il se pissa dessus.

Izmaïlov le prit au collet. Par terre, il n'y avait plus de photographies.

Noiraud, le front bombé, le fils du commandant le regardait, mais il jetait aussi des coups d'œil discrets sur le côté – visiblement, il n'avait pas confiance en tous les membres de l'équipe. Et puis il y avait des élèves des petites classes, pas loin.

– Si tu l'ouvres, je te tue, raclure !

Izmaïlov le poussa dans un coin du vestiaire.

Même avant, quand la famille était en paix, le garçon n'aurait rien raconté à ses parents. Comment prouver qu'il ne voulait pas voler ces photos, que ça ne l'avait même pas effleuré ? Comment avouer même qu'il les avait vues ?

Et maintenant le garçon pensait que s'il avouait, ses parents ne l'entendraient pas, n'essaieraient pas de comprendre.

Ils n'avaient pas la tête à ça.

La semaine suivante, Izmaïlov rencontra trois fois le garçon, comme par hasard, à la porte de la classe. Il était là, il le regardait, c'est tout. Dans son regard transparaissait la dureté de son père qui lui aussi restait tranquillement à table en regardant aimablement ses interlocuteurs – et les gens rectifiaient leur position, reposaient leur fourchette, se mettaient à frotter bizarrement du doigt le pied de leur verre. Le garçon se rappelait les photos en noir et blanc, les corps docilement courbés, les hommes en haut-de-forme noir, la main d'Izmaïlov, son chuchotement rageur et violent, et sentait qu'il n'avait pas la force de se débarrasser de ce souvenir.

Et arriva le jour où, de nouveau, le dernier cours de gym coïncidait avec l'entraînement de l'équipe de volley-ball. Avant, il aurait pu s'esquiver, par exemple avaler de la neige pour se rendre malade, et rester à la maison. Mais il n'y arriva pas. Il n'aurait fallu qu'un peu de force, mais où la trouver, et un joyeux esprit d'à-propos. Or le garçon était torturé par la peur et la culpabilité : si seulement il n'avait pas accroché le sac d'Izmaïlov en tombant, rien ne se serait passé.

Il assista aux cours. Il chaussa des skis trop longs, mal fartés, avec des fixations abîmées.

Du cross.

Il fit le premier tour avec plaisir, se demandant d'où lui venaient cette indifférence et l'agilité stupide et résignée de son corps, en dépit de ses skis éraflés et de l'horreur qui l'attendait.

Le vent se leva, la faible gelée diminua encore, et la neige sur la piste, quoique tassée, damée, se mit à coller aux skis.

Le vent humide balayait la neige. Dans le tourbillon blanc disparurent les silhouettes de ses camarades de classe, le bâtiment de l'école. La neige s'accumula en un petit tas sur son ski droit ; le garçon secoua la jambe et les vis de la fixation sautèrent, entraînant une pluie de sciure de bois et de rouille.

Il restait debout, un pied avec un ski, l'autre sans. Et il comprit soudain qu'il n'existait en ce monde nulle force bienfaisante pour le protéger d'Izmaïlov qui l'attendait au vestiaire. Cela lui parut aussi évident et définitif qu'une condamnation – c'était une pensée très adulte. Et le garçon pria, adressa une muette supplication à la tempête, au ciel, à n'importe qui : au secours !

Le monde, apparemment, ne répondit pas.

Le garçon ôta son deuxième ski et partit, résigné, pour la salle de sport.

Il n'y avait personne sur le perron. Le filet du volley se balançait encore un peu. Le sifflet était posé sur le siège de l'arbitre. Le ballon avait roulé dans un coin.

On aurait dit qu'il avait franchi une fissure dangereuse dans la tempête et s'était retrouvé dans un monde parallèle, sans humains. Si une guerre avait éclaté, les sirènes d'alerte aérienne se seraient mises à hurler dans toute la ville. L'ennemi aurait-il attaqué par surprise ?

Il jeta un coup d'œil dans le réfectoire. Il y avait du thé dans les verres et des morceaux de pain entamés. Cela sentait la kacha brûlée. Douska, la vieille chatte, était assise près du seau où l'on jetait les reliefs du repas.

La porte de la salle de réunion était entrouverte. On entendait des sanglots étouffés.

… Il fait sombre, seules quelques lampes sont allumées près de la scène. Il y a les professeurs, les élèves, le gardien, les cuisinières. Le directeur est sur l'estrade. Il lève son bras unique comme s'il voulait attraper, retenir quelqu'un qui s'envole, et de la même voix qu'il prenait pour envoyer son bataillon de blindés à l'attaque, il crie :

– La minute de silence est finie ! À genoux ! À genoux !

Il est le premier à donner l'exemple, et tout le monde le suit.

– Faisons mémoire – la voix du directeur se brise –, faisons mémoire de notre… cher…

La vieille cicatrice oblique qui barre sa tempe et sa joue pâlit, son visage est injecté d'un sang malsain. L'ancienne commotion – un tir allemand sur la tour de son char – l'étourdit de nouveau, il s'écroule, la cuisinière, une âme simple, se met à pousser des cris :

– On l'a tué !

Et tout le monde se met à sangloter, comme si le mot « tué » libérait les pleurs.

Quelqu'un pose sa main sur son épaule. C'est Izmaïlov. Ses lèvres se tordent, ses yeux vides et affolés sont pleins de larmes. Le garçon sent qu'il pleure aussi. Izmaïlov se remet debout, s'en va. Les gens se lèvent, comme assommés, s'accrochent les uns aux autres.

Au milieu de la scène est suspendu le portrait d'un homme avec des moustaches. Le garçon sait que la Ville a été fondée sur son ordre direct. Le coin du portrait est barré d'un large ruban noir.

Comme il croit en l'immortalité de cet homme, de ce nom, le garçon ne peut pas se mettre dans la tête qu'il est vraiment mort, réduit à un corps qui a rendu l'âme. Il lui semble qu'il n'est pas mort pour de vrai, qu'il s'est sacrifié pour une heure, pour un jour, afin de détourner la vengeance d'Izmaïlov, pour le sauver, lui, infime parmi les infimes. Il est submergé par une vague irrésistible de bonheur et de souffrance, du désir de se sacrifier en retour, de donner sa vie entière, présente et future, à la force bienveillante incarnée dans ce portrait si familier, si cher. Il sanglote irrépressiblement, évacuant sa peur, le plafond se renverse, les lampes tournoient.

Ténèbres. Sérénité.

Odeur violente, vitreuse de l'ammoniac.

Izmaïlov ne s'approcha plus de lui. Il disparut de la ville à la fin de l'été. En même temps que son commandant de père.

Le père et la mère du garçon ne s'enfermaient plus le soir dans la cuisine et ne retournaient plus de casserole sur le téléphone. Sa mère recommença à chanter les louanges de sa nouvelle salle d'opération.

– Viré, saqué, Izmaïlov, dit oncle Igor avec une indifférence appuyée, lors de leur visite suivante. C'était un complice de l'ennemi du peuple Beria.

Mais le garçon était persuadé que tout cela, c'était l'action de la force bienfaisante qu'il avait su invoquer. Il savait à présent que l'homme du portrait était bien mort, définitivement mort. Par contre il devina, reconnut la même force chez oncle Igor, dans le simple et lumineux mot « viré » sous lequel se cachaient le triomphe, la science immense et secrète des effets et des causes.

À l'hôpital, Kalitine était rongé par cette même peur enfantine d'être seul et abandonné.

Mais là, plus de force salvatrice. Tous ses mirages s'étaient dissipés, avaient disparu comme les drapeaux et armoiries du pays où il était né.

La docilité du patient, c'est tout ce qui lui restait. Et aussi les raisonnements par lesquels il essayait de rationaliser sa peur, de trouver ce qui pourrait le soutenir, le mener à un espoir solide et non illusoire.

... Kalitine reposa le journal qu'il était en train de relire. Il n'aimait pas lire sur écran, ses yeux se fatiguaient trop vite, alors il avait fait de la lecture des journaux une touche indispensable à l'image qu'il donnait de lui : celle d'un savant à la retraite, vieux jeu, d'un émigré qui n'avait pas su se maintenir au pinacle dans sa patrie historique et s'était retiré.

Et puis il se méfiait instinctivement des ordinateurs, des smartphones qui conservaient vos métadonnées ; il essayait de ne pas utiliser les moteurs de recherche qui gardaient vos questions en mémoire ; il ne croyait ni aux protocoles VPN ni au cryptage.

Il ne voulait que le papier anonyme, la dernière édition achetée dans un kiosque à tabac.

À présent c'était le personnel de l'hôpital qui lui apportait les journaux, en plaisantant respectueusement le vieil homme solitaire : qui d'autre pourrait si tranquillement feuilleter ces pages d'informations futiles alors qu'on lui soupçonnait un cancer inopérable, qu'il attendait d'une minute à l'autre les résultats des analyses et le diagnostic final ?

Chimiste de formation, Kalitine savait beaucoup de choses sur le corps humain, mais son point de vue était étroit et spécifique : il savait comment le tuer. Il avait une assez bonne connaissance des dernières méthodes employées pour soigner le cancer, certaines d'entre elles avaient de lointains points communs avec ses propres recherches ; en gros, lui aussi étudiait le meurtre ciblé de cellules spécifiques.

Pourtant il restait un profane en médecine. Sa réflexion abstraite, théorique sur la mort dont la proximité était devenue routinière dans son laboratoire avait fait naître en lui une arrogance perverse de technocrate, persuadé qu'il était également possible de détruire et de construire, de tuer et de guérir ; tout ce qu'on pouvait briser, on pouvait aussi le réparer – un objet, un corps, un esprit, c'était simplement l'affaire d'autres spécialistes qu'on aurait toujours sous la main en cas de besoin : réparateurs, docteurs, psychologues.

Lui qui avait développé des substances dans le but précis de les rendre mortelles, qui connaissait l'effet de leurs cruelles molécules, croyait pourtant, d'une foi puérile, que le salut est toujours possible dans le cas d'une maladie ordinaire, que cela dépend uniquement de mesures prises à temps, que c'est une question de moyens, d'efforts et de prix, et Kalitine était prêt à payer le prix fort.

Il pouvait se permettre de se payer un bon hôpital. De bons médecins. C'était peu, trop peu pour pouvoir vraiment espérer. Il aurait été idiot d'attendre de l'aide. On le lui avait laissé entendre sèchement, plusieurs fois. L'invitation à être consultant d'une équipe d'investigation n'était qu'un adieu poli, une gentillesse administrative maladroite. Ils savaient ou devinaient qu'il serait opérationnel encore une année. Sens de l'économie national : presser le citron jusqu'au bout. Il fallait bien qu'il gagne de quoi payer la clinique, équilibrer les colonnes débit-crédit : l'assurance ne couvre pas tout. Et puis, il y aurait ses obsèques.

On ne lui avait pas dit au téléphone de quel crime s'occupait l'équipe. C'est secret. On ne peut rien dire au téléphone. Qu'est-ce qu'ils peuvent bien savoir du secret ? Dans le lointain passé, un Feldjäger armé serait venu apporter à Kalitine une enveloppe scellée dans une sacoche scellée. Le secret... Comme s'il était possible de ne pas deviner, quand ça s'étalait dans tous les journaux. Choc anaphylactique ou son imitation. Vraisemblablement un produit naturel. Pas son laboratoire, pas son travail. Dans un restaurant, de tout près. Devant témoins. Risqué. Il n'est pas mort sur le coup, il a eu le temps de résister, de parler. Distance ? Dose ? Procédé ? Météo ? Particularités de son organisme ? Nourriture ? Au fait, il n'est pas dit s'il avait mangé ou non, ni ce qu'il aurait mangé – bien sûr cela n'intéresse pas les journalistes, et rien sur l'alcool, ils sont stupides, ces intellos. Intéressant, intéressant... Il faut que je relise.

Après sa fuite, Kalitine était resté quelques années sans lire les journaux. Les nouvelles ne l'intéressaient pas. Le laboratoire – son enfant – était resté là-bas, dans la patrie qui l'avait trahi. Les recherches étaient gelées, le personnel mis en congé sans solde.

Il avait fortement espéré qu'ici on lui ferait confiance, qu'on lui donnerait des crédits, des collaborateurs. Il restaurerait son arsenal et poursuivrait ses recherches. Kalitine était convaincu que les services de renseignement étaient partout les mêmes. Ses ex-adversaires de l'autre côté du rideau de fer, eux qui jadis ramassaient la moindre miette d'information sur son laboratoire et avaient vu ses créations en action, étaient évidemment les mieux placés pour comprendre ce qu'il avait en main : une marchandise de qualité, pleine de perspectives, sans prix...

Interrogatoires, vérifications se succédaient. Décider de son sort avait été long, pénible, mais il attendait et espérait. Ils l'avaient retourné comme un sac, avaient tiré de lui tous ses secrets – sauf le dernier, le Débutant, la préparation pour laquelle il n'y avait pas encore de documentation complète. Kalitine ne leur avait pas parlé non plus de ce que, dans son laboratoire, on appelait « expériences sur des mannequins ».

On lui offrit enfin la possibilité de rester. On le protégea des espions à ses trousses. Mais on ne lui donna qu'un poste inintéressant, quoique très bien payé, de consultant indépendant dans le domaine des armes chimiques.

C'était comme si on lui mettait le nez dans sa merde : maintenant, à toi de nettoyer.

Kalitine essaya encore une fois de suggérer qu'il pourrait reprendre son travail.

On le menaça de le traduire en justice.

C'est alors seulement qu'il comprit qu'on le recyclait intelligemment, comme une substance chimique dangereuse, un objet contaminé. On l'avait mis dans une caisse plombée, dans un site d'enfouissement, afin d'éviter que quelqu'un de mal intentionné le trouve et l'utilise. Après tout, cela coûtait beaucoup moins cher de lui payer un salaire, de le garder sous contrôle, que d'avoir à se battre dans le monde entier contre les monstres qu'il pourrait produire.

Il avait quand même obtenu la reconnaissance qu'il désirait : ses ex-ennemis savaient parfaitement ce qu'il valait, c'est bien pour cela qu'ils l'avaient mis sous clef. Comme s'ils avaient compris (il y avait sûrement de bons psychologues parmi ceux qui l'avaient interrogé) : ermite par nature, il n'était capable que d'une seule évasion dans sa vie, et cette chance, il l'avait déjà utilisée, épuisée sans recours.

Alors il baissa les bras, se résigna à l'inévitable et à l'impossible.

En 1991 il ne restait littéralement plus à Kalitine que quelques mois pour synthétiser définitivement sa meilleure création, arriver à la phase de test. La préparation la plus stable, la plus indécelable. Le Débutant. Pour créer non plus une version expérimentale, mais une composition équilibrée, prête pour la production.

Son idéal lui avait échappé pendant des années. Mais il avait contourné tous les obstacles, résolu les énigmes scientifiques, obtenu des suppléments de financement. Il croyait qu'il était impossible d'empêcher la naissance de cet être désiré, supérieur, qu'elle était aussi inévitable que le lever de soleil.

C'est vrai, l'administration avait déjà des ratés, se désagrégeait, comme si le pays avait été empoisonné. Retards d'approvisionnement. Retards de salaires. L'indécision des chefs. Le « panier à salade » maquillé en camionnette de boulanger qui livrait les « mannequins » en provenance de la prison cessa de venir. Et il en aurait encore eu besoin de trois, de deux, ne serait-ce que d'un seul…

Kalitine ne possédait rien en propre. On lui fournissait tout : matériel tiré des profondeurs de la terre, collecté dans les manufactures, acheté à l'étranger si nécessaire, sinon volé, copié, fabriqué dans des usines pilotes en un seul exemplaire pour des sommes fabuleuses.

Et soudain cette corne d'abondance dont la générosité couvrait tous les registres et les domaines imaginables, de la vis et du fil de fer aux préparations les plus complexes, cessa de fonctionner. Elle était tarie.

Et surtout, Kalitine ne sentait plus la volonté directrice, exigeante de l'État dans ceux qui en avaient toujours été les dépositaires les plus sûrs.

Même quand le Parti proclama la perestroïka et la glasnost, les chefs avaient ricané, affirmant que les réformes ne toucheraient pas leur domaine d'activité. Mais maintenant ils hésitaient, tenaient des conversations jusque-là impossibles sur la conversion, sur le désarmement.

Kalitine n'avait pas oublié le jour où on lui avait dit que ses travaux devaient faire une pause : il fallait prétendument reconsidérer le statut administratif de son laboratoire.

Pour la première fois de sa vie il sentit qu'il y avait quelque chose au-dessus de lui, au-dessus des lois de la physique et de la chimie qu'il avait appris à comprendre et à mettre à son service. Kalitine avait su tout surmonter : les intrigues de ses concurrents, les querelles entre les dirigeants de l'industrie et de l'armée, les énigmes de la nature ; il avait acquis une force intérieure capable de briser tous les obstacles humains. Et alors l'Union soviétique s'écroula, le bâtiment jusque-là immuable de l'État fut jeté à bas par une force inconnue, anéantissant sous ses décombres la version productible du Débutant.

Kalitine n'avait jamais sérieusement pensé à Dieu, il n'avait pas eu peur de travailler dans un laboratoire installé dans les locaux profanés d'un ancien monastère ; en ce jour, cet unique jour, il perçut (ou crut percevoir) ce qu'était le Dieu des croyants. La force sombre, rétrograde de la matière, opposée à la connaissance scientifique. Une force qui redoutait les titans comme Kalitine, car ils avaient ouvert une nouvelle ère dans la science ; plus que d'autres chercheurs, ils avaient su pénétrer l'essence des choses, et c'était grâce à la fusion, l'accumulation des capacités techniques de l'industrie de masse et à la puissance illimitée d'un État planifié – un État capable de concentrer sur un projet scientifique des ressources jamais vues dans l'Histoire, et de donner au chercheur, à l'élu, non seulement les moyens mais le pouvoir, direct et brutal, d'atteindre cet objectif.

À cette époque Kalitine éprouvait un morne désarroi, un sentiment d'échec total. Il ne pouvait pas se venger de cette force destructrice, ni la vaincre. Mais il avait terriblement envie de se venger au moins de ses assistants, ces instruments sans cervelle, de ces chefs craintifs et de ces généraux poltrons aux épaulettes multi-étoilées qui, grelottant des genoux, n'avaient été capables que d'une caricature de putsch ! De ce peuple aveugle qui avait l'audace de rêver à une vie libre, de ces gens stupides qui quittaient leurs places et leurs travaux raisonnables !

Quand peu de temps après Kalitine s'enfuit, l'un de ses motifs était ce désir secret de vengeance. Mais au bout de quelques années il s'aperçut qu'il avait commis une erreur : il avait agi trop vite.

Lorsque ses anciens ennemis repoussèrent ses connaissances et ses services, il ne resta plus à Kalitine qu'à souhaiter le rétablissement de l'URSS. Sa vie n'existait pas hors de son laboratoire, et son laboratoire, pensait-il, ne pouvait exister qu'à l'intérieur de l'Union soviétique. Il désirait cette résurrection bien plus passionnément que les millions de communistes convaincus qui s'étaient réunis en 1993 pour un meeting où la foule, enivrée par le rougeoiement de centaines de drapeaux, écrasa à mort un policier. Il priait sa divinité de l'arme secrète – prière d'athée, privée de grâce et vouée à l'échec –, il conjurait son Débutant de l'aider, s'il voulait un jour se manifester au monde dans toute sa puissance.

Et voilà qu'un jour où il était dans un train, feuilletant par ennui un journal qu'un voyageur avait laissé traîner, il tomba sur un long article parlant de la guerre au Caucase. Il se mit à le lire, toujours poussé par le même sentiment de curiosité vengeresse : qu'est-ce qui leur arrive encore comme calamité, à ces fous, ces traîtres, ces renégats ?

Il connaissait mal la géographie de son pays – il avait passé des lustres dans la capsule de son laboratoire. Il ne savait donc pas très bien de quels endroits il était question, où se trouvaient ces villes, ces villages. Leurs toponymes nationaux l'irritaient, il s'étonnait de la faiblesse de cette armée auparavant si puissante et qui maintenant était incapable de les rayer de la carte. Eh bien, si elle n'avait pas été en mesure de se protéger elle-même, si une foule désarmée avait pu un jour arrêter les chars et les blindés dans la capitale, alors elle avait mérité cette humiliation, pensait Kalitine.

Il ne croyait évidemment pas aux descriptions de ratissages, de tortures, de camps de filtrage. Ce n'était pas sa morale qui l'en empêchait. Mais qui irait croire qu'on aurait laissé un journaliste voir ce genre de choses et les raconter ?

Le voyage était ennuyeux. L'article était écrit dans une langue étrangère qui recelait encore pour lui des passages obscurs, des points de grammaire non assimilés. Il lisait paresseusement en diagonale, sautait les paragraphes qui lui résistaient. Et soudain il sursauta. Il se tendit, lut avec attention.

Le correspondant de guerre avait visiblement des informateurs parmi les rebelles. Il écrivait que récemment un chef de guerre connu avait été empoisonné sur sa base, un ancien camp de pionniers. Les fédéraux avaient soudoyé un traître pour qu'il lui remette un chapelet empoisonné – un objet prétendument sacré, ancien et béni. Ses combattants avaient juré de le venger et avaient informé la communauté internationale de cet acte de terrorisme chimique.

Au début, cela fit ricaner Kalitine. Un objet sacré, un chapelet empoisonné ! Qu'est-ce qu'on ne va pas inventer. Du pur Shakespeare. Le plus probable, c'est que toute cette histoire est une invention de journaliste. Un bobard de la propagande.

Mais en même temps il se rappela une des premières expériences qu'il avait menée avec des singes de leur élevage. Certains étaient envoyés dans des zoos publics, certains lui étaient attribués, à lui et à ses nombreux collègues. Un jour il était allé au zoo et avait essayé de deviner, d'après leurs grimaces, s'ils savaient quel destin leur avait épargné le sélectionneur : servir de cobayes pour une des premières préparations caractérisée par une très bonne absorbabilité, un effet instantané, mais qui laissait dans l'organisme une trace visible dont ils n'avaient pas pu se débarrasser.

On donnait aux singes des objets taillés dans du bois : des cuillères, des osselets, des perles, des bracelets, des cubes avec les lettres de l'alphabet, des morceaux de plinthe – pour déterminer à quelle vitesse agissait le produit imprégné dans le bois, quelle sorte de bois s'imbibait le mieux, quelle forme assurait un maximum de contact avec la peau. Kalitine se souvenait aussi des petits visages ridés des singes, grimaçant dans leur agonie. Cette préparation avait été homologuée.

Serait-il possible que… Arrivé chez lui, Kalitine lut tout ce qu'il pouvait trouver sur cette information. Tout concordait.

C'était *son* produit. Un premier essai qu'il avait négligé, mais, quand même, c'était son enfant.

Et il était en de bonnes mains. Visiblement utilisé par un groupe spécial d'intervention. On avait sûrement dû le prendre dans la réserve : à la différence de nombreux autres produits, sa durée de conservation était illimitée. Et si on avait rouvert le laboratoire ? Et si la lumière brillait de nouveau dans les anciennes cellules des moines, et si quelqu'un était assis à sa place, à son bureau ?

Kalitine était déchiré par un espoir tardif et insensé, par une jalousie taraudante.

Il se mit à lire très attentivement les journaux en y cherchant des traces isolées qu'un observateur profane ne pouvait pas comprendre. Il jouissait comme il pouvait de sa nouvelle vie, de sa maison particulière, de sa liberté, de son argent – et haïssait tout cela ; il sentait que le passé pouvait encore revenir, si cette bonne vieille chasse à l'homme avait repris.

Pendant des années et des années, de son regard spécifique de chimiste, il observa comment se manifestaient certaines substances appartenant à diverses classes et familles chimiques, décelées ou non par les enquêteurs. Elles laissaient derrière elles des morts disparates, sans lien entre elles, inexpliquées, des accidents, des attentats avérés ; elles laissaient aussi, sur le visage de journalistes, d'hommes politiques, d'agents transfuges, des masques mortuaires aisément déchiffrables par un maître, un initié.

Il reconnaissait les préparations de ses concurrents et les siennes propres. Il sentait quelque chose de nouveau, de maléfique : un déchaînement, un pandémonium qu'on n'avait pas connu depuis longtemps. Leur temps est venu, il est bien là, pensait Kalitine avec une joie mauvaise. Qui auraient-elles pu arrêter en 1991 ? On ne peut pas empoisonner une foule. On ne peut pas assener un coup sur ce qui n'a pas de centre. Mais maintenant qu'il n'y a plus de solidarité, qu'il ne reste plus que des personnes séparées, isolées, inconsciemment paralysées par la peur… les préparations étaient la meilleure solution.

Kalitine savait que ce qu'il avait inventé, produit, ce n'étaient pas seulement des armes mortelles spécifiques, conditionnées dans des ampoules. Ce qu'il créait, c'était la peur. Il aimait cette pensée simple et paradoxale : le meilleur poison, c'est la peur. L'empoisonnement le plus réussi, c'est quand un homme s'empoisonne lui-même. Et ses créations à lui, Kalitine, n'étaient que des vecteurs, des semeurs de peur. Même le Débutant, si parfait soit-il. D'ailleurs, le Débutant était unique aussi dans cette autre compétence.

Kalitine regrettait amèrement de ne pas être là-bas, de l'autre côté de la frontière. Il savait qu'on ne pardonnait pas à ses semblables. Alors qu'on l'enferme dans une *charachka*, une de ces prisons spéciales où l'on mettait les savants des années trente et quarante ; qu'on le condamne à la réclusion à vie, pourvu qu'il puisse travailler, travailler ! Mais aussitôt Kalitine se rappela la ligne : « La divulgation est passible de... » sous laquelle il avait signé, pour se parjurer ensuite. La condamnation l'attendait, comme une fiancée son promis. Il faisait des rêves étranges, agités, où on le fusillait : il vivait cela comme quelque chose d'intime qui le réunissait à sa patrie, à son laboratoire sur l'île lointaine, à ses vieux collaborateurs, aux instruments qui se souvenaient de sa main ; dans ses rêves, la salve ne le tuait pas mais lui permettait de se purifier, de renaître, de faire que sa trahison n'ait pas existé.

Mais le Kalitine diurne considérait les visions du Kalitine nocturne avec scepticisme. Il avait l'impression de mettre rationnellement en balance ses ressentiments et ses espoirs. Ce n'était pas pour rien que jadis, lorsqu'il se demandait où fuir, il avait rejeté la Corée-croupion créée par Staline, la Chine communiste, les États du Proche-Orient, les régimes africains, et avait choisi l'Europe.

En partie parce qu'il craignait que, dans ces pays-là, sa patrie eût trop d'yeux et trop d'oreilles. Mais surtout il sentait qu'il appartenait au vieux monde, pas au tiers-monde. Il créait des outils de mort. Mais il ne voulait pas qu'ils soient utilisés si, par exemple, une tribu récemment promue en État prenait en grippe une autre tribu. Ce motif lui semblait humiliant, indigne des vérités scientifiques incarnées dans ses armes. Il avait eu autrefois un pays digne de ses travaux, ne serait-ce que parce qu'il avait des ennemis à sa mesure. Ce pays n'existait plus, alors il valait mieux servir ses ennemis qu'un quelconque troisième larron qui n'avait pas pris part au conflit.

Il n'était allé en Orient qu'une seule fois, après la deuxième campagne d'Irak. Il accompagnait un groupe d'inspecteurs qui cherchaient des armes chimiques. Kalitine avait eu l'impression qu'il avait déjà vu, vécu tout cela : les statues jetées à bas des piédestaux, les foules en liesse dans les rues, les couloirs des bâtiments officiels jonchés de papiers, les bunkers et les objectifs secrets abandonnés en toute hâte par leurs gardes, les animaux de laboratoires crevés dans leurs cages, les microscopes rendus aveugles par l'absence d'électricité, les rangées d'ampoules fragiles dans leurs compartiments capitonnés...

Maintenant qu'il connaissait son diagnostic, Kalitine s'était rappelé autre chose de son voyage : l'ombre des États oubliés et terribles qui s'était révélée à lui, l'ombre des dieux-taureaux ailés et des jardins de Sémiramis, l'ombre des générations innombrables devenues cendre et poudre, sable du désert, pour que l'Histoire retienne le nom de leurs souverains, l'ombre des barrages édifiés à coups de pioches et de pelles qui domptaient les grands fleuves ; les visages de pierre barbus dans les salles des musées pillés, les colonnes et les fondements des temples détruits. Ces fantômes murmuraient dans une langue que Kalitine comprenait comme si lui-même était un fantôme, un reste incorporel du passé capable de comprendre ceux qui, comme lui, n'étaient plus.

Et Kalitine avait senti aussi que, même dans son pays si incommensurablement généreux quand il s'agissait de donner la mort ou la gloire, jamais la vie humaine n'avait valu si peu – et si cher ; rien entre les deux. C'était seulement là-bas, au-delà des frontières du vieux monde, qu'on pourrait l'aider : créer si besoin un institut médical complet, réunir toutes les sommités – pour qu'il vive, lui, Kalitine, le créateur d'une mort indécelable.

Quand son médecin traitant entra, Kalitine comprit tout. Son expression était trop professionnelle, trop compassionnelle. Il écouta attentivement les paroles encourageantes, pleines d'empathie, mais intérieurement il énumérait des noms de pays comme s'ils étaient autant de médicaments salvateurs ignorés du médecin.

Il prit sa décision.

6

Cherchniov aimait travailler sur les tâches administratives liées aux opérations, et il le faisait bien. Tout ce qui précédait – la définition de la mission, l'instruction – n'était que l'inévitable prélude au moment où il ouvrait le dossier et restait seul à seul avec l'objectif.

C'était cela qu'on apprenait en premier aux officiers de son département : le traitement des données opérationnelles, et les interventions particulièrement sensibles. Le savoir-faire des unités spéciales, la tactique des interrogatoires n'étaient qu'un « plus », un complément de formation ; durant les luttes intestines leur département n'avait généralement pas été utilisé dans sa spécialité mais déployé « en renfort », et Cherchniov avait été content de revenir à son travail de base, son style d'action originel.

Cherchniov savait qu'en lisant le matériel opérationnel, certains éprouvaient le misérable plaisir d'un gamin en train de se rincer l'œil. Il reconnaissait volontiers que leur travail, surtout dans le service des filatures, avait une part de voyeurisme. Il avait un jour étudié le cas d'un peintre bohème, noceur et coureur de jupons qui, comme pour se moquer d'eux, draguait chaque semaine une nouvelle fille, l'amenait au restaurant ou au cinéma, puis chez lui, et il fallait chaque fois faire une fiche, trouver qui elle était et si elle n'était pas déjà connue des services. Et quand enfin le rapport arrivait, le peintre couchait déjà avec une autre, et tout recommençait. Le colossal mécanisme opérationnel semblait tourner à vide, les équipes des voitures banalisées perdaient leur temps et leur essence, les magnétophones enregistraient toujours les mêmes bandes-son de rendez-vous amoureux, les appareils photo prenaient toujours les mêmes clichés : sur le seuil du restaurant, dans la rue, à la portière d'une voiture. Mais Cherchniov était absolument persuadé que non, ce n'était pas inutile. La quantité déraisonnable de travail, cette possibilité de dépenser sans compter (qui peut sembler excessive et même ridicule quand on les rapporte à un moment et un individu donnés, comme dans le cas du peintre débauché), c'est justement ce qui constitue la base ritualisée de leur métier. Qu'il y ait ou non un résultat, que les rapports des agents contiennent ou non des informations – la surveillance, la documentation se poursuivront, parce que le triage du minerai stérile est en fait la manifestation de la force totale : celui qui est tombé sous l'objectif, dans le champ de vision, celui sur qui on a ouvert un dossier – il compte, il existe ; d'un zéro, d'une nullité, il devient un objectif.

Cherchniov se rappelait tous les noms de code, parfois indiqués sur la couverture des dossiers, parfois cachés à l'intérieur.

L'Étranger. Orphée. Le Rigolo. L'Insolent. Le Forestier. Le Matheux.

Les qualifications opérationnelles : « Trahison ». « Diversion idéologique ».

Les listes des agents affectés aux affaires. Les bordereaux des encouragements versés. La signature de ses collègues.

Les plus grosses affaires. L'expression matérielle du pouvoir particulier de la Tcheka. Les affaires ordinaires : deux ou trois tomes. Les importantes : huit, dix tomes. Les géantes : des dizaines. Une directive limitait leur épaisseur : pas plus de trois cents pages, alors les volumes croissaient et multipliaient, surchargeant les étagères.

La réserve des archives était l'endroit le plus important de leur service. Ses enfers secrets, où se trouvaient les pécheurs triés et stigmatisés. Les dossiers opérationnels qui en étaient extraits donnaient à Cherchniov la certitude absolue d'être dans son bon droit.

Il l'avait tout particulièrement ressenti quand, il y a longtemps, il avait lu le dossier de ce chef de guerre qui se cachait quelque part dans les montagnes, se parant de l'auréole du guerrier-né, du combattant pour l'indépendance – légende qu'il avait forgée lui-même. Car, peu de temps auparavant, il était encore président d'un kolkhoze et impliqué dans une affaire de spéculation, vente de récolte au noir et acquisition illégale de devises étrangères. Leur informateur était un agent infiltré dans la direction du kolkhoze. Propos contre l'État. Son frère était en prison pour escroquerie. Son père était mort en déportation, au Kazakhstan[1].

L'enquête avait commencé quand Cherchniov était encore étudiant et ne faisait que rêver à sa carrière. Et cela semblait donner une légitimité supplémentaire aux droits statutaires qu'on lui avait accordés. Quant aux éléments du dossier réunis par d'autres (des officiers peut-être déjà retraités), mis en forme, enregistrés, numérotés, ils avaient manifestement prédéterminé leurs rôles, à l'objectif et à lui. C'est là, dans l'examen attentif du dossier, que Cherchniov avait trouvé l'indice à peine décelable permettant de recruter l'homme qui devait remettre le chapelet : rien qu'une ligne discrète dans une ancienne dénonciation, et qui s'était transformée en une opération réussie.

C'est pour cela que Cherchniov aimait travailler avec les dossiers opérationnels. Mais il n'avait jamais rien vu de pareil.

Vingt-quatre tomes. Son record.

Ces dossiers, on ne les donna pas à Cherchniov. Seulement des copies d'extraits assez disparates. En fait, il n'avait à sa disposition que le début et la fin d'une énorme affaire. Même cela, il savait qu'il aurait pu ne pas l'obtenir – mais il fallait qu'il identifie l'objectif avec une certitude absolue, alors que ce dernier avait pu changer plusieurs fois d'apparence, recourir pour cela à des professionnels ; les reconstructions

1. Entre novembre 1943 et juin 1944, un grand nombre de peuples, dont ceux du Caucase du Nord (Tchétchènes, Ingouches, Karatchaïs, Balkars), de Crimée (Tatars) et les Kalmouks établis au nord-ouest de la mer Caspienne, furent déplacés vers le Kazakhstan, l'Ouzbékistan et le Kirghizistan. Ils étaient accusés d'avoir collaboré avec l'ennemi dans les montagnes caucasiennes durant la très courte période de l'occupation allemande.

informatiques de son aspect actuel ne garantissaient pas vraiment qu'on puisse le reconnaître.

Quand on lui avait dit qui serait cette fois son objectif, Cherchniov avait tout de suite supposé qu'il y aurait beaucoup de passages coupés, de noms de produits et d'établissements spéciaux caviardés. Lui-même avait toujours jugé indispensables ces mesures de conspiration interne, il signalait même aux archivistes les négligences qu'ils avaient pu commettre.

Mais ici, pour la première fois, Cherchniov eut un petit frisson d'inquiétude. On lui donnait trop peu de temps pour se préparer, pour se familiariser avec la situation sur place, on le bousculait.

Et ce dossier expurgé augmentait ses incertitudes : est-ce que tout serait pris en compte, est-ce que tout se passerait comme prévu ?

Cherchniov savait qu'il tenait son heure de gloire, retardée par son succès précédent. Il ne doutait ni du droit de ses supérieurs de lui donner cet ordre, ni du bien-fondé de cet ordre, ni de son zèle à l'accomplir.

Mais quelque part, tout au fond de sa conscience, il y avait le désir caché qu'on eût donné cet ordre à quelqu'un d'autre. C'était la petite voix d'une superstition professionnelle. L'opération qu'il avait menée jadis et cette nouvelle mission étaient trop proches, comportaient trop de coïncidences.

Dans le dossier, il n'y avait pas un mot sur ce que faisait, concrètement, l'éminent chimiste, directeur en fuite d'un laboratoire secret. Mais Cherchniov, naturellement, devinait d'où venait le produit dont on avait imbibé le chapelet. Et, pour la première fois de sa carrière, cela créait une proximité étrange, superflue, non souhaitable, entre lui et son objectif.

Cherchniov se frotta les tempes. Ce qui s'était passé la veille lui revint en mémoire. Son fils tué « pour de rire ». Le chemin de retour, le silence de Maxime. Les plaisanteries et les rires de ses amis. Le camp de pionniers, jumeau de celui qui était resté dans les contreforts du Caucase. Le long convoi de camions transportant des containers maritimes qu'ils avaient laissés passer à un croisement.

Foutaises, se dit-il. Fantasmagories, fausses frayeurs, signes imaginaires qui vous assaillent avant une affaire vraiment importante. Il suffit de ne pas y faire attention. Les dépasser.

Se concentrer. Il aurait une conversation avec Maxime quand il reviendrait. À présent il n'avait pas le temps. Cherchniov n'aimait pas remettre ce genre de choses à son retour ; il pensait qu'il ne fallait rien laisser en suspens, mais aujourd'hui il avait abrogé sa propre règle intérieure.

Il souffla, retint sa respiration. Attendit trente secondes. Plissa les paupières. Et rouvrit le dossier. Eh bien, il ferait avec ce qu'il avait. Il essaierait de regarder dans l'abîme, dans le néant.

Cherchniov n'avait jamais cru qu'on puisse savoir quoi que ce soit d'un homme d'après son enfance et sa jeunesse. Ce chef de guerre, venu au monde dans la masure de pisé d'un déporté au milieu de la steppe, revenu avec son peuple, quand ce dernier avait été pardonné[1], dans des montagnes qu'il n'avait jamais vues, cet homme qui avait fait des études, était devenu président de kolkhoze, comment aurait-il pu prévoir, à la veille des événements de 1991, ce qu'il deviendrait quelques années plus tard, combien de soldats il aurait sous son commandement, et dans quelles circonstances son destin croiserait celui de Cherchniov ?

Pourtant, ne disposant que du commencement et de la fin de la vie de cet étranger, Cherchniov ressentait à présent un certain emballement qui ne lui était pas familier.

Il enleva un trombone, approcha de la lumière la photographie jointe au formulaire que l'homme avait rempli lors de son entrée à la faculté de médecine militaire.

1. Les « peuples punis » ont été progressivement « pardonnés » et autorisés à rentrer dans leurs pays d'origine à partir de 1955.

7

Kalitine n'avait emporté dans sa nouvelle vie aucune photographie de l'ancienne. Il était censé partir pour une mission de quatre jours. Il avait fait ses bagages en conséquence – dans le cas d'un contrôle douanier à l'embarquement. Quatre chemises, un pantalon, un manteau, une paire de chaussures : ce qu'on prend habituellement. Il avait caché de l'argent sous la doublure de sa valise. Dans sa trousse de toilette était rangé le Débutant, en tenue de combat : les services techniques l'avaient conditionné sous forme d'un flacon d'eau de toilette pour hommes, d'une marque populaire à cette époque.

Plus tard Kalitine avait compris qu'il aurait aussi bien pu emporter ses photos, ses meubles et une boîte de documents secrets. Son passeport tout neuf avait sûrement été signalé à la police aux frontières. Quant aux douaniers, ces flemmards, ils n'avaient même pas regardé ce qu'il transportait.

Quelques années auparavant, jamais on n'aurait laissé Kalitine sortir du pays. On ne lui aurait pas délivré de passeport. S'il en avait demandé un, on l'aurait cru fou, on l'aurait démis de ses fonctions, dénoncé aux autorités, on aurait lancé une enquête. Bien plus : à l'époque, même ses parents éloignés étaient « dissuadés », sous quelque bon prétexte, de voyager à l'étranger.

Mais à présent les muscles de l'État étaient aussi mous que ceux d'un chien mort, cobaye de Kalitine. Le transfuge passa entre les mâchoires béantes sans être remarqué. Mais ce n'était qu'un bref instant de faiblesse : les mâchoires se refermèrent très vite.

Kalitine n'avait porté que rarement les habits qu'il avait pris avec lui : pour une réunion du comité du Parti, une délégation d'inspecteurs haut gradés. Le pantalon était trop étroit, les manches de la veste trop longues, les chemises le serraient. Tout cela, Kalitine l'avait acheté lui-même au début de son veuvage. Sa femme n'avait besoin que d'un seul coup d'œil, elle ne se trompait ni dans les mesures ni dans le style, mais lui, on aurait dit qu'il ne percevait pas vraiment son corps ; il était privé du simple sens visuel qui est le signe mystérieux de l'harmonie entre soi et le monde.

Premiers jours. Vie étrangère. Vêtements étrangers, comme achetés pour quelqu'un d'autre. Peur constante d'être extradé, rapatrié. Livré à l'ambassade. Mais un matin il se leva, commença à s'habiller – et ne remarqua pas tout de suite que la chemise était à sa taille : il avait beaucoup maigri. Ce jour-là on lui annonça qu'on lui accordait l'asile.

Kalitine avait conservé cette chemise porte-bonheur, d'un blanc bleuté. Tout le reste, il l'avait jeté ; il avait renouvelé sa garde-robe la première fois qu'il était allé dans un magasin sans accompagnateur. Le flacon de Débutant était resté des mois encore dans une cachette qu'il avait aménagée avant de contacter les services de contre-espionnage.

À présent il était dans son coffre-fort, chez lui. Flacon opaque, démodé depuis longtemps, d'une eau de toilette qu'on ne fabriquait plus – caprice d'un gentleman qui tenait à ses habitudes.

Kalitine avait pris cette chemise avec lui quand il était entré à l'hôpital pour examens. Et quand il sortit, il la mit – comme un vieux talisman.

Il se regarda plusieurs fois dans le rétroviseur, essayant de trouver des changements funestes, de comparer ses visages successifs dans l'enfilade du temps. Mais pour comparer il n'avait que lui, tel qu'il était aujourd'hui. Ses vieilles photos étaient restées dans l'appartement abandonné, les enquêteurs les avaient sûrement prises et ajoutées à son dossier.

Il n'en avait pas fait faire d'autres. Il s'efforçait même d'éviter les clichés de hasard, de ne pas tomber sous l'objectif des touristes. Il se gardait du véhicule omnivore qui photographie les rues pour Google Maps. Des caméras de vidéosurveillance dans les aéroports et les gares. C'est ce qu'on lui avait recommandé puisque, d'après les médecins, la chirurgie plastique lui était contre-indiquée. Kalitine retrouvait en cela le plaisir – mineur mais précieux pour lui – de l'obéissance, plaisir qu'il éprouvait dans sa vie antérieure quand il remplissait les formulaires secrets de ses rapports conformément à toutes les exigences de l'instruction.

Il regrettait cependant de ne pas avoir de photographies de son passé, c'était comme s'il n'avait pas sauvegardé sa partie dans un jeu vidéo. Il n'avait aucun objet qui eût connu son « moi » d'avant. Kalitine revit son ancienne demeure, déjà voilée dans sa mémoire par la patine de l'éloignement. Les spécialistes des empreintes digitales avaient sûrement examiné toutes les surfaces lisses, relevé la moindre trace, les enquêteurs ne savaient pas vraiment s'ils avaient affaire à une fuite, une disparition ou un enlèvement. Et ensuite ? Qu'était-il advenu de ses meubles ? Enlevés, jetés sur quelque décharge ? Le divan, ce stupide divan convertible aux ressorts grinçants où Vera et lui avaient conçu cet enfant qui n'était jamais né... Kalitine sentait que l'annonce de sa mort prochaine enfonçait, grignotait toutes ses lignes de défense et orientait peu à peu ses pensées vers sa fin probable.

Vite, rentrer à la maison. Se réfugier derrière ses murs solides. Se reposer. Rassembler ses forces. Une nouvelle fuite l'attend.

L'autoroute. La sortie. La route mène à une large vallée. Voici la périphérie de la ville. La jardinerie où sont exposés des plants et, poussiéreux car proches du bas-côté, des nains de jardin aux joues roses sous leur petit bonnet et des nymphes dodues sans visage. Le supermarché. Le parc.

La rue centrale. Laisser passer le tramway qui vient de la gare. Le café, le kebab. À droite, la basilique, une grande basilique pour cette petite ville jadis enrichie grâce aux salines des montagnes environnantes, qui révérait le sel mais n'oubliait pas l'Église. Les mines avaient été épuisées et abandonnées : la dernière pincée de sel avait fini dans la soupe des soldats du Kaiser. Le cadavre pétrifié d'un mineur est exposé dans le musée local : même après sa mort il travaille au bien de la ville, rapporte de l'argent. À proximité, dans une galerie de mine, un petit train promène les enfants ; là, pendant la guerre, les habitants s'abritaient des bombes – la gare était un nœud ferroviaire important de l'arrière.

Sortie de la ville. La route gravit les flancs de la vallée. Là, Kalitine sait déjà à qui appartiennent les champs, les vaches qui paissent sur la pente, les chevaux dans l'enclos.

Le moulin à eau en ruine, le restaurant où l'on sert des jambons braisés et des truites au four. Les maisons du village aux toitures refaites en tuiles de couleur vive, noyées dans des fleurs à l'odeur sucrée. Le grand tournant qui longe un éperon rocheux, pas très haut. L'église, sur ce bloc érodé par le glacier qui, il y a des millénaires, rampait dans la vallée. C'était une église ancienne qui refusait le luxe pâtissier de la basilique, une église enserrée dans de lourds contreforts trop grands pour elle, maintes fois détruite et rebâtie, conservant les traces des différentes strates. En bas, la strate des énormes blocs erratiques ventrus, comme si l'église poussait sur la moraine ; au-dessus, des pierres grossièrement, maladroitement taillées, puis des moellons soigneusement équarris, et enfin des briques sombres, comme fumées. Le toit d'ardoise était envahi par la mousse. La croix penchait. Le vitrail au-dessus de l'entrée principale, dans son embrasure sculptée en forme de soleil, avait terni. Derrière la clôture – les thuyas du cimetière, les pierres tombales plus très droites des magnats du sel, les croix rouillées... Mais même mal entretenue, désertée, cette église frappait Kalitine par sa force endormie et revêche : il se comparait parfois à elle et pensait que ce voisinage n'était pas un hasard.

Kalitine leva le pied, et il fit bien. Après le tournant, caché par l'avancée du rocher, le révérend Travniček – le prêtre – traversait lentement la route.

Il était arrivé dans la région environ six ans avant Kalitine. On racontait que Travniček avait naguère officié dans de grandes villes, qu'il était promis à une belle carrière, peut-être même aurait-il pu devenir évêque. Mais il s'était soudain retrouvé ici, dans ce trou perdu, montagneux, frontalier, près d'une petite ville aux mines désertées qui ne donnaient plus de sel ; dans un village où les vieux mouraient, et où les jeunes – ceux qui n'étaient pas partis chercher fortune ailleurs – allaient de moins en moins à l'église.

Kalitine savait ce qui lui était arrivé. Cette information lui était agréable car elle prouvait que l'Église n'était qu'une institution comme une autre, et des plus terrestres.

Travniček était un monstre. Il avait attrapé une maladie de peau peu fréquente, peut-être due à un virus – c'est le risque constant des gens qui travaillent dans des lieux publics, exposés aux microparticules de la peau, aux miasmes de la respiration des autres –, et son visage s'était pétrifié, s'était transformé en un masque grumeleux et lichéneux.

Kalinine pensait qu'on avait exilé le monstre dans un trou perdu pour qu'il n'effraie pas les paroissiens quand il montait en chaire, ne trouble pas la solennité des offices par sa gueule de lézard humanisé, par son regard de reptile sous ses paupières squameuses, écailleuses.

Même à présent que Kalitine avait un pied dans la tombe, le mal si apparent de Travniček provoquait en lui une reconnaissance dégoûtée, comme si le prêtre avait pris sur lui quelque chose d'horrible mais d'unique, qui aurait pu tomber sur n'importe qui d'autre.

Travniček se retourna en entendant la voiture. Il se détournait toujours, exposait son visage dans le champ de vision de son interlocuteur si délicatement que son humilité était odieuse à Kalitine. Mais – malgré lui, malgré son mépris pour la foi – il pressentait en Travniček la même force que celle qui dormait dans l'église où le prêtre célébrait. Et il s'étonnait : que faisait dans le clergé, parmi ces mollassons bondieusards, cet homme capable de vivre avec un visage de troll ?

Le prêtre leva le bras pour l'arrêter. Kalitine fit un signe de regret : c'est impoli, mais qu'y faire, il est pressé, quelqu'un d'autre le prendra. Soudain il se rappela que Travniček avait une voiture, pas une camionnette mais un petit 4 × 4 nouveau modèle. Peut-être était-il en panne ? Kalitine eut même la velléité de s'arrêter, de faire marche arrière, mais déjà la route descendait pour ensuite grimper sur la colline où l'église apparaîtrait brièvement, pour la dernière fois, dans le rétroviseur ; puis il y aurait le chemin de terre poussiéreux, cahoteux, les pommiers, les collines, les miradors de chasse sur les pentes... Sa maison.

Son refuge.

C'est seulement à cet instant qu'il comprit à quel point il voulait rentrer chez lui.

Kalitine était fier d'avoir deviné juste, senti – et cela dès les premières minutes – l'essence même de son futur refuge.

On lui avait conseillé de s'établir dans un village où tout le monde se connaît et où un étranger se fait facilement repérer. Kalitine, habitué à vivre dans une ville fermée, visita à contrecœur plusieurs endroits. Il y avait peu de propositions. Dans ce genre de région on change rarement de maison et de vie. Les maisons en vente étaient toutes vieilles, paysannes, destinées à abriter une grande famille, telle qu'il n'en existe plus. Elles n'étaient pas assez isolées, trop proches des voisins. Il y avait en elles quelque chose de pitoyable, de désemparé. On aurait dit que c'étaient elles, et non leurs propriétaires ruinés, qui avaient fait faillite ; le lien entre les choses – clous, ciment, enduits – s'était volatilisé.

Kalitine voulait déjà rentrer. Mais dans le dernier village, l'agent immobilier, un vieillard sec et sévère de soixante-dix ans, écouta jusqu'au bout ses phrases évasives et volontairement pleines de fautes de grammaire sur son désir de paix, de solitude, pour achever enfin ses travaux scientifiques ; puis il fit démarrer sa Mercedes verte, longue comme un corbillard, et dit qu'il lui montrerait encore une maison qui pourrait lui convenir.

Ce qui frappa Kalitine, c'est que l'agent immobilier avait visiblement compris à son propos beaucoup plus qu'il n'aurait voulu montrer. Déménager ouvre un hiatus dans la suite des jours, et là, forcés de faire un choix limité par le temps et l'argent, les gens révèlent ne fût-ce qu'un peu de leur être véritable. Et l'agent, en vertu de sa profession – choisir des maisons adaptées aux gens, matérialiser sous forme de murs et de toits leurs désirs secrets, chercher ce qui les défendra de leurs peurs réprimées, de leurs phobies cachées, de leur dangereux passé –, avait deviné qui était Kalitine, et ce dont lui, le fuyard, avait besoin.

L'agent immobilier était mort sept ans plus tôt. Kalitine avait assisté à ses obsèques. Ses proches avaient cru à un geste de bon voisinage. Kalitine était alors accepté dans le village, il ne déparait pas au milieu de ces gens renfermés qui n'aimaient pas les étrangers – parce qu'il était comme eux. En le voyant, le prêtre Travniček avait gentiment hoché sa tête grumeleuse, dans un geste approbateur. Mais Kalitine, lui, était venu enterrer un témoin.

Il était sûr que l'agent immobilier n'avait laissé aucun écrit personnel, aucune niaiserie comme un journal intime. Rien que des quittances, des comptes, des contrats, disciplinés et muets. Le prêtre avait prononcé un court sermon, quelque chose sur le don d'honnêteté. Et Kalitine avait regardé avec plaisir le couvercle laqué du cercueil sur lequel tambourinaient de rares mais grosses gouttes de pluie, comme celles qui tombaient la première fois qu'il était arrivé ici.

Ce jour-là, ils roulaient en silence. Ils avaient laissé derrière eux l'église, le village, les pentes jaunies enflées comme des voiles, les vallons envahis de noisetiers où sonnaillait le carillon errant des clarines.

La route montait, bordée de pommiers. Des sangliers, venus se régaler de fruits tombés, jaillirent des fourrés. La plaine était entièrement visible – sans la moindre habitation. Et l'œil ne trouvait aucun endroit où l'on puisse se cacher : ni bosquet d'arbres ni la moindre anfractuosité de terrain. Kalitine avait l'impression que l'agent lui faisait faire ce trajet pour rien. Il aurait voulu s'arrêter, revenir en arrière : ils avaient franchi la ligne invisible qui marque la frontière du monde habité et ils étaient entrés dans un désert humain.

Le chemin eut un grand tournant vers la gauche, dissipant l'illusion optique du paysage qui avait caché la partie supérieure de la vallée. Là, dans l'ombre d'un bois de hêtres qui s'élevait sur le sommet des collines, il y avait une maison solitaire.

Elle était en bois. Mais on aurait dit que ce bois était pétrifié, comme cela arrive aux étais dans les mines de sel. Les poutres sèches qui formaient la cage de la maison étaient sombres, comme si à l'intérieur dormaient encore les sucs amers et froids de cette terre pierreuse. Les fenêtres étaient fermées par des volets intérieurs. Quelques pommiers poussaient sur la pente, revenus à l'état sauvage, ayant perdu variété et espèce. La forêt toute proche bâillait là où finissait la route, exhalant la fraîcheur siliceuse d'un ruisseau et l'odeur de pourriture des grandes feuilles de hêtre longues à mourir.

Soudain un nuage gris-bleu monta lourdement de derrière la colline. Une grosse pluie, molle, zézayante, se mit à tomber. L'agent immobilier ouvrit courtoisement son parapluie, mais Kalitine marchait déjà vers la maison, sentant sur son visage ces gouttes paisibles qui tombaient du nuage tout proche.

Kalitine pensait que l'intérieur serait meublé. Il imaginait sans raison un piano à queue, des photos d'inconnus sur une commode, des nappes à carreaux blancs et rouges, des bois de cervidés au-dessus de la cheminée, un divan au cuir usé. Mais la maison était complètement vide. Il n'y avait qu'un tas de cendres et de bouts de charbon dans la cheminée, comme si les habitants précédents avaient emporté tout ce qui était transitoire, pouvait passer de main en main, changer de propriétaire, et avaient brûlé le principal, l'essentiel, ce qui avait trait au destin.

Kalitine fut d'abord découragé, alarmé, comme si ces cendres étaient littéralement les restes de la vie de quelqu'un. Mais ensuite, lui qui avait été habitué aux appartements meublés par l'État, il ressentit le charme étrange de ce vide qu'il devait emplir de choses nouvelles qui seraient à lui et rien qu'à lui. Il fut sensible aux enchantements crépusculaires de la forêt. À l'appel discret des collines qu'il sentait prêtes à monter la garde, à veiller la nuit.

À ce moment précis il comprit qu'il était en train d'acheter la maison. L'agent immobilier, derrière lui, posa avec soin son parapluie mouillé contre le mur et dit lentement, cérémonieusement :

– Je pense que vous vous plairez ici. C'est un bon endroit.

8

Cherchniov était assis à sa place : classe économique, première rangée. À côté de lui, siège 6 C, le major Grebeniouk. Son coéquipier. On leur avait proposé des billets en classe affaires, mais Cherchniov avait refusé : pas la peine, trop voyant. Le lieutenant-colonel regarda une fois de plus son talon d'embarquement : ALEXANDER IVANOV, 6 D. Son passeport et son visa étaient au nom d'Ivanov. Tandis qu'on les faisait passer par le couloir spécial qui évitait la douane et les contrôles, un officier de la police aux frontières y avait mis le tampon de sortie du territoire.

On avait prévenu l'équipage (c'était une compagnie aérienne d'État) qu'il y aurait à bord des passagers particuliers. Son coéquipier, un mécanicien de l'armée, ingénieur gradé, transportait dans son bagage à main un flacon de déodorant d'une marque de parfum de luxe, correspondant aux règles de la sécurité aérienne : pas plus de cent millilitres. La marque avait été choisie par des spécialistes qui avaient élu le flacon le plus facile à imiter. Une variante aurait consisté à envoyer le produit par la valise diplomatique et à le récupérer de l'autre côté de la frontière, mais on avait décidé que le prendre avec soi était plus rapide et plus sûr : pas besoin de rencontrer un courrier de l'ambassade, qui pouvait être suivi.

Ils avaient embarqué tard dans la soirée. Un vol, pratique, qui les faisait atterrir tôt le matin, quand les policiers et les douaniers sont fatigués, ensommeillés et font moins de zèle. Son coéquipier s'installait déjà pour dormir. Il inclina le dossier de son siège, bien que ce soit interdit au décollage. La cheffe de cabine ne lui fit aucune remarque – elle savait qui ils étaient.

L'avion stationnait encore près de la passerelle d'embarquement. On attendait des crétins de la classe affaires. Ils s'étaient sans doute soûlés. Ils ont peur en avion, alors ils picolent avant.

Cherchniov, d'ailleurs, n'aurait pas refusé un petit verre. Il n'était pas à l'aise. Derrière lui s'était installé un couple – des Tchèques, apparemment – avec deux enfants. Contrairement à ce qu'il craignait, le bébé s'endormit tout de suite. Mais la fillette assise derrière Cherchniov, un vrai vif-argent, maigrichonne, avec deux petites nattes blondes – il l'avait repérée à l'enregistrement des bagages où elle essayait de sauter sur le tapis roulant –, donnait des coups de pied dans son siège.

Son dos s'en ressentait : en classe économique les fauteuils sont minables. Cherchniov regretta de ne pas avoir pris la classe affaires. Il s'était déjà retourné une fois, avait regardé la morveuse droit dans les yeux. La fillette avait paru se calmer. Mais une minute après elle se remettait à taper de plus belle.

Il lui était absolument interdit d'attirer l'attention sur lui dans l'avion. D'échanger sa place avec un autre passager. De prendre part à une dispute. La fillette, comme si elle le sentait, le faisait tourner en bourrique. Il s'adressa à ses parents en anglais, puis en russe. Mais ces derniers ne comprenaient pas ou, incapables de contrôler l'enfant, faisaient semblant de ne pas comprendre. Il montra par gestes que leur fille le gênait, mais la mère écarta seulement les mains en signe d'impuissance et sourit gentiment.

Lassés d'attendre, les passagers des rangs voisins commençaient à les regarder. Et Cherchniov préféra se rasseoir et ne pas appeler l'hôtesse de l'air. Tout ce que le gouvernement lui avait fourni comme équipement ne pouvait rien contre cette petite peste qui le prenait visiblement pour une chiffe incapable de riposter.

Il pensa même à l'objet qui était dans le sac de voyage de son coéquipier. Il pourrait prendre le flacon et…

Il lui sembla soudain que la petite percevait ses pensées secrètes. Ses ondes. C'était Cherchniov qu'elle sentait, pas Ivanov. Le vrai Cherchniov. Les enfants nerveux, un peu à part, sentent ces choses-là. Il le savait. Quand Cherchniov était revenu de sa deuxième mission en zone de combats, Maxime, encore tout petit, se mettait à sangloter irrépressiblement quand il le soulevait. Il se tortillait, s'étranglait, hurlait à en perdre la voix – et se calmait sans problème dans les bras de Marina. Mais après quelques semaines Cherchniov sentit que c'était passé – et son fils le laissa s'approcher.

La fillette lisait en lui. Et elle se protégeait comme elle pouvait.

Cherchniov se retourna et regarda dans l'espace entre les sièges. La petite lui rendit son regard ; ses yeux étaient pleins d'incompréhension et de curiosité inquiète. Cherchniov avait envie de la foudroyer. Mais il se rappela brusquement un jeu qu'il avait inventé pour Maxime, il y avait bien longtemps. Il prit son stylo, dessina un visage comique sur le coussinet de son index qu'il se mit à plier et déplier, comme si le bonhomme-doigt voulait engager la conversation.

La fillette sourit – et elle se détendit, se calma et s'endormit sous ses yeux, comme si une petite dose de gaieté et de jeu était ce qui lui avait manqué pour que sa tension s'apaise. Cherchniov essuya son doigt, se décontracta. Les passagers en retard arrivèrent enfin et l'avion quitta la passerelle. L'équipage procéda aux instructions habituelles, dans la classe affaires un bouchon sauta, le champagne pétilla.

Cherchniov aimait être en avion, en plein ciel. Ses pensées étaient alors particulièrement claires. Évidemment il n'avait pas pu prendre avec lui le moindre écrit concernant l'objectif. Le lieutenant-colonel était à présent une tout autre personne, Ivanov, un entrepreneur qui allait avec un ami boire de la bière et manger des saucisses, draguer les filles et acheter des cadeaux. Mais Cherchniov avait mémorisé ce qui était le plus important et à présent, pendant le vol, il avait l'intention de tout réexaminer et de faire une synthèse. Il n'y était pas obligé, on n'exigeait pas de lui un travail d'analyste. Mais l'objectif avait perdu le caractère abstrait, spéculatif qu'il n'aurait jamais dû cesser d'avoir, il était à présent comme un fantôme, une ombre à l'arrière-plan, il avait acquis dans les pensées de Cherchniov une liberté d'action étrange, illusoire ; et ce dernier voulait le maîtriser de nouveau, réaffirmer sur lui son pouvoir incontesté : le pouvoir qu'il avait eu sur le chef de guerre condamné.

Mais ses pensées s'éparpillaient, comme si l'objectif se défendait, refusait d'être compris ou asservi, essayait de s'échapper. Alors Cherchniov fit porter ses réflexions sur une autre personne capable de l'orienter vers des conclusions exactes – méthode d'approche opérationnelle classique.

Igor Iourevitch Zakharievski. À sa mort, il était académicien, général-lieutenant du service de santé des armées. Décoré tant et plus. Zakharievski était trop important pour être entièrement caché, c'est pourquoi il avait une identité publique, non soumise au secret.

Académicien. Parent éloigné. Une étoile de première grandeur.

L'insigne qu'il portait, le serpent et la coupe, c'était bien sûr un camouflage. Il ne s'occupait pas de médecine. Et ce qu'il faisait – Cherchniov n'était pas censé le savoir. Mais ce n'était pas interdit de deviner.

Zakharievski. C'est un nom dont il se souvenait.

Lorsque Cherchniov avait commencé à travailler, il ne restait presque personne de la génération d'avant la guerre. De ceux qui étaient en poste à l'époque des « violations de la légalité socialiste », comme on disait aux cours d'instruction politique. Mais le père d'un de ses collègues était un colonel en retraite, agent du contre-espionnage dans le domaine scientifique.

C'était en hiver. Oui, en hiver. Un immeuble de brique claire, réservé aux logements ministériels, au centre de la capitale. Un anniversaire. Le cognac venu de quelque part en Transcaucasie, envoyé au héros de la fête : les vieux collègues savaient ce qu'il aimait. Pauses cigarette dans la cuisine. Eux, les jeunes, ont une discussion avinée : comment peut-on savoir qu'un type est « des nôtres » ? Comment peut-on débusquer un futur traître : grâce à l'intuition, ou à un « sixième sens » ?

Le retraité écoutait sans rien dire. Puis soudain il fit un geste tranchant de la main, comme s'il coupait la tête de quelqu'un. Avec une force inattendue, comme s'il voulait se convaincre lui-même, il se mit à parler de Zakharievski. Son cousin, chercheur lui aussi, spécialiste de l'élevage bovin, avait été accusé de falsifier les résultats de ses expériences pour saboter la croissance de l'agriculture. Il avait été condamné par la « troïka[1] » et exécuté en 1937. Réhabilité en 1959.

– Zakharievski, lui, dit fermement le retraité malgré sa voix enrouée d'asthmatique, il est devenu académicien. Il aurait pu en vouloir au pouvoir soviétique, pour son cousin. Mais il a compris qu'il y avait eu une erreur. Le Parti lui a fait confiance. Et il a mérité cette confiance. Il était des nôtres, conclut l'ancien du contre-espionnage en insistant sur le mot « nôtres », comme s'il déclarait sa solidarité avec Zakharievski et revendiquait publiquement les droits de son service et de l'État sur l'académicien, droits dont une petite partie lui revenait.

Quelque chose fit tilt dans l'esprit de Cherchniov. Zakharievski. C'est visiblement lui – en souvenir de son cousin, pourrait-on dire – qui s'était servi de sa position pour aider des membres de sa famille à obtenir un travail dans la ville fermée. Un travail qu'on n'aurait pas dû leur donner : même si on avait réhabilité le zoologue fusillé, rares étaient les parents des victimes de la répression à qui on faisait confiance. Grâce à Zakharievski, ils s'étaient adroitement cachés dans le réservoir à secrets où tout était spécial, même la milice et la procurature. Rien d'étonnant alors si l'objectif était devenu ensuite son élève et son héritier.

Lors de son briefing, on avait dit à Cherchniov que très vraisemblablement l'objectif avait envie de revenir dans sa patrie. Qu'il attendait inconsciemment son châtiment et qu'il n'offrirait vraisemblablement pas beaucoup de résistance. Au contraire, il penserait que la vengeance était justifiée.

Mais le fait d'avoir deviné la ruse de Zakharievski, qui avait accepté – accepté ? vraiment ? – la mort de son cousin, mais avait caché ses parents juste sous le nez de leur service, conduisait Cherchniov à se dire : non. L'objectif n'allait pas se rendre sans combattre. Il essaierait de sauver sa peau – à tout prix.

Bizarrement, cela lui plaisait.

---

1. La troïka du NKVD était un organe extrajudiciaire de poursuites criminelles en 1937 et 1938. Elle était dirigée par trois personnes : le chef de l'administration du NKVD, le secrétaire du comité du parti communiste et le procureur de l'*oblast* (région).

9

Kalitine ferma soigneusement la porte derrière lui, alluma la lumière dans l'entrée, jeta un regard rapide dans les coins. Cela faisait trop longtemps qu'il vivait seul, ne voyait presque personne, et il était toujours l'être humain qui l'intéressait le plus. Privé de ses recherches, d'un vrai travail, il se forçait à observer méticuleusement ses habitudes, à noter les préférences et les répugnances qui les expliquaient – résidus, moulages des grands sentiments qui l'avaient habité jadis.

Et même à présent, alors qu'il apportait avec lui l'atroce nouvelle de la maladie qui devait immanquablement détruire les rituels quotidiens mis en place depuis des années, éloigner de lui sa table de travail, son fauteuil, sa bibliothèque, qui dureraient manifestement plus longtemps que lui et dont il n'était déjà plus le propriétaire absolu, Kalitine ne pouvait s'empêcher de regarder dans les coins : y avait-il des rats ?

Quand il était petit, il n'avait pas peur des animaux, des chiens par exemple, alors que d'habitude les enfants les craignent : la ville fermée était trop neuve, elle avait surgi en pleine forêt, les gens y étaient venus dans la précipitation sans vraiment savoir ce qui les attendait sur place, ils avaient laissé leurs animaux de compagnie à des parents. Et il n'y avait pas de chiens errants, d'où auraient-ils pu venir ?

Adolescent, il ne s'amusait pas à torturer des animaux. Ensuite, pendant ses études et à son travail, son attitude envers les animaux resta indifférente. Une multitude d'entre eux, des milliers de souris, des centaines de chiens, de lapins, de singes, des dizaines de chevaux, de chèvres, de moutons moururent dans d'atroces souffrances – mais c'était nécessaire, c'était pour une grande cause. Si l'on avait pu se passer de cobayes, il y aurait renoncé. Mais la nature ne voulait pas livrer ses secrets sans qu'on lui fasse violence, sans mort sacrificielle, sans écume trouble aux lèvres.

Quand on faisait des expériences sur les mannequins, il n'assistait pas au processus et ne recevait que le compte rendu. Âge. Poids. Maladies. Réaction au produit. Les mannequins le troublaient profondément – il voulait pénétrer toujours plus avant dans le secret de la mort humaine. Kalitine voyait qu'il n'y avait pas deux morts identiques. Une complexion proche, un âge identique – et les derniers instants avaient une durée différente, différentes étaient les manifestations de l'agonie. Physiologie ? Psychologie ? Caractère ? Destin ? En même temps il ne considérait pas ces cobayes comme des êtres humains. Plutôt comme des ensembles infiniment complexes de paramètres ; comme des puzzles animés. Il n'avait pas besoin qu'on lui explique que c'étaient des criminels d'État, des condamnés, des morts en sursis. Ce bavardage juridique restait hors de la salle d'expérience. Dedans, il n'y avait qu'un corps avec le produit à l'intérieur, introduit par un laborantin expert en mensonges rassurants, qui jouait le rôle du bon docteur.

De toutes les créatures vivantes qui furent jadis en son pouvoir et qui peuplaient l'arche du laboratoire, Kalitine ne mettait à part que les rats.

Là-bas, sur l'Île, dans le vieux bâtiment du monastère, ils disposaient de centaines de rats d'élevage, tous identiques, soumis et stupides. Mais – venus des souterrains abandonnés, murés, qui s'enfonçaient profondément dans la roche calcaire – de vrais rats, des rats sauvages, s'introduisaient comme ils voulaient dans les laboratoires et leurs annexes, dont l'accès n'était autorisé qu'à de rares élus, des collaborateurs soumis à des vérifications sans fin.

Les premiers à subir une défaite furent les ouvriers du bâtiment, armés de ciment, d'enduit, de ferraille, de brique et de verre pilé. Ils n'étaient pas nombreux à avoir un laissez-passer spécial leur permettant de faire des travaux dans le laboratoire. Ils firent tout ce qu'ils purent, obstruant, bouchant tous les passages qu'ils trouvaient. Mais les rats continuèrent à se manifester, bouffant les sandwichs laissés dans les sacs, détériorant papier et carton. Les vieux habitants disaient qu'il était impossible de s'en débarrasser parce qu'ils étaient amenés par les innombrables péniches à grains qui voguaient en caravanes sur le fleuve. Mais les rats faisaient des dégâts même en hiver, quand le fleuve gelait et que les péniches attendaient dans des criques la reprise de la navigation.

Ensuite on fit venir un dératiseur, lui aussi muni du laissez-passer ; les spécialistes de toutes sortes ne manquaient pas dans leur système ! Le dératiseur, avec toutes ses poudres, n'arriva à rien, lui non plus.

Alors, comme par plaisanterie, Kalitine proposa une compétition. Il était vexé de voir ces misérables rongeurs faire la loi dans son domaine, alors qu'eux, les maîtres des poisons, les inventeurs et ordonnateurs des substances les plus toxiques, n'arrivaient pas à les anéantir.

En fait, les rats, tout le monde en avait assez. Les collaborateurs, surtout les jeunes, rivalisèrent de zèle, concoctèrent des recettes, inventèrent des pièges. On pensa que c'était la fin des rats, et Kalitine plaisantait : voilà, ça, c'est la science ! Mais il comprit bientôt que tous les rats ne mouraient pas. Ils réussirent à en éliminer la plupart, mais certains, au prix de la mort de leurs camarades, avaient appris à détecter les appâts et à éviter les pièges. Ils étaient peu, juste quelques-uns. Mais ceux-là, pas moyen de les tuer, on avait en quelque sorte épuisé toutes les ruses humaines.

Kalitine savait maintenant reconnaître leurs traces, leurs habitudes, il pouvait dire quel rat était venu. Il y en avait un, un gros surmulot à la queue mordue, qui semblait le provoquer : il apparaissait dans l'obscurité d'un couloir et disparaissait aussitôt. Oui, Kalitine aurait quand même pu les anéantir – mais uniquement en empoisonnant tout l'environnement, en mettant en danger son personnel et lui-même ; en payant un prix qu'une vie de rat ne valait pas.

Depuis cette époque il éprouvait envers les rats un respect forcé, inquiet, comme si à travers eux la nature lui avait signalé une exception significative qu'il lui fallait prendre en compte. Ensuite, dans sa nouvelle vie, alors que lui-même se sentait comme un rat pourchassé, Kalitine découvrit à son grand étonnement que ce rapprochement lui apportait un apaisement – comme si lui-même était devenu cette exception aux lois générales de la traque et de la chasse, exception qui n'était attestée que chez une seule espèce de créatures.

Et il reçut un signe lui prouvant que cette intuition était exacte. Un signe venu du lointain passé de sa nouvelle maison. Un signe qui, d'une rime imprévue, reliait les deux moitiés de sa biographie séparées par la fuite, la frontière, la condamnation.

Aucune voiture ne venait chez lui, sauf la fourgonnette jaune de la poste et les taxis qu'il appelait lui-même. La route finissait en impasse. Les touristes ne s'égaraient pas jusque-là, il n'y avait rien d'intéressant à voir dans le secteur. La chasse était à présent interdite, c'est pour cela que les sangliers s'étaient autant multipliés ; seuls de vieux miradors se dressaient encore sur les pentes et le long du ruisseau.

Mais – c'était il y a onze ans, oui, onze ans – il vit un jour sous ses fenêtres une vieille berline grise mal en point : une voiture qui passe inaperçue, celle des agents secrets et des tueurs à gages. Bien que Kalitine sût que des gens envoyés pour l'éliminer se conduiraient moins ostensiblement, il descendit rapidement à la cave en veillant à ce qu'on ne le vît pas par la fenêtre, ouvrit l'armoire forte et remonta avec un fusil chargé.

On sonna à la porte, longuement, avec insistance, comme le fait la police ou les livreurs à domicile. Kalitine décida de ne pas ouvrir, bien que sa voiture sous l'auvent indiquât que le propriétaire était vraisemblablement là. Il avait peur de s'approcher de l'œilleton. Et il avait peur, tout à fait irrationnellement, que ce soit, disons, un agent d'assurances, un arpenteur ou un fonctionnaire du parc naturel, des gens qui pourraient bavarder, dire que le professeur était chez lui mais ne leur avait pas ouvert ; il craignait que quelqu'un (qui n'existait que dans son imagination) soupçonne l'habitant de la maison isolée d'avoir quelque chose à craindre ou à cacher.

Sa maison n'avait pas encore sa porte antibruit en métal imitation bois. Ni les caméras de surveillance branchées sur l'ordinateur. Kalitine ne pouvait pas voir qui était debout à sa porte sans risquer de trahir sa présence.

Le visiteur descendit du perron et passa derrière la maison. Son visage apparut brièvement dans l'interstice des rideaux : un Anglais typique, roux, frisé, lunettes d'intellectuel – l'unique Anglais à des dizaines de kilomètres à la ronde : ce n'était certainement pas un émissaire de sa patrie, ceux qu'on envoie sont natifs de là-bas, ce sont des Slaves ; et ce n'était pas un envoyé de ses nouveaux patrons, ils l'auraient prévenu. Un journaliste ? Ils auraient eu vent de quelque chose ? Une fuite ? Quelqu'un l'aurait trahi ?

Kalitine s'aperçut que, dans sa peur, il avait oublié son compagnon secret, son joker – le Débutant. Le produit dormait à l'abri dans son flacon derrière la porte du coffre-fort spécial, prévu pour des substances actives. Mais Kalitine se représenta soudain ce qui arriverait si le Débutant s'avisait de se réveiller et trouvait ne fût-ce qu'une microfissure dans le flacon hermétique, se libérait et s'échappait tout entier sans passer par le bouchon doseur, se dissipant immédiatement dans l'air. Lui-même, Kalitine, mourrait sans s'en apercevoir. Ainsi que l'Anglais curieux. Les hirondelles qui avaient fait leur nid sous le faîte du toit et qui élevaient leurs petits. Les papillons et les moustiques. Les capricornes qui rongeaient le bois, les vers, les cloportes, et même sans doute les taupes. Et demain matin, le facteur verrait un cadavre près de la maison, appellerait la police qui enfoncerait la porte mais ne sentirait rien que l'odeur lourde, normale d'une mort de la veille. Le Débutant se serait déjà volatilisé, enfui dans l'infini, perdu parmi les atomes et les molécules. Et seul un officier vieux et expérimenté reniflerait et remarquerait, un peu surpris :

– Une maison splendide, toute propre, et on dirait que ça sent la punaise !

Mais ses subordonnés lui affirmeraient que non, ça ne sentait absolument pas la punaise.

Kalitine eut un accès de gaieté. Il se représentait avec une telle netteté l'Anglais mort, si incongru et comique parmi les taupinières fraîches avec sa veste de lainage écossais, qu'il cessa d'avoir peur de lui. Comme si le Débutant avait soupiré dans son sommeil, comme si son souffle avait suffi pour dissiper les craintes de son créateur imparfait.

Kalitine cacha son fusil dans un placard. Ouvrir ? Ne pas ouvrir ? Si c'est un journaliste, il vaut mieux découvrir ce qu'il sait. Il vaut mieux se donner l'occasion de présenter sa version. De jouer la comédie.

De se justifier.

Il prit sa décision, ouvrit la porte.

L'Anglais se retourna en entendant le bruit. Sous sa veste, un pull-over fin, couleur ocre. Jeans clairs, classiques. Mocassins de daim. Appareil photo en bandoulière. Un gros appareil, coûteux, et son propriétaire doit s'en servir souvent, la peinture est usée au niveau de l'objectif. Maigre. Ce n'est pas un athlète, mais il est souple, énergique. À l'extérieur : courtoisie raffinée, confusion d'avoir dû déranger le maître de maison. À l'intérieur, par contre : grande confiance en soi, esprit exercé à rebondir sur n'importe quelle réplique de l'interlocuteur pour l'amener où il veut en cinq ou six phrases. Un journaliste. Il suit une trace, tente son coup – mais c'est un coup pour rien, il passe à côté du destin de Kalitine.

Le journaliste n'était pas là pour lui. Il poursuivait un autre but qui lui tenait à cœur, le poussait en avant, l'emplissait de la joie de la découverte. L'Anglais avait le regard aigu, avide, visionnaire de Schliemann, l'archéologue fou – mais il regardait la maison, pas son propriétaire.

Kalitine savait qui étaient les propriétaires précédents : les héritiers d'une dynastie de marchands de sel. C'était leur maison de campagne. Un des membres de la famille aurait fait carrière sous le régime nazi dans la Pologne occupée ; Kalitine supposa que l'Anglais écrivait un livre et qu'il était venu se renseigner sur ce fonctionnaire du Gouvernement général. À sa grande surprise, Kalitine s'aperçut que cela lui était désagréable : comme s'il était lié aux anciens propriétaires par des secrets de famille dont il aurait hérité, comme si c'était dans sa propre vie que venait fouiller cet impudent journaliste.

Il se serait bien contenté d'une courte conversation sur le perron. Mais il ne voulait pas que la mémoire professionnelle du journaliste, longue et tenace, l'enregistre comme quelqu'un de renfermé, avare de paroles ; alors il décida de jouer le rôle d'un homme simple, cordial et qui s'ennuyait, et il l'invita à entrer au salon.

Si le journaliste avait pu supposer qu'à cette maison étaient liées non une seule, mais deux séries d'événements proches, que la foudre avait frappé deux fois au même endroit, il aurait noté l'étonnement un peu trop marqué et vif de son nouvel interlocuteur, quand il lui avait expliqué le but de sa visite.

Derrière les montagnes voisines entaillées par la rivière torrentielle et furieuse, derrière leurs crêtes couvertes d'une antique forêt qui avait emprunté sa durée à la pierre, se dressait une forteresse ; elle avait connu les prisonniers de plusieurs siècles, royaumes et États. Pendant la guerre, il y avait là un camp de concentration.

Au printemps 1945, le bruit de la guerre s'était tu dans les plaines de l'Est, les feux de l'artillerie s'étaient éteints. C'est alors qu'ils vinrent dans cette maison – traversant la montagne par un ancien chemin envahi par la végétation, le chemin des bûcherons qui préparaient le boisage des mines de sel, chemin où ni motocyclette ni voiture ne pouvaient passer. Quelques gardiens SS du camp ; le savant qui procédait à des expériences sur les prisonniers. Un des SS connaissait cette villa isolée : il y avait été invité.

L'Allemagne avait perdu la guerre. En bas, dans les vallées, dans les villes de quelque importance, les Alliés mettaient en place leurs garnisons. Mais ici, près des sommets, dans les forêts et les prés des montagnes, aucun pouvoir ne s'était encore installé. Les anciens propriétaires avaient abandonné leur villa, leurs biens, et s'étaient enfuis. Les occupants occasionnels pouvaient se sentir tranquilles.

En fait, le journaliste essayait de déterminer si c'était cette maison-là. Et c'était bien elle. Il avait une description donnée lors d'un interrogatoire par un des officiers de la garde du camp, arrêté dans la zone occupée par les Britanniques. Les autres avaient disparu, ils étaient partis – comme l'expliqua le journaliste – par les « routes des rats », les filières secrètes d'évasion qui leur faisaient quitter l'Europe pour un autre continent, par les ports sur l'océan.

Il le prononça ainsi : *rat lines*, dans son anglais impeccable, maniéré. Puis, il le dit dans son allemand scolaire : *Rattenlinien.*

– Les rats choisissent toujours les mêmes routes pour fuir, dit alors le journaliste.

Il avait en vue le réseau des refuges secrets pour les fuyards ; des fonctionnaires prêts à faire de faux documents, des personnes de confiance : prêtres, policiers ; des marins qui prenaient à leur bord des clandestins. Il écrivait un livre sur les médecins des camps, et il lui était facile de parler avec Kalitine, transfuge d'un pays vainqueur. Il était obnubilé par la poursuite des ombres du passé et aveugle en ce qui concernait le présent. Il demanda la permission de photographier la maison, de tout regarder à l'intérieur. Il jeta un coup d'œil à la cave, passa à un mètre du Débutant caché dans le coffre. Il demanda s'il était resté de vieilles affaires. « Non, rien », répondit sincèrement Kalitine.

Quand le journaliste prit congé et partit, la première chose que fit Kalitine fut d'avaler un comprimé pour le cœur.

Les « routes des rats » n'étaient pas la seule chose à l'avoir frappé.

Dans sa vie antérieure, il avait connu un savant allemand qui avait travaillé dans un camp de concentration. Oncle Igor, Igor Iourevitch Zakharievski, l'avait ramené d'Allemagne après la guerre, comme trophée.

Officiellement cet Allemand n'existait pas. La ville fermée était sa prison. Mais il était là – technicien sinistre, auteur d'expériences que même Zakharievski et ses collaborateurs ne pouvaient pas se permettre ; il avait regardé beaucoup plus loin qu'eux au-delà de la frontière de la douleur et de la mort, et il était prêt à faire part, scrupuleusement, de son expérience.

Kalitine se souvenait de la première fois où Zakharievski lui avait tout raconté sur le prisonnier. Kalitine s'était indigné, bien qu'il eût déjà plusieurs vies sur la conscience. Mais c'était nos soldats que cet Allemand avait torturés et mis à mort, peut-être même que le grand-père maternel de Kalitine, un mathématicien, artilleur, mort dans un camp de prisonniers, était tombé entre ses mains.

Kalitine aurait volontiers tué l'Allemand. Mais quelques jours plus tard il s'aperçut que sa colère était déjà retombée. Il pensait toujours haïr le savant prisonnier, mais il était prêt à travailler avec lui.

Premièrement, c'était ce que voulait Zakharievski : son plan était de développer le produit dont la première génération avait été élaborée par l'Allemand. Deuxièmement, Kalitine ne pouvait pas ne pas apprécier l'indiscutable méthode scientifique du prisonnier. Et troisièmement, il sentait – en dépit de son éducation, malgré l'image de l'ennemi qu'on lui avait inculquée – une parenté étrange, interdite, de leurs aspirations intimes qui primaient sur la nationalité, l'idéologie, la haine : atteindre par le plus court chemin cette science qui rend son créateur indispensable, indépendant des circonstances. Qui assure la meilleure protection, le plus grand pouvoir. Par son exemple, l'Allemand avait prouvé que c'était possible.

Devinant les sentiments de son nouveau collègue, l'Allemand se faisait discret, n'imposait pas sa présence, ne parlait pas du passé. Il travaillait, c'est tout : régulier et efficace. Et finalement Kalitine sentit que ce vieillard solitaire et asservi lui était plus proche que les généraux et les chefs du Parti, dont dépendait le laboratoire. Ceux-là étaient du même sang et du même pays que lui, mais essentiellement étrangers ; l'Allemand était aussi étranger qu'on peut l'être, mais de même nature que lui. C'était un de ceux qui se cachait de l'État au sein même de l'État, le mettant à son service et le servant en retour avec loyauté, se fondant avec lui à tel point qu'on ne savait plus qui dirigeait qui.

Et c'est cet Allemand qui, comprenant que son jeune collègue était mûr pour un niveau supérieur de connaissance, encore plus difficile, lui ouvrit les yeux sur une ombre cachée dans l'ombre : le passé double du laboratoire, ou, plus exactement, de cet endroit, l'Île, où il se trouvait. L'Allemand était déjà venu avant la guerre, avant qu'Hitler soit chancelier, quand il y avait ici une base militaire secrète germano-soviétique.

Même s'il était déjà initié aux sombres secrets de l'Île, Kalitine refusa d'abord de le croire. Alors l'Allemand lui décrivit tout de mémoire – où étaient l'aérodrome, le vieux bâtiment en bois du laboratoire, les baraques du personnel, la ménagerie, la garde, le tracé de la clôture ; dans quelle partie du champ de tir (aujourd'hui envahi par les herbes) on pouvait encore trouver de vieilles tranchées, des cratères qui avaient subsisté après des exercices d'artillerie ; il y amena Kalitine, farfouilla avec sa canne dans l'herbe fanée, lui montra un culot d'obus éjecté par l'explosion. Le marquage était allemand. Voyant que Kalitine doutait encore, l'Allemand l'amena dans les archives du laboratoire : il y avait là une section spéciale où l'on gardait des documents ramenés, après la guerre, de différents pays d'Europe, des tonnes de papiers provenant de divers instituts scientifiques, parfois endommagés par le feu ou l'eau. Personne ne les avait vraiment triés ; et c'est là que Klaus ouvrit une cantine de soldat d'aspect ordinaire. C'étaient les comptes rendus des expériences réalisées en commun. En 1933, les savants allemands les avaient emportés en Allemagne. Et en 1945, une équipe spéciale du NKVD les avait retrouvés dans les ruines et rapportés au pays.

Kalitine lisait, reconnaissant les endroits décrits, les noms des savants soviétiques. Il vit le nom de Zakharievski. Tout lui était familier : l'ambiance qui régnait lors des expériences, la logique scientifique.

On y faisait même mention de Klaus.

Il sentit qu'il ne voyait plus en Klaus un ennemi.

En raccompagnant le journaliste, Kalitine se mit à penser à Klaus. À ce qu'il lui avait fait découvrir. Kalitine songeait aux tautologies non fortuites de l'Histoire, provoquées par la rareté des endroits véritablement isolés qui conviennent pour se cacher, pour garder un secret. Il pensait à lui-même, au choix qu'il avait fait de cette maison – sur une vieille route que d'autres avaient suivie. Sur une *ratline.* Donc, il pouvait lui aussi compter sur sa protection, sur un petit reste de la chance des fuyards, puisque ceux qui le protégeaient jadis voulaient à présent le tuer.

Le journaliste lui avait montré une copie des interrogatoires. L'officier de la garde, qui avait une formation technique, avait assisté à des expériences dans le camp. L'officier ignorait beaucoup de choses, confondait les termes, mais Kalitine comprit tout de suite : c'était du travail de boucher. Une mort grossière, au rabais, pour un troupeau destiné à l'abattoir. Une mort visible, publique, qui ne se cachait pas. Les fuyards avaient sûrement emporté la documentation ou l'avaient planquée quelque part en route dans une cache – comme un dépôt bancaire, des actions momentanément en baisse mais qui pourraient retrouver leur valeur passée si les nouveaux maîtres de l'Europe se mettaient à se disputer entre eux et avaient besoin d'anéantir quelqu'un : les communistes, par exemple. Ou les capitalistes, les bourgeois.

Kalitine aussi avait laissé une cache dans sa patrie, un tube enterré sous un arbre que rien ne distinguait des autres, dans la forêt. Et c'était comme s'il se regardait dans un miroir idéal, absolu, se regardait sans étonnement, sans inquiétude, comme si lui-même avait vécu toutes ces vies disparates, séparées dans le temps. Ou, au moins, comme s'il était un maillon de cette chaîne.

Depuis cette rencontre, Kalitine pensait qu'il pouvait y avoir un rat dans la maison. Chez lui c'était propre, il était loin du village, les rats n'avaient aucune raison de venir – et cependant il lui semblait toujours apercevoir une ombre grise.

Kalitine enleva son manteau et s'apprêta à allumer le feu dans la cheminée. Le jour tombait rapidement. L'obscurité arrivait vite dans la vallée, comme exhalée par les collines, les arbres, l'herbe. Il regarda par la fenêtre. Un avion volait au-dessus des nuages éteints qui avaient d'un coup perdu toute beauté. Sa trace plumeuse était encore rouge orangé, éclairée par le soleil. Tout en fendant à l'ancienne du petit bois d'allumage, Kalitine se mit à penser à l'avion, aux gens qui étaient dedans ; où allait-il, le pilote était-il expérimenté, quel âge avait l'appareil ?

Il était prêt à penser et à faire n'importe quoi, fendre du petit bois, porter des bûches – uniquement pour retarder le moment où il serait chez lui pour de bon et où la pensée de la mort lui reviendrait avec une force nouvelle, presque insurmontable ; monterait à l'assaut.

Il pressentait une nuit sans sommeil. Une longue nuit de peur et de souvenirs. Et il voulait qu'au moins il y ait du feu dans la cheminée, que le tuyau ronfle, qu'il puisse sentir la fumée douceâtre des bûches de pommier, dures et sonores, résistantes aux flammes.

10

Dans la queue pour le contrôle des passeports, Cherchniov n'était ni en colère ni impatient, et pourtant ça traînait en longueur : déjà quarante minutes pour rien. Quand il partait en mission, il avait toujours l'impression qu'il avait du temps à revendre. Quels que soient les retards, quels que soient les obstacles, il aurait toujours un ou deux pas d'avance sur l'objectif.

On avait choisi de les faire atterrir dans un pays dont le service de contre-espionnage n'était pas très performant. Son coéquipier et lui devaient passer le contrôle dans la deuxième douzaine de passagers : c'est aux premiers qu'on fait le plus attention.

Mais pour commencer, il fallut remplacer la passerelle passagers, défectueuse. Ensuite leur autobus tourna un long moment dans l'aéroport. Quand ils purent entrer dans le hall des arrivées, il y avait déjà des centaines de passagers débarqués des vols suivants.

Les gardes-frontières prenaient leur temps. Il n'y avait que deux guichets pour les non-ressortissants de l'UE. L'officier qui s'ennuyait derrière le troisième, réservé aux ressortissants, renvoyait ceux qui tentaient leur chance avec un mauvais passeport. Des Orientaux jacassaient parmi leurs balluchons, la queue n'avançait presque pas. Mais Cherchniov restait calme ; il avait deux ou trois fois lancé un coup d'œil réprobateur à son coéquipier, qui regardait une femme en niqab avec une franche hostilité.

Cherchniov repensait aux photographies prises par le service de surveillance extérieure. Les agents avaient été envoyés depuis l'ambassade d'un pays voisin, merci à l'UE d'avoir supprimé les frontières intérieures. À leur retour ils avaient dit que tout s'était bien passé : personne ne les avait vus, ils n'avaient détecté aucune activité de contre-espionnage ; pas la moindre protection, risque minimal. L'objectif lui-même n'avait pas été vu. Mais à son domicile – système d'alarme basique, débranché sans problème – ils avaient trouvé des lettres d'un hôpital. L'objectif subissait des examens médicaux et devait déjà être rentré.

Cherchniov fit mentalement la synthèse des photos prises par le drone. Maison à la lisière de la forêt. Route déserte. Endroit idéal, facile. Pas de voisins, personne ne verra, personne ne saura. L'ermite s'est caché dans un coin désert, et s'est lui-même tendu un piège.

Entre-temps la queue s'était transformée en un campement de romanichels, qui semblait installé depuis des années. L'habitude d'être des migrants, de devoir attendre sans fin et sans espoir dans des couloirs surpeuplés, devant des portes fermées derrière lesquelles se décide leur sort – cette habitude avait aggloméré, agrégé les gens, encore si différents trois quarts d'heure plus tôt, en un amas informe, un organisme irrationnel, mais sensible.

Frémissements, murmures – des gardes-frontières maussades arrivèrent en bâillant, ouvrirent encore deux boxes. La bouillie humaine se divisa, une partie coula vers les nouveaux guichets, se figea pour attendre près de la ligne jaune. Cherchniov, qui avait remarqué avant tout le monde l'arrivée des gardes-frontières, ne bougea pas. Il n'aimait pas revenir sur une décision déjà prise. Le psychologue de son service appelait cela de la passivité. Mais Cherchniov savait qu'il se trompait. Il avait toujours totalement manqué de ce don, de cette veine banale qui vous fait attraper un train au dernier moment, deviner la queue qui avancera plus vite que les autres. Dans son cas, s'agiter ne faisait qu'aggraver la situation, la nouvelle file restait sur place, le train partait d'un autre quai.

Alors il attendait.

Au bout d'une demi-heure, le chaos commença à se résorber. Juste devant lui, une fille et un garçon se dirigèrent vers le box de gauche ; un homme d'un certain âge, très smart, avec un attaché-case, vers celui de droite. Grebeniouk et lui étaient les suivants.

Cherchniov pensait qu'on laisserait vite passer le jeune couple et le vieux monsieur, d'habitude on ne tarabuste pas trop les gens comme eux. Mais les jeunes n'avaient pas la copie de leurs billets de retour, le garde-frontière fronça le sourcil, demanda à voir toutes leurs réservations d'hôtel. L'homme aussi fut retenu, il n'arrêtait pas de pointer du doigt un document plastifié, il avait perdu toute sa superbe et s'était transformé en solliciteur indécis et timoré.

Les gardes-frontières se concertaient. Derrière Cherchniov, la foule poussait. Le coin aigu d'une valise lui entra douloureusement dans l'os de la cheville. Un bref instant, il lui sembla que c'était un coup monté. On allait se jeter sur eux par-derrière, leur tordre les bras, le connard à l'attaché-case se retournerait et en tirerait un pistolet-mitrailleur. Mais Cherchniov réprima ce mauvais pressentiment.

Pan, pan, pan – bruit magique des tampons sur les passeports.

Enfin, les portillons métalliques s'ouvrirent. Le vieux monsieur partit tout de suite, remplacé par Grebeniouk. Le jeune couple lambinait. La fille fourra les papiers dans son sac, laissa tomber un dossier, les feuilles s'éparpillèrent, elle s'accroupit, les ramassa… Cherchniov, discipliné, attendait. Et pourtant, Grebeniouk et lui devaient passer la frontière en même temps.

Des employés de l'aéroport en gilet de couleur vive contournèrent la file d'attente, ils poussaient deux fauteuils roulants. Emmitouflés dans des plaids, il y avait deux petits garçons noirs tout maigrichons, la peau sur les os. Ils pressaient contre leur ventre une épaisse liasse de papiers défraîchis.

Cherchniov fit un pas. Mais le garde-frontière haussa les sourcils, leva la main : stop.

Grebeniouk partit. On poussa les gamins vers les boxes.

Le plus proche de Cherchniov avait une prothèse primitive, sans doute artisanale, qui sortait de la jambe de son pantalon râpé. Elle était trop petite, le garçon avait grandi, mais pas sa jambe artificielle. Mine antipersonnel, pensa Cherchniov. Pas exclu que ce soit une des nôtres. D'où viennent-ils ? Somalie ?

Libye ? Angola ? Soudan ? Il trouvait vexant que la mine ait sauté à un si mauvais moment. Résultat : il était retardé par une explosion qui s'était produite il y avait des années, sur un autre continent. À son autre pied, le petit avait une basket toute neuve, comme morte, avec une semelle de course aérodynamique. Maxime portait les mêmes, le jour où ils avaient joué au paintball. Jour si proche, si lointain.

Le garde-frontière sortit de son box, examina le garçon, il se mit à feuilleter les documents avec son accompagnant. Cherchniov était la personne la plus calme de l'aéroport. Les deux hommes continuaient à parler. Le garçon était amorphe, somnolent après le long voyage en avion. Enfin le garde-frontière apposa son tampon sur une attestation quelconque. Le type en gilet partit en poussant le fauteuil. L'officier fit signe à Cherchniov d'approcher.

Il était prêt à débiter la légende apprise. Il avait un passeport tout neuf avec un visa fraîchement accordé, pour sa première entrée sur le territoire. C'était possible, et même presque inévitable qu'on lui pose des questions. Mais le garde-frontière, comme s'il s'excusait – ou récompensait le calme, qu'il avait apprécié, dont avait fait preuve ce passager –, scanna le passeport, le feuilleta et, soigneusement, apposa le tampon dans un coin.

Le portillon s'ouvrit et Cherchniov entra dans le monde qu'il avait quitté des dizaines d'années auparavant, lorsqu'il était rentré faire ses études à l'école militaire.

Son père commandait une compagnie de transmissions. Cherchniov avait grandi dans une garnison qui occupait les vieilles casernes, datant du XIXe siècle, d'un régiment de cavalerie disparu lors de la Première Guerre mondiale. Il espérait y revenir après ses études, rejoindre son père et sa mère, intégrer un groupement de forces spéciales. Il servirait dans le renseignement, face à l'ennemi, à la frontière ultime où l'on voit déjà la colonne blanche, couronnée d'une coupole à facettes, de la station d'écoute américaine, sur la montagne du Diable[1].

Mais rien ne se passa comme prévu. Ce sont ses parents qui revinrent au pays. La garnison quitta ses casernes. On rapatria

1. Teufelsberg, près de Berlin, station d'écoute ouverte en 1963.

en train les tanks, les fusées, les équipements. L'armée, sans avoir subi de défaite, se repliait vers l'est.

Son père, qui avait jadis été décoré en 1968 – Prague, opération *Danube* –, ne put pas accepter le retrait des troupes. La trahison. L'effondrement d'une armée appauvrie. Le fait d'être versé dans la réserve. Il se mit à boire et s'éteignit dans la datcha achetée avec l'argent amassé lorsqu'il était en poste à l'étranger, parmi des pommiers qui ne voulaient pas porter de fruits sur une terre pauvre, tourbeuse. Cherchniov aurait été très heureux que son père puisse le voir en ce moment.

Il était de retour.

Il avait été prévu qu'à l'embarquement leurs bagages ne passeraient pas la douane et seraient mis dans la soute avec ceux des autres passagers. Ici, la remise des bagages de leur vol était finie depuis longtemps. Sur l'unique tapis roulant en service tournaient les valises en provenance d'Hurghada.

Grebeniouk s'était déjà renseigné : leurs bagages avaient été déchargés sur le tapis n° 4. Il avait trouvé des valises entassées sur le côté. Celle de Cherchniov n'y était pas. Ils parcoururent la salle encore une fois. Rien.

Au guichet *Lost & found* il y avait déjà une douzaine de voyageurs. Cherchniov reconnut des passagers de son vol, la petite peste et ses parents, le jeune couple qui avait laissé tomber ses papiers au contrôle…

Le guichet était fermé. Pas d'horaire, pas d'annonce. D'après ce qu'aurait dit un balayeur, l'employé reviendrait à cinq heures du matin. Cherchniov et Grebeniouk se regardèrent.

En principe, il n'y avait dans la valise rien qui soit indispensable à l'opération. Des vêtements de tous les jours, bien choisis, de bonne qualité et discrets. Cherchniov proposait de continuer sans bagage, même si cela ne collait pas avec leurs personnages de fêtards en vacances venus pour la bière, les filles et les cadeaux. Ils n'avaient besoin que de quelques jours. Ensuite ils repartiraient. Personne ne se soucierait des détails de leur légende. Sinon, c'est que l'opération aurait foiré.

Malgré un terrible manque de temps, leur mission avait été montée avec le plus grand soin, comme s'ils partaient pour des mois ou des années. Les chefs ouvraient des parapluies, préparaient des justifications au cas où l'opération échouerait. Et maintenant Cherchniov avait l'impression que la perte de la valise était une bonne chose, comme s'il était débarrassé en même temps de tous ces ajouts, perfectionnements, instructions inutiles. Il scotcha son ticket de bagage sur le guichet avec le nom de son hôtel – qu'ils y apportent la valise s'ils la retrouvent, eux n'y seront déjà plus.

Ils étaient deux dans le « couloir vert ». Un petit gros regardait quelque chose sur son smartphone. Une maigre blonde, visiblement cheffe d'équipe, ajustait son badge. Cherchniov s'avança vers la gauche, précédant de peu son coéquipier, comme s'il voulait se faire contrôler en premier. La blonde le laissa passer – et rappela Grebeniouk alors qu'il s'éloignait déjà.

Grebeniouk s'arrêta. Il ne parlait pas bien anglais, juste assez pour passer l'examen et recevoir une augmentation de salaire. Cherchniov devait traduire.

– Vous êtes ensemble ?

Cherchniov hocha la tête.

– Vous avez combien d'argent liquide ?

– Quatre mille euros – Cherchniov, obséquieusement, mit la main à son portefeuille.

– Ouvrez, dit la blonde en montrant le sac de Grebeniouk.

Il l'enleva de son épaule, le posa sur la table, ouvrit la fermeture éclair. Du coin de l'œil, Cherchniov regardait les panneaux brillants en verre dépoli qui revêtaient le couloir : n'y avait-il pas, derrière, des ombres en tenue de camouflage et masque, arme au poing ? Pour un groupe d'assaut, le moment était bien choisi : il n'y avait qu'eux quatre dans le couloir.

Le petit gros leva le nez de son téléphone, s'approcha, bloquant la sortie. Grebeniouk montrait ses affaires à la douanière. Elle pointa du doigt la trousse de toilette. Grebeniouk l'ouvrit sans hésitation. Le flacon brilla sous la lumière des lampes.

La femme le regarda avec intérêt. Puis leva les yeux sur Grebeniouk. Le major, pas très grand, à la lourde ossature, portait des vêtements qui n'étaient visiblement pas bon marché mais il avait quand même l'air ordinaire, peu soigné d'un type qui vient de grignoter des graines de tournesol et de fourrer les écales dans la poche de sa veste ; il attendait sans rien dire, tranquillement.

Le cœur de Cherchniov fit un bond. C'est seulement maintenant qu'il était évident que ce flacon coûteux, raffiné jurait avec la personnalité de Grebeniouk et le contenu de son sac. Cherchniov eut même l'impression que la douanière tendait discrètement le nez, reniflait l'air pour savoir si c'était bien l'eau de toilette dont se servait Grebeniouk.

Espèce de sorcière. La douanière soupçonnait quelque chose de louche, elle ne savait pas quoi, ça l'énervait et, semblait-il, elle allait demander à Grebeniouk d'actionner le vaporisateur. Ce cas n'avait pas été prévu dans les instructions : tout le monde était convaincu que le flacon n'attirerait pas l'attention. Les techniciens avaient juré que l'imitation était parfaite, que même le fabricant n'y verrait rien, le poids aussi correspondait exactement à celui de l'original.

Mais ce sont des hommes qui l'ont conçu, pensa Cherchniov. Peut-être qu'ils ont fait une bourde, n'ont pas choisi exactement la même teinte, se sont trompés dans l'entrelacement du monogramme. Et la dame, c'est sûr, connaît l'assortiment du duty free, elle a l'œil ; peut-être que son mari utilise la même eau de toilette. Ou bien elle a un sixième sens, c'est ça qui lui a fait saisir, percevoir la non-conformité du flacon, son aura particulière : non, son verre n'a pas été coulé dans une usine mais dans l'atelier des services spéciaux, d'autres mains l'ont poli, avec d'autres pensées, d'autres buts. Sorcière.

Cherchniov cherchait un moyen de la distraire. Laisser tomber son sac ? Dire quelque chose ?

– *Ken oui go ?*

Grebeniouk parlait fort et avec un accent horrible ; il avait la naïveté suppliante de l'étranger embarrassé, inquiet d'être confronté à des coutumes qu'il ne connaît pas.

La douanière, comme si elle se réveillait brusquement, approuva automatiquement de la tête. Grebeniouk rangea sans se presser les affaires dans son sac. Il voulut fermer la trousse, la fermeture éclair se coinça, il tira sur la languette, la secoua, se mit à dégager la doublure qui s'y était prise. La douanière s'était détournée, elle parlait fort, traitait de tous les noms les services de l'aéroport ; d'autres passagers arrivaient par le couloir. Grebeniouk mit son sac à l'épaule. Cherchniov sentait des picotements lui courir sur les paumes.

– Envie de pisser, dit Grebeniouk. Où elles sont, les chiottes ?

Ils passèrent devant des gens qui portaient de petites pancartes avec des noms. Il y eut une odeur de cuisine inconnue, de tabac, de gaz d'échappement qui, lui aussi, semblait avoir une autre odeur que dans leur pays.

Dans les toilettes, Grebeniouk urina longuement et bruyamment, mais Cherchniov n'y arrivait pas. Ce n'est que lorsque Grebeniouk s'éloigna de l'urinoir qu'un jet sortit de son pénis. Un employé à l'entretien entra, et Cherchniov éprouva une envie furieuse de renverser son chariot, de casser son balai et de projeter l'eau du seau sur les murs.

Il se regarda dans une glace, près du lavabo.

Son visage était comme d'habitude.

11

Kalitine s'assoupit dans son fauteuil de cuir favori, près du feu. La chaleur enfumée et le cognac l'avaient détendu.

Il rêva. Sans corps, sans mémoire, il vole au-dessus d'une sombre vallée. Il fonce vers un but, mais ne sait pas lequel. Le vent le jette de côté et d'autre, le roule. En haut – un ciel vide, sinistre, sans étoiles ni planètes. Il n'est empli que des substances tangibles, frémissantes, scintillantes du vent, on dirait la laitance épicée de gigantesques poissons volants.

En dessous – scintillement d'une vague. C'est la flèche terne du fleuve qui lui indique le chemin. Il vole, et son vol réveille l'eau. Tire du sommeil les silures moustachus enfoncés au plus profond pour la nuit, les lottes tachetées, les carpes dorées cachées dans les roseaux.

Un troupeau de poissons, ses ouailles, le suit. Sur les rives courent les chevreuils et les lièvres, les chacals, les renards, les loups, les sangliers – vers l'amont, vers l'amont, ils défient la force du courant, ils défient la pesanteur.

Des étoiles s'embrasent, flambent. Étranges astres de constellations inexistantes : le Sablier, la Chouette, le Sceptre, le Sphinx, le Rat. Là où dans l'ancien monde était la Voie lactée s'étend la constellation du Serpent, étincelante de vert et de rouge ; le Serpent enlace la coupe même du ciel, la coupe de l'univers.

Il vole, sans feu ni lieu – et sa mémoire lui revient, lointaine, sacrée. Il se souvient d'être venu au monde dans un vase transparent, baigné de blancheur brillante et de lumière ; des voix l'appelaient par son nom, les voix joyeuses des dieux revêtus de blanc qui fêtaient sa naissance.

Mais les dieux l'ont enfermé dans une prison étroite, dans les ténèbres, jusqu'à ce que quelqu'un le libère. Et il s'est dissipé, éparpillé, égaré parmi des odeurs mortes qui avaient perdu leur source, parmi les ombres du passé. Pourtant il n'a pas complètement disparu, car dès l'origine il était étranger au monde et ce dernier ne pouvait pas le recevoir en son sein, le désagréger totalement.

Puis les dieux l'ont rappelé. Alors il a vaincu sa désintégration et, empli de lui-même comme une goutte de pluie gravitant vers la terre, il s'est hâté vers le lointain appel.

Il vole au-dessus du fleuve. La fin du voyage est proche. Au milieu des eaux se dresse une masse énorme, la grande Île qui fouille dans les ténèbres avec les doigts lunaires des projecteurs. Les poissons sautent hors de l'eau, perdant des paillettes d'écailles. Dans les bois et les champs ténébreux brillent les myriades d'yeux de bêtes sauvages. Le Fleuve se retire dans ses propres profondeurs, dénudant le substrat rocheux de l'Île, recouvert d'algues. Quant à lui, il glisse vers le bas, rétrécit, se densifie ; il coule en filet dans une cheminée, traverse des grilles, des filtres – et, plongé dans la lumière des lampes-soleils, dans leur rayonnement circulaire, il s'insinue dans son berceau tant désiré, apaisant, dans l'étroite ouverture de l'éprouvette. Il l'emplit entièrement et se fige.

Le voyage est accompli. Il est chez lui.

Kalitine se réveilla. Sa main était posée sur le goulot de la bouteille de cognac. Sa tête était embrumée, bien qu'il ait peu bu. Les derniers tisons achevaient de se consumer. Il remit du bois, ranima la flamme. Il se rappelait rarement ses rêves en détail, sauf ceux qui reflétaient fidèlement la réalité. Cette fois-ci il n'avait pu retenir qu'un courant d'air, souffle résiduel des espaces, faible trace conduisant à l'Île.

Lorsqu'il ne dormait pas, les rêveries ayant l'Île pour objet étaient sa principale gourmandise émotionnelle. L'Île, c'était là où il était véritablement né. Les souvenirs de ce lieu de force et de pouvoir mettaient Kalitine dans un état de langueur passive, repue, comme si c'étaient non des images désincarnées mais de la vraie nourriture, grasse, malsaine mais délicieusement bonne, comme ces jambons de sanglier que l'on servait dans l'auberge de campagne, près du vieux moulin à eau.

Kalitine craignait qu'un jour ces rêves cessent de le nourrir, de le régénérer, de lui donner de l'espoir. Qu'ils ne soient plus que des souvenirs – fades, inutiles, accablants. Il s'efforçait de se restreindre, il avait même cessé de fumer sur le conseil des médecins et buvait sans excès !

Mais à présent, après le diagnostic, cela n'avait plus aucun sens de mettre de côté ou d'économiser. Et Kalitine allait recourir à son remède éprouvé – festoyer, se bâfrer et se soûler de son Île, de ces mets qui auparavant lui donnaient le sentiment aigu, hypnotiquement envahissant, de son immortalité dans cette vie et au-delà – pour étouffer le sentiment banal, médiocre de la mort, gagner au moins une semaine, un jour, réveiller en soi les forces indispensables pour renverser le cours du destin, conforter son espérance de salut.

Kalitine reprit du cognac. Il se préparait à se souvenir. Dans les reflets de la flamme, tout brodés d'étincelles, il voyait la masse gélatineuse du Fleuve rougie par le soleil couchant. Dans les taches sombres surgissant entre les langues de feu et qui en étaient comme sa part mystérieuse, sa seconde nature secrète, il reconnaissait la dualité de son talent.

Il buvait, s'extasiant de pouvoir rappeler ses souvenirs, créant une symphonie, la cosmogonie mystique de l'Île qui avait prédestiné leur lien, les avait voués l'un à l'autre.

L'histoire de l'Île avait commencé il y a longtemps. Le Fleuve puissant avait détruit sur son chemin une crête calcaire. Dans sa masse se cachaient des branches de corail fossilisées ; des inflorescences de lys de mer sur des tiges segmentées, désarticulées en anneaux ; des brachiopodes ressemblant à des poudriers de laque. Le Fleuve avait érodé le calcaire, il n'était resté de la crête qu'une seule colline ayant résisté à l'eau qui coulait tout autour. Des arbres avaient poussé, des bêtes s'étaient installées dans les tanières de pierre, des oiseaux avaient fait leurs nids dans les falaises et les talus.

Les premiers hommes qui avaient découvert l'Île évitaient d'y habiter, bien qu'il y eût de profondes et confortables cavernes. Située au milieu d'une eau tumultueuse, solitaire, fermée, menaçante – ce n'est qu'en cas de grande sécheresse, un été sur dix, que s'ouvrait vers elle un étroit chemin à pied sec –, l'Île avait été créée par la nature elle-même comme un lieu d'isolement dans un monde parallèle, de rencontre avec les forces surnaturelles.

Depuis la nuit des temps les hommes avaient construit des temples sur l'Île. Elle avait vu les divinités de pierre du Néolithique, aux flancs épais ; des dieux en terre, en os ; des idoles en bois sculpté.

Puis vinrent des moines qui baptisèrent de force les tribus autochtones. Ils arrachèrent et brûlèrent les idoles de bois qui n'avaient plus la force de défendre ni leur foi ni elles-mêmes.

Les moines abattirent l'arbre sacré, le seul chêne de toute l'Île, vieux, tordu, cramponné aux pierres jaunes de toutes ses racines, et construisirent à sa place une chapelle. Ils brûlèrent les anciens dieux de tilleul et de frêne ; ils dispersèrent leurs cendres dans l'eau. Seul l'antique autel des sacrifices, lavé de sang, un rocher de granit étranger au terrain local, apporté du nord sur l'Île on ne sait par qui ni comment – sur un radeau, ou traîné sur la glace –, ne put être ni brisé ni renversé ; il resta au milieu de l'Île comme un dieu mort mais imputrescible.

La chapelle fut à l'origine d'un monastère-forteresse qui gardait les marches de l'État contre les nomades, défendait la frontière naturelle entre la forêt et la steppe ; d'ardentes prières pour les gouvernants et les armées s'élevaient sous ses voûtes. Puis la steppe fut soumise, bien qu'elle se soulevât encore souvent en de sauvages révoltes.

Le monastère grandissait ; on prenait pour le construire les pierres mêmes sur lesquelles il était érigé. En haut il y avait les églises, les clochers, les résidences, les remparts, les tours. En bas se multipliaient les mines des carrières ; elles s'enfonçaient de plus en plus profondément et se changèrent plus tard en caves, cellules, réservoirs, ossuaires où étaient conservés les ascètes endormis dans le Seigneur, reliques qui avaient fait la gloire du monastère.

Là, dans l'Île d'en bas où longtemps n'avaient existé que les pierres, vivaient et mouraient anonymement des prisonniers tonsurés de force, exilés, dépouillés de tous leurs oripeaux mondains, de leur nom, leurs actes et leur destin. Ils ne connaissaient que les années : au printemps, les eaux du fleuve en crue s'infiltraient dans leurs cellules ; la pierre gardait leurs traces gravées, des inscriptions illisibles qui serpentaient obliquement sur les murs – chronique des ténèbres, du désespoir et de la foi. L'Île d'en haut, régnante, édifiait sur eux – les sans-nom, les enterrés vivants – sa force grandissante ; leur souffrance était le ferment lent, mesquin, mauvais qui la faisait gonfler.

Puis les étages inférieurs furent désertés. Les anciennes cellules commencèrent à s'effondrer, enterrant le passé. On gardait à présent les prisonniers en haut, dans une casemate dressée sur un promontoire à l'époque où des bandes de brigands parcouraient encore le Fleuve, à la voile et à la rame.

L'Île n'était déjà plus un poste-frontière de l'Empire, qui avait repoussé ses limites vers les mers et les océans en soumettant des peuples nombreux. C'étaient leurs langues qu'on entendait dans les cellules de la casemate – langues d'insurgés, langues de la liberté accompagnées à présent du tintement des fers.

On enterrait les prisonniers ici même, sur le promontoire. On dressait les croix de calcaire d'un rite étranger, étranger aussi était l'alphabet dans lequel on gravait leurs noms. Mais le gel, les pluies et les brouillards rongeaient le calcaire, effaçaient les lettres et les chiffres. Sur les murs de la casemate restaient des lignes griffonnées : vers de poètes, schémas de savants, serments d'officiers.

Et voilà que des barges emplies de grains, tirées par des haleurs, se mirent à remonter le Fleuve ; on y vit circuler des bateaux à aubes, que bariolaient chapeaux et ombrelles.

Le monastère s'engraissait sur les reliques de ses saints, les prières et l'argent des visiteurs, paysans ou aristocrates. Apparut une icône que les moines auraient trouvée près de l'eau un jour d'orage. En son honneur on éleva une autre église à cinq coupoles d'or, visible sur le Fleuve à vingt verstes de distance. Et un peintre, un novice du monastère, un jeune artiste doué qui avait grandi parmi les frères juste au bon moment, la peignit avec des couleurs qu'il préparait de sa propre main, utilisant uniquement des substances qui se trouvaient dans les environs. Il en résulta des fresques sans éclat. Mais en elles vivait le mystère insondable de l'étroite connexion entre tout ce qui vit, entre la Divinité et le genre humain. Les pêcheurs du monastère prenaient des esturgeons dans leurs filets, les apprentis faisaient cuire la colle de poisson qui donnait aux pigments leur liant, et les peintures étaient posées sur les murs rêches comme si elles en faisaient partie, comme si elles sourdaient de l'intérieur.

Le monastère se préparait à fêter l'anniversaire de sa fondation. Un historien ecclésiastique écrivit un livre ; ses brouillons, lourds de bien des secrets passés, restèrent dans la bibliothèque du monastère. Le photographe qui prit des vues du monastère pour les cartes postales et l'album de la cérémonie laissa lui aussi le catalogue de ses clichés à la bibliothèque. Il y avait parmi eux des vues des célèbres fresques, de leurs anges et de leurs saints, des montagnes terrestres et des hauteurs célestes.

Ces livres et ces photographies restèrent les principaux témoins du passé du monastère. Car survint la vague qui frappa même l'Île imprenable.

Au début de l'automne, les maisons de maître brûlèrent le long des rives, derrière les petits bois. Et quand le Fleuve fut pris par les glaces, sur la neige claire apparurent des capotes sombres, des pelisses, des cafetans. La glace, fine encore, chantait d'une voix déchirante, gémissait, hurlait – c'est ainsi que hurlent les lames des scies, les treillis des ponts, les câbles tendus, les coques des bateaux dans la tempête. Des gens marchaient, armés de carabines et de fourches, et avec eux s'avançait vers l'Île un effrayant nuage sonore qui vous arrachait le cœur ; en lui sombrait la voix grave du tocsin venu du clocher.

Pour la première fois depuis les temps du paganisme, le sang des sacrifices humains coula publiquement sur l'Île, et on jeta sans se cacher des corps dans le Fleuve. Les moines, les prêtres furent tués ou déportés.

Bientôt l'Île revint à une de ses secrètes incarnations, devint prison. Camp de concentration. Dans la ville voisine, une révolte fut écrasée. On amena à l'Île, prisonniers, les officiers de l'ancienne armée qui en étaient les chefs. Les brèches dans les vieilles murailles furent colmatées par du fil barbelé, on érigea à la hâte des tours de garde, on déposa, sur des plates-formes de bois, des mitrailleuses Maxim, assoiffées d'eau lorsqu'elles tirent.

Mais plus tard, quand les armées blanches alliées des prisonniers parvinrent sur la rive en aval, on fit venir une péniche qui, avant, transportait du grain, on fit entrer les détenus dans la cale en leur disant qu'on les menait ailleurs. On boulonna les écoutilles, un remorqueur amena la péniche au large, en eau profonde, et on ouvrit les soupapes. La péniche hurlait, gémissait sous l'eau, on entendait sa voix métallique, caverneuse, horrible. Puis elle s'étrangla.

Cet été-là il y eut une sécheresse comme on n'en avait jamais vu. On aurait dit que l'Île avait abordé la terre ferme. Si l'on s'approchait en barque, on pouvait très bien voir la péniche posée sur le fond, parmi les algues et les poissons. Encore un peu et elle apparaîtrait, haussant au-dessus de l'eau son rouffle et ses flancs gauchis.

La sécheresse brûla les récoltes, et tout ce qui avait réussi à pousser, tout ce qui restait de l'année précédente – ce fut confisqué par les soldats envoyés des villes. La famine était telle que les gens mangeaient d'autres gens. On exhumait du bétail mort depuis longtemps, sans craindre l'anthrax de Sibérie. Ce fut aussi à cette époque qu'on enleva du monastère les croix et les cloches, qu'on démonta l'iconostase sous prétexte de prendre l'or de l'Église qui servirait à acheter du pain pour les affamés. La région dépérit, se désertifia.

La commission qui avait confisqué l'or ouvrit aussi les ossuaires, les sépulcres. Elle enregistra officiellement le fait que les morts avaient pourri : leur sainte imputrescibilité était un mensonge des gens d'Église. On promena les squelettes dans la ville, on les exhiba : regardez, c'est ça la vérité du matérialisme, la révélation des méfaits de la drogue cléricale ! Puis on les fourra on ne sait où, on les déversa sans doute dans quelque ravin éloigné.

Un an après, une collectivité entra dans l'ancien monastère : des orphelins de guerre, des enfants abandonnés. Ce furent eux qui détachèrent, grattèrent les célèbres fresques du plafond de l'église. Les professeurs pensaient y installer une Maison de la culture. Mais les enfants perdus s'enfuirent par le fleuve ou par la terre ; la milice leur fit la chasse dans les caves et les gares, sans aucun succès.

Le monastère resta abandonné quelques années. Les pêcheurs évitaient de s'approcher de l'Île, ils se souvenaient de la péniche, des morts dans la cale de fer qui n'était sûrement plus qu'un tas de rouille.

Plus tard arrivèrent sur l'Île des gens complètement différents. De nouveaux maîtres, des vrais. Ils érigèrent une clôture le long des berges du Fleuve. Annexèrent les villages désertés, les champs et les bois dans les basses terres, construisirent des casernes, une station de pompage, un aérodrome, une salle des fêtes, des entrepôts. Ils nettoyèrent les vieilles églises, les vieilles cellules, ils renforcèrent les grilles encastrées dans la pierre, construisirent un quai solide. Ils réparèrent les miradors et en ajoutèrent d'autres.

Les Allemands avaient besoin d'un endroit secret – loin des triomphateurs de Versailles, des yeux des espions et des dénonciateurs – pour continuer leurs expériences sur les armes chimiques, se préparer à rejouer la partie perdue. Les Soviétiques avaient besoin de formules, de technologie, de méthodes d'application ; de résultats, tableaux, rapports, d'une école pour leurs chercheurs. Là, près du Fleuve, dans le débarras de l'Europe, les deux partenaires avaient trouvé ce qu'ils cherchaient : un endroit éloigné dans un environnement riche, un climat changeant, des températures naturellement très contrastées, plus de trente degrés l'été et jusqu'à moins quarante l'hiver, où l'on pouvait tester l'action des produits sur différents théâtres d'opération et en différentes saisons. Un endroit désert après la famine, possédant une citadelle que l'on pouvait très facilement défendre et contrôler : l'ancien monastère.

Kalitine avait toujours regretté de ne pas avoir été là ; de n'avoir pas vécu, existé en ce temps-là.

Il savait que la plupart des expériences d'alors s'étaient retrouvées dépassées dix ans après. On se proposait d'asphyxier les chevaux sous des nuages de gaz, or il n'y avait plus de cavalerie sur les champs de bataille. Les avions volaient maintenant trois fois plus vite, et les dispositifs de dispersion des gaz s'étaient avérés inefficaces. Il y avait à présent de nouveaux filtres dans les masques à gaz, de nouveaux produits létaux. Et surtout, la Deuxième Guerre, dont son pays était sorti vainqueur, n'avait pas eu besoin des productions de l'Île : la poudre et l'acier avaient fait le travail.

La base militaire commune fut fermée en 1933. Des barrages furent bientôt établis sur le Fleuve, créant des mers artificielles. Les villes riveraines – des villes entières avec leurs maisons, leurs chaussées, leurs églises, leurs cimetières – disparurent sous l'eau ; les spectres inconsolables du passé y firent leur demeure. L'Île aussi aurait dû disparaître : les plans du barrage existaient déjà. Mais il ne fut pas construit, à cause de la guerre.

Quand Kalitine regardait dans les archives du laboratoire les photos prises sur l'Île par les Allemands, emportées en Allemagne puis revenues : un cheval portant un masque à gaz, des biplans au bord du champ, le quai, une photo de groupe devant le bâtiment du laboratoire – de l'ancienne église – dont il connaissait chaque détail, il croyait voir le paradis, un espace-temps idéal.

Dans ce monde la science n'avait pas encore, aux yeux de la plupart des gens, sa ténébreuse hypostase, son double cruel. La science était pure, bien qu'elle fût déjà signalée par ses toutes nouvelles inventions sur la Somme et près d'Ypres. Le fardeau de la faute pesait sur les hommes politiques et les généraux. Les savants, eux, étaient libres et non justiciables. À l'époque la morale avait un autre modèle gravitationnel qui faisait une exception pour les scientifiques. Et c'est justement ce modèle, dont il n'avait jamais fait l'expérience, que Kalitine désirait ardemment.

Il était né après que des millions de gens moururent dans les chambres à gaz ; mais deux chimistes allemands figurant sur la photo de groupe, dans l'Île, furent arrêtés par les Alliés, envoyés d'abord sur le banc des accusés et ensuite à la potence. La science, le chemin de Kalitine vers le pouvoir, était stigmatisée, publiquement dénoncée comme un mal – le mal selon l'image que s'en faisait la foule.

Alors Kalitine fut obligé de se cacher. Même s'il n'avait pas été condamné à mort dans sa patrie, il n'aurait pas pu dire ouvertement qui il était. Il se serait trouvé des journalistes avides de sensations, il y aurait eu des articles sur l'Île de la Mort – ou quelque autre titre ronflant qu'ils auraient pu inventer – exigeant poursuites et procès. C'est pourquoi Kalitine rêvait parfois à cette Île-là, celle d'avant, comme au refuge idéal, au séjour inaccessible des bienheureux. Mais il était prêt à retourner même dans la sienne, celle où il avait ses habitudes.

Lorsque la guerre avec la Pologne éclata, on ouvrit de nouveau un camp de concentration sur l'Île. On y mit des prisonniers polonais. Puis, après l'entrée en guerre, des Allemands et des Roumains des unités vaincues à Stalingrad. Pendant un certain temps on n'y garda que les généraux et officiers allemands qui refusaient de coopérer. Puis on amena encore des Japonais faits prisonniers en Extrême-Orient. Quelques années plus tard le camp se vida, les prisonniers furent transférés ailleurs, envoyés dans les mines ou les coupes de bois.

Mais l'Île reprit vie immédiatement, c'était un trop bon endroit, utile, pratique. Le rideau de fer se ferma, la menace d'une Troisième Guerre mondiale grandit et la vieille base militaire reprit du service.

Le problème, c'était que plusieurs instances concurrentes se la partageaient. Les querelles ralentissaient les expériences, conduisaient à des erreurs, à un sabotage à bas bruit, à des chamailleries scientifiques.

Celui qui ressuscita vraiment l'Île, c'est oncle Igor, Igor Zakharievski. Il voulait depuis longtemps quitter la vieille Ville et en fonder une autre : encore plus fermée, équipée du dernier cri de la technique, et qui, sur le plan scientifique, n'aurait été soumise qu'à lui ; c'était son laissez-passer pour l'immortalité, sa chance d'être élu académicien sur liste fermée.

À l'époque où Kalitine était à l'école, Zakharievski se cherchait des alliés, intriguait, caressait son idée, la poussait dans les hautes sphères. Et finalement une nouvelle ville naquit – bourgeon détaché de l'ancienne, une ville-numéro, sans nom. Le cloisonnement entre toutes les instances disparut, elles furent réunies en un tout. Oncle Igor obtint pour son futur laboratoire un régime ultrasecret, qui – Kalitine le savait mieux que quiconque, car c'est lui qui en prit la tête par la suite – faisait de l'Île un « trou noir », un domaine voué à la science, exclu de la compétence des autorités locales et autres instances, inaccessible à presque tout contrôle.

En fait, Zakharievski pouvait travailler sur ce qu'il voulait. Aucun de ses collègues n'avait le droit ou la possibilité de juger du caractère scientifique ou de l'efficacité de ses programmes, de ses méthodes ou de ses buts. Kalitine savait que c'était ainsi que naissaient de gigantesques sinécures, des colonies de chercheurs parasites qui, des décennies durant (tant que leur grand patron n'était pas éliminé), travaillaient à quelque ineptie coûteuse pouvant être emballée dans les bons slogans et vendue sous l'étiquette marxiste ; ils se voyaient attribuer des ateliers, des maisons de repos, des camps de vacances, des cliniques, mais ne fournissaient pas la plus petite miette de savoir.

Si Kalitine était dévoué à Zakharievski, c'était aussi parce qu'il n'avait pas créé l'Île pour de fausses valeurs. Tous deux n'étaient attirés que par la vraie connaissance qui ne dépendait pas d'où soufflait le vent idéologique ; c'était elle, et elle seule, qui donnait un pouvoir durable.

Le KGB soutenait Zakharievski : où il y a des secrets, il y a des primes de confidentialité, il y a de nouveaux cadres, du contrôle, du travail opérationnel. Et Kalitine devinait que le chef des services de sécurité de l'Île, un ex-général stalinien versé dans la réserve active, cherchait lui aussi un havre paisible et obscur en ces temps incertains ; il aida Zakharievski (plus exactement, il recourut à la solidarité de ses collègues de la vieille garde).

Parfois, Kalitine se représentait l'Île comme une matriochka, une série de poupées emboîtées les unes dans les autres ; le secret augmentait à mesure qu'on s'approchait de la dernière.

La première était le pays, ses frontières fermées. L'Île n'était mentionnée ni dans les guides, ni dans la presse, ni à la radio, elle ne figurait pas sur les cartes. Toute la région était interdite aux étrangers. Les satellites américains de surveillance – l'Île disposait de l'horaire de leurs passages, pendant lesquels on interdisait les travaux à l'extérieur et les essais sur le terrain – devaient y voir une colonie pénitentiaire de haute sécurité.

Kalitine savait qu'il y avait plein d'informateurs dans les villages voisins, que l'Île était enveloppée d'un invisible réseau de surveillance, entouré de sentinelles cachées ; seul le Fleuve était autorisé à couler autour d'elle sans entraves. Mais le Fleuve était leur allié, le gardien de leurs secrets. Le Fleuve protégeait l'Île, et ses contours reflétés dans l'eau disparaissaient, méconnaissables. Les bateaux de touristes longeaient la rive lointaine d'où rien n'était visible, même à la jumelle. Kalitine avait l'impression agréable de faire partie d'une force qui modifiait des horaires et des trajets, comme si elle distordait le temps et l'espace afin que l'Île, pour les gens de l'extérieur, reste seulement une île : de participer à une force toute-puissante et omniprésente.

Dans l'Île, qui avait reçu le statut de ville, les constructions s'étaient étendues le long des rives du Fleuve ; l'approche du mystère se faisait par de nombreux degrés que séparaient des palissades, des rouleaux de fil de fer barbelé, postes de contrôle, patrouilles, laissez-passer, autorisations, accords de non-divulgation, vérifications en profondeur des candidats aux postes. Un regard extérieur pouvait encore appréhender la périphérie, les pourtours de l'Île, on pouvait en avoir une certaine idée d'après la correspondance et les documents financiers.

Mais plus on s'approchait du cœur, et plus on pouvait douter de l'existence même de l'Île intérieure, qui n'était connue que d'un cercle toujours plus étroit d'initiés. Quant à leur laboratoire, si secret qu'il ne figurait dans aucune liste de secrets, les gens qui le connaissaient se comptaient sur les doigts d'une main.

C'était comme si là, dans le laboratoire, on avait réuni toutes les incarnations passées de l'Île. C'était un temple, une prison, un autel de sacrifices et une base militaire. Une entité nouvelle, synthétique, une abstraction coupée du monde extérieur. Leur laboratoire.

C'est depuis le bac qu'il vit l'Île pour la première fois. Une aurore automnale, tardive, jouait sur le Fleuve, et l'Île surgit des volutes de brouillard, étrangère à tout, distante, féerique. Kalitine sentit que c'était un signe, il apprécia, reconnut, aima l'Île au premier coup d'œil, devina toutes ses particularités, ses avantages, ses dons secrets et révélés – et il fut prêt à donner sa vie à la force qui l'avait créée, car elle lui était prédestinée, elle répondait aux désirs les plus profonds, les plus secrets de son être.

Kalitine n'était pas un communiste convaincu. Il connaissait bien les poncifs et les rituels, il avait sa carte du Parti, sinon il n'aurait jamais été plus qu'un chef de laboratoire. Et ce qui attirait Kalitine était justement cette paradoxale « liberté dans la prison » que donnait l'Île dans le pays de la science idéologisée, dogmatiquement biaisée.

Kalitine était un chimiste de bon niveau. Mais, comparativement à d'autres, ce n'était pas un génie. Pour exister, pour travailler, il avait besoin de ce monde fermé, hermétique. Il n'était pas alourdi par ce fameux poids de la morale, alors il fut capable de s'élever jusqu'à une génialité étroite et de créer le Débutant, son chef-d'œuvre.

Toute la vie antérieure de Kalitine était basée sur l'idée que l'Île était unique. Il la connaissait comme le mollusque connaît sa coquille, et continua à la porter en lui, même quand il en fut privé. Il savait qu'il y avait d'autres villes fermées, d'autres refuges ; mais cette relation fusionnelle n'existait qu'avec l'Île, elle et lui étaient inséparables. Il n'en avait jamais douté ; même la maison dans la montagne qui lui plaisait tant n'était qu'un pis-aller obligé, minable, si l'on compare à ce qu'il avait eu.

Et tout à coup – le feu s'était éteint, les charbons s'étaient couverts de cendre grise – il sentit que l'Île n'était plus unique.

Comme l'amour contient en germe le grain amer de sa propre mort, le fait d'avoir revécu si pleinement, avec une telle élévation, sa fusion avec l'Île lui avait apporté un sentiment étranger, jamais éprouvé : Kalitine comprit, s'avoua qu'il avait eu tort de s'être autant dévoué, donné. Car sans cette dévotion anesthésiante, débilitante, quelque chose d'autre aurait pu surgir dans sa vie.

Par exemple, une autre Île.

C'était presque blasphématoire, mais malgré lui, Kalitine ressentit à cette idée la douloureuse brûlure de l'espoir.

Sa mémoire, comme si elle consentait au reniement et à la trahison, lui souffla un mot du jargon contemporain : bikini. L'atoll de Bikini. Un atoll. Une île.

Kalitine la vit devant lui : un croissant de calcaire récifal couvert de palmiers, posé sur un volcan sous-marin, entouré d'un océan infini. Les eaux bleues du lagon intérieur. Le bâtiment blanc sans étage du laboratoire, avec ses volets pleins pour le protéger du soleil – beaucoup de substances n'aiment pas la lumière, elles ont besoin de fraîcheur et d'ombre. Un quai solide, sur pilotis, où s'amarreront les bateaux qui viendront du continent les approvisionner. Un mirador à quatre pieds avec un toit, le doigt d'argent du projecteur qui se disperse dans la nuit, danse sur les vagues… Et eux – ils sont immensément riches –, ils peuvent le guérir, mais pas seulement. Ils peuvent en fait lui acheter une île.

Une Île.

Une Île.

Une Île.

Les mains de Kalitine tremblaient. La bouteille tinta sur le bord du verre. Il se mit à pleurer des larmes retenues depuis deux décennies, et qui, apparemment, n'étaient plus salées : tardives, chaudes, moches, désirées.

12

Cherchniov ouvrit le magazine gratuit de la compagnie de chemin de fer. Il avait besoin de se changer les idées. Publicité : un jeune couple heureux court sur une plage blanche, un hamac, une bouteille de vin, des palmiers. Billets pour l'Asie en promotion, vols directs.

Depuis le début il n'était satisfait ni de l'itinéraire imposé par sa hiérarchie ni de la légende inventée pour leur couverture. Lui, il aurait tout fait très vite, en un jour. Arrivée, action, départ. C'est ce qu'a fait le commando des voisins pour éliminer Vyrine.

Mais pour Grebeniouk et lui – pas exclu que ce soit à cause du scandale causé par la mort de Vyrine et le renforcement des services de contre-espionnage –, on avait inventé ce prétendu voyage touristique. Arriver dans un pays, comme par la porte de service ; aller dans l'autre pays, y louer une voiture... C'est peut-être très bien comme camouflage, mais l'itinéraire est trop long, ce qui augmente le risque des problèmes et des contretemps inhérents à tous les voyages.

Dès le début, ça n'a pas raté. Ils avaient des billets imprimés : voiture 2, places 49 et 47. Mais quand la rame se mit en place, il n'y avait pas de voiture 2 : seulement les voitures 22, 23, 24, 25, 26, 27.

Grebeniouk et lui coururent vers la locomotive : il y avait peut-être une deuxième rame accrochée juste derrière ?

Et les numéros 20 venaient ensuite ? Non, la numérotation commençait bien à 22.

Ce n'était pas une embuscade. Pas une contre-attaque. Le truc idiot habituel, un raté du système de réservation. Mais Cherchniov voyait que le train était bondé, et il ne savait pas si on les laisserait monter avec ces mauvais billets. Au pays, il aurait montré son attestation et le chef de train les aurait mis dans un wagon-lit sans poser de questions. Mais ici ? Et si on les envoyait acheter de nouveaux billets ?

Tout s'arrangea, bien sûr. L'employée s'excusa et leur dit de prendre n'importe quelle place libre. Pourtant Cherchniov ne pouvait pas se débarrasser de l'impression qu'il rencontrait une résistance faible mais tangible, émanant de nulle part et de personne. C'est ce qui arrive au printemps, lorsqu'on part à skis dès le matin et qu'ensuite, sous l'effet du soleil, la neige commence à coller légèrement – cela ne ralentit pas encore sensiblement la glisse, mais la régularité, l'aisance est déjà perdue, on doit faire des efforts.

Cherchniov savait que cet itinéraire était celui que l'objectif avait choisi, des années auparavant. Il était soi-disant parti en mission, négocier un achat de matériel. Dans une délégation d'une douzaine de membres. On ne l'aurait sans doute pas laissé aller en Amérique. Même à cette époque de laxisme. Mais l'objectif allait dans un pays ex-socialiste – il l'était encore un ou deux ans auparavant. Dans un pays où les services secrets *amis* étaient encore actifs ; où, récemment encore, l'agence de renseignement soviétique avait non seulement une résidence à l'ambassade, mais une représentation complète, et surtout légale. L'objectif s'installa à l'hôtel avec les autres. Visita le complexe industriel ; assista le soir au dîner commun. Et pendant la nuit, il disparut.

On put établir qu'il avait pris des billets de train. À cette époque, son parcours restait à l'intérieur des frontières d'un seul pays. Aujourd'hui c'étaient deux États, séparés en 1993. L'objectif était-il descendu en route ou était-il allé jusqu'au bout ? On n'en savait rien.

Ainsi, ils suivaient sa trace. La trace refroidie et éventée d'un fuyard. Entre le chasseur et sa victime se créait un lien que Cherchniov savait entretenir et développer – il n'était pas maladroit pour tirer un lièvre au champ ou un élan en battue. Mais aujourd'hui il ne voulait pas que ce lien s'établisse, se renforce. Il sentait que, en contradiction avec l'expérience acquise, cette relation devenait équivoque.

Il n'avait aucune pitié pour l'objectif et était prêt à exécuter l'ordre reçu. Mais il commençait à le comprendre : il avait lui aussi vécu ces années ambiguës et avait éprouvé la même angoisse quand il avait cru que le service, dans lequel il venait tout juste d'entrer, pouvait être dissous. Il se rappelait le désespoir de son père qui ne voulait pas céder, enlever de son képi l'insigne avec la faucille et le marteau, accepter la modification du serment militaire ; la peur des indicateurs qui hésitaient à dénoncer, la peur des généraux destitués, la peur des putschistes récents jetés en prison, mais en fait, même les chiens de garde avaient peur.

Cherchniov comprenait très bien pourquoi l'objectif avait fui. Et cette compréhension était superflue. En quelque sorte, elle le justifiait. Grebeniouk n'avait que cinq ans de moins que lui, mais il n'avait pas connu cet instant où leur service tout-puissant avait été faible. Grebeniouk ne pouvait pas avoir les mêmes doutes.

En fait, Cherchniov ne doutait pas. Il réfléchissait mais, habitué à contrôler ses pensées, il trouvait ces réflexions dangereuses ; Grebeniouk avait très certainement reçu l'ordre de surveiller son coéquipier et écrirait un rapport – comme lui, d'ailleurs. Et Cherchniov essayait de réprimer ces pensées indésirables, afin d'éviter que même l'ombre de ces pensées passe sur son visage.

En lisant dans le dossier les circonstances de la fuite de l'objectif, il avait remarqué que certaines choses avaient été biffées, non parce qu'elles étaient secrètes, mais parce qu'elles constituaient une sorte d'alibi. Cherchniov lisait facilement entre les lignes et rétablissait les vides laissés par la censure : tout le pays était à peu près logé à la même enseigne et il n'avait aucun mal à deviner ce qui s'était passé dans la ville fermée.

Coupures d'électricité. Plus de livraisons spéciales de produits alimentaires, rayons vides dans les magasins. Retards de paiement des salaires, de toute façon la monnaie ne vaut pas plus que des papiers de bonbons. Rumeurs disant que le statut de ville fermée serait abrogé. Paradis perdu. Ils avaient vécu là-bas comme des coqs en pâte alors que tout le pays passait son temps à faire la queue.

De plus en plus de brèches dans le mur autour de la ville ; on ne les réparait plus. Des vols – dans les ateliers, les laboratoires. Des firmes, des coopératives, créées par les gens haut placés convertis à la perestroïka, se servant en gros et en détail. Les radiateurs froids en hiver.

D'après les documents, l'objectif avait essayé de s'adapter à cette nouvelle vie. Pour la première fois on avait autorisé un comité de désarmement étranger à visiter l'Île. On ne lui avait rien montré, évidemment, on ne les avait pas fait entrer ni dans le laboratoire ni dans les réserves, mais le fait était important en soi. D'après une source autorisée, l'objectif avait essayé de prendre contact avec deux des inspecteurs. Ils étaient fichés, leurs caractéristiques étaient jointes au dossier.

Le premier était un vrai savant, et en même temps recruteur ; certaines firmes occidentales intéressées avaient proposé, en marge de son travail principal d'inspection, de découvrir des candidats intéressants, d'acheter des cerveaux valables. L'objectif ne prit pas le risque de dire de quoi il s'occupait en réalité, et le recruteur ne donna pas suite.

Le deuxième était un vrai agent au service des renseignements de son pays. Il cherchait précisément des savants travaillant sur des thèmes secrets. Le vieux savant se fit connaître et ils eurent une conversation. L'accord était presque finalisé. Mais les services de sécurité s'en mêlèrent, et une enquête fut lancée contre l'objectif.

C'est là que commençait l'épisode le plus intéressant. Techniquement, il y avait assez de preuves pour l'accuser de divulgation de secrets d'État, cela pouvait clairement aller jusqu'à la « trahison de la patrie » et à la peine de mort, qui n'avait pas encore été abolie. Mais l'enquête fut bientôt abandonnée, et le vieux s'en tira avec un blâme – peine trop légère, même en ces temps bizarres.

Cherchniov devinait ce qui s'était passé ensuite. Quelques mois plus tard fut tué dans la capitale un banquier réputé qui connaissait la provenance secrète de certaines nouvelles fortunes. Plus exactement, le banquier mourut subitement en raison de la défaillance inattendue d'organes internes. L'autopsie ne décela pas d'empoisonnement, et on aurait enterré le banquier si les enquêteurs n'avaient pas découvert que la veille, dans son bureau, le climatiseur en panne avait été réparé ; à l'intérieur de l'appareil on trouva une petite cartouche étrangère à la structure de l'appareil.

Par trois fois, l'affaire fut renvoyée pour complément d'enquête, mais elle n'arriva quand même pas jusqu'au procès. Tous les rapports d'experts furent soumis au secret le plus absolu. Parce que la cartouche avait été fabriquée par le laboratoire dirigé par l'objectif, et qu'elle était conçue pour l'emploi à distance de substances particulièrement toxiques ; pourtant, les enquêteurs n'avaient trouvé aucune trace d'un produit quelconque. Ce qui était en soi une trace.

Qui menait au Débutant.

Intraçable et insaisissable – on leur avait fait un petit topo sur le contenu du récipient.

C'était clair : l'ordre n'avait pas été donné par le gouvernement, sinon il n'y aurait pas eu d'enquête. D'une façon ou d'une autre, le produit avait fuité du laboratoire et s'était retrouvé sur le marché noir, entre les mains d'amateurs. Ou plutôt de semi-professionnels qui avaient su l'utiliser mais n'avaient pas effacé leurs traces.

Quelques mois après l'attentat, l'objectif, un homme passif, habitué à vivre cloîtré, n'ayant eu en tout et pour tout que deux contacts avec des observateurs venus pratiquement jusqu'à sa porte, avait réussi une évasion adroite et intelligente. Il avait profité d'un congé du chef de la sécurité, avait présenté à son remplaçant, un novice, de fausses autorisations de voyage, et s'était envolé.

Tout convergeait. On a obligé l'objectif à donner le produit en le menaçant de l'accuser de divulgation de secret d'État. Le plus probable, c'est qu'en plus on l'a payé, payé très cher – ce genre de marchandise, en fait, n'a pas de prix. Et plus tard, quand soudain commença l'enquête interne sur le meurtre, l'objectif a paniqué. Il a compris qu'il pouvait servir de bouc émissaire. Ou bien qu'on l'éliminerait pour qu'il ne témoigne pas. Il a pris l'argent, le produit et s'est enfui.

Qui a pu le faire chanter ? Le chef de la sécurité, c'est le plus probable. Colonel, officier de réserve actif passé au KGB par recrutement du Parti. Venu du secteur industriel, titulaire d'un diplôme technique. Tout à fait capable de s'orienter dans ces conditions nouvelles, de comprendre quelle marchandise potentielle il avait sous sa garde, de piéger l'objectif, d'organiser la vente… La fuite de l'objectif, finalement, l'arrangeait : elle lui permettait de le charger de tous les péchés. C'est peut-être pour cela, supposait Cherchniov, qu'on lui a permis de s'enfuir, qu'on lui a aménagé un « corridor »…

Sagement, Cherchniov n'avait montré aucun intérêt documenté pour la personne du chef de la sécurité. Il pensait connaître ce nom, un nom tout simple, du genre de ceux qu'on avait mis dans leurs passeports, à Grebeniouk et lui. Il l'avait rencontré parmi d'autres signatures sous un quelconque document administratif secret.

L'ex-chef de la sécurité, s'il était sorti de la réserve active, pouvait être l'un de ceux qui venaient de donner l'ordre d'éliminer l'objectif.

Cela ne rendait pas l'ordre illégitime aux yeux de Cherchniov. Il aurait même agi sur un ordre personnel, sans relation avec les exigences du service, émanant d'un supérieur. Comme, disons, d'éliminer le banquier. Mais à présent il éprouvait une sympathie involontaire envers l'objectif. Ils étaient attelés ensemble, liés comme le son et l'écho, comme la paire d'éléments qui constitue un poison binaire. Le chercheur avait fabriqué la substance, Cherchniov l'avait utilisée ; eux seuls avaient fait le vrai travail, ils avaient pris le risque. On les forçait à s'affronter, et il avait la vague impression que c'était injuste.

Cherchniov regarda Grebeniouk. Le major dormait ou faisait semblant. Derrière la vitre défilaient de petites maisons proprettes. Un employé apportait du café depuis le wagon-restaurant. Cherchniov se leva pour s'étirer, fit jouer ses épaules, et la fille assise en face – mince et musclée, elle fait sûrement du fitness – lui sourit d'un air compréhensif. Du coin de l'œil Cherchniov se vit dans la vitre : le reflet de l'homme à qui la voyageuse avait souri. Et soudain Cherchniov désira rester cet homme-là, un passager anonyme qui va du point A au point B, il désira descendre en même temps que cette fille dans une banlieue quelconque. Alors il écrasa ce désir de tout le poids de sa volonté. Il sentit la colère monter en lui envers l'objectif qui l'avait insensiblement attiré dans le piège illusoire de la compassion.

Le conducteur marmonna le nom de la gare. Grebeniouk ouvrit les yeux. Plus qu'une station et c'est le terminus. La capitale.

13

Dans la magnifique épopée de l'Île, restée pour Kalitine à jamais inachevée, il y avait comme un appendice qu'il aurait volontiers supprimé. Les dernières années. Un chapitre de décadence et de trahison. Des pages sombres, indésirables. Kalitine s'efforçait de ne pas les évoquer. Mais aujourd'hui une d'entre elles, la toute première, s'invita toute seule.

… Un signe lui avait été donné, présageant la fin de l'Île telle qu'elle était avant. Et Kalitine ne l'avait pas vu, n'avait pas perçu toute sa signification. Peut-être parce que ce ne furent pas des hommes, mais des animaux qui ressentirent les premiers le grondement souterrain de l'Histoire – comme l'impulsion secrète, inaudible à l'oreille humaine, d'un tremblement de terre qui n'adviendrait que plus tard.

C'était l'âge d'or de l'Île, le zénith de ses possibilités. Il est vrai que Zakharievski, le père fondateur, était mort subitement. Et le suivant de près, comme un chien fidèle, le vieux chef de la sécurité.

Kalitine devint le directeur du laboratoire principal – le cœur de l'Île. Il n'avait ni l'âge ni le « poids administratif » voulu pour prétendre au poste de Zakharievski. Officiellement, c'est un de ses adjoints qui prit sa place, un homme terne mais compétent dans les choses bureaucratiques ; comme ce larbin du Secrétaire général du Parti qui, à demi mort, occupa pendant un an le trône de son seigneur défunt. Mais tout le monde comprenait que Kalitine était le prochain dans l'ordre de succession ; c'était une permutation obligée, un arrangement intermédiaire.

Au début, le nouveau responsable de la sécurité, le cerbère en chef, plut à Kalitine – on ne peut pas tout prévoir. Kalitine avait de bonnes relations avec le précédent mais c'était un dinosaure, un reliquat des temps cannibales, qui ne comprenait rien à la science. Le nouveau, lui, représentait une autre génération : il sortait de la faculté de chimie et il laissa tout de suite entendre à Kalitine qu'il le soutenait, le comprenait, l'aidait et proposait son amitié.

C'était l'âge d'or de l'Île, la saison où l'on récoltait les fruits de sa gloire. La ville fermée s'était étendue. Grâce aux efforts de Zakharievski, il y avait maintenant plusieurs laboratoires. Des bâtiments, des immeubles poussaient comme des champignons. L'éventail des recherches était large. Avant sa mort, Zakharievski avait réussi à dérober à ses concurrents quelques pistes prometteuses qui ne correspondaient pas tout à fait au profil initial de l'Île ; mais enfin, tout le monde faisait pareil, et Kalitine n'y voyait rien de mal.

Cela faisait des années que l'armée se battait en Orient, s'enlisant de plus en plus dans une guerre de partisans. Les chercheurs lisaient la documentation américaine, interceptée par les services de renseignement, sur la Corée et le Vietnam ; mais il n'y avait pas de jungle dans les lointaines montagnes et les défoliants ne servaient à rien, par contre on avait besoin de systèmes d'enfumage des grottes, des tunnels souterrains, des canalisations, pour en faire sortir les moudjahidines qui les transformaient en abris et en voies d'approvisionnement.

Sur l'Île s'installèrent des spécialistes de l'air, de l'atmosphère, de la ventilation ; des architectes, des techniciens, des spéléologues. Ils étudiaient ce qu'il fallait injecter, et comment, dans un espace clos de configuration complexe, de sorte que la substance se répande facilement par un courant d'air naturel ou provoqué, sans qu'elle s'accumule dans les parties hautes ou basses.

Kalitine fit une proposition. Elle était efficace, mais coûteuse. Les militaires voulaient quelque chose de meilleur marché. Ils amenèrent sur l'Île un groupe de spécialistes d'armes biologiques et proposèrent de mener des expériences comparatives sur le terrain. C'était une flagrante infraction aux règles, le terrain militaire de l'Île n'était pas fait pour ce genre de tests.

Zakharievski, lui, aurait pu refuser. Mais son ancien adjoint fut soumis à des pressions, et il se laissa convaincre.

Au bord du terrain militaire, près du Fleuve, il y avait des grottes karstiques et des gouffres. Un petit génie parmi les militaires eut l'idée d'y mener les expériences, dans des conditions qui reproduiraient exactement celles des combats. Ils choisirent deux grottes non communicantes, murèrent toutes les issues, mesurèrent le volume, installèrent des compresseurs près des entrées, branchèrent des tuyaux. Les spécialistes étrangers à l'Île, sachant que leurs produits étaient bon marché et efficaces, étaient sûrs de réussir. L'idée était de sceller les grottes après avoir injecté le produit, de les ouvrir au bout de vingt-quatre heures, d'y envoyer une équipe en scaphandres de protection chimique et de faire le bilan.

Des camions apportèrent les singes. D'habitude les soldats expérimentés préposés à la garde de l'animalerie procédaient à un tri préalable : ils abattaient les plus agités et les plus faibles. Mais là, ils les avaient tous envoyés, car les militaires voulaient une expérience de masse.

On poussa les singes dans les grottes, on attendit une heure – on supposait que les primates se disperseraient dans tous les étages et les cavités –, puis on commença à pomper. Les généraux, les professeurs, toute la suite se préparaient déjà au départ. Dans l'hôtel de l'Île les tables étaient dressées depuis longtemps, les saunas des villas avaient été chauffés. Dans une pièce réservée à cet usage, la bière (une spécialité très chic de l'Île) se rafraîchissait dans une citerne jaune ; les serveuses, subordonnées au chef de la sécurité et expertes en plaisirs divers, se morfondaient à attendre.

L'alarme fut donnée par le lieutenant Kalimoulline, un vieil habitant de l'Île, commandant d'une des sections de la garde ; homme des steppes, il vénérait l'Île comme une entité surnaturelle, de par sa naissance et la nature sauvage de son âme. Un jour il avait apporté à Kalitine – il avait suffi que celui-ci en parle, sans raison spéciale – des renards des steppes pris au lacet, en pleine mue, pelés, féroces, qui rongeaient les barreaux de leur cage.

Tout à coup Kalimoulline fit glisser de son épaule son fusil-mitrailleur, tira en l'air le coup réglementaire et se mit à viser quelque chose au loin. Comme il le raconta lui-même par la suite, le lieutenant avait d'abord cru que des gens avaient pénétré sur le terrain militaire et maintenant couraient vers la clôture de fils barbelés. Sur le mirador voisin quelqu'un eut l'esprit de brancher un projecteur, de promener une tache de lumière dans les creux des grottes karstiques – la nuit tombait, les techniciens avaient mis beaucoup de temps à brancher les compresseurs, à assurer l'étanchéité – et dans le faisceau de lumière dansante ils virent cinq singes qui couraient vers la clôture ; ils chancelaient mais – Kalitine ne fut pas le seul à avoir cette impression – ils se soutenaient l'un l'autre, comme des combattants blessés mais refusant de se rendre.

Kalitine comprit tout. Les soldats, cette bande de crétins, avaient mal vérifié les grottes, négligé une fente. Peut-être même que les singes avaient pu creuser tout seuls un chemin vers l'extérieur, le sol était friable, tendre, le calcaire s'effritait facilement.

Personne n'avait relevé les cartes des souterrains. Les mesures avaient été faites à vue de nez. Et maintenant allez donc deviner d'où venaient les fuyards : de la grotte où était testé le produit de Kalitine, ou de l'autre, où on avait injecté le poison des visiteurs – en ce cas les singes pouvaient être des armes biologiques ambulantes. Effectivement, les singes n'étaient pas morts, mais cela ne voulait rien dire : le virus pouvait être dans leur sang.

Kalimoulline, toujours prompt à comprendre, tirait déjà de courtes rafales. Un singe trébucha, un autre. Sur le mirador on s'agitait autour de la mitrailleuse, elle avait dû se coincer. Tous ceux qui étaient armés tiraient leur pistolet de l'étui, l'armaient.

La clôture, la clôture va les arrêter, les fils barbelés sont sous très haute tension, mortelle. Mais Kalitine sentit venir l'échec, il comprit que l'impossible allait arriver. Là où les barbelés passaient au bord d'un entonnoir karstique, un singe poussa un de ses camarades. Ce dernier s'abattit, se carbonisa dans un éclair violet. Et deux autres se glissèrent à l'extérieur, comme s'ils savaient que le court-circuit avait coupé le courant dans le fil inférieur.

Ce qui est étonnant, se souvenait Kalitine, c'est que personne n'a paniqué, et pourtant chacun savait très bien qu'il pouvait perdre non seulement ses épaulettes mais sa tête, qu'il soit militaire ou civil. Le vieux général, qui avait pris part à la bataille de Königsberg quand il était sergent-chef, qui en 1956 commandait un régiment en Hongrie, mit en alerte la garnison la plus proche, prétendument pour un exercice impromptu. Par liaison téléphonique secrète on réussit à joindre un zoologue de la capitale, le meilleur spécialiste des primates. Au début, celui-ci ne comprit pas la question : où irait se réfugier un singe dans les conditions de la Russie centrale ? Mais quand il eut entendu le rugissement du général et une brève mais efficace description de l'endroit, il fit une réponse inattendue : pas dans les bois, mais dans les roseaux, les roselières.

C'est ainsi que commença une chasse sauvage. Tous étaient en proie à une soif de vengeance primitive. Des canots à moteur sillonnaient le Fleuve vers l'amont et vers l'aval, leurs projecteurs fouillant chaque méandre et chassant les pêcheurs de leurs coins favoris. Des véhicules roulaient sur la rive, dardant le double faisceau de leurs phares, des hélicoptères vrombissaient. Des camions militaires s'étaient disposés en un large demi-cercle, déposant aux carrefours des patrouilles chargées de questionner la population pour savoir s'il ne s'était rien passé d'inhabituel ; on disposait des rangées de soldats pour ratisser le secteur. Ils plaisantaient ou se taisaient, stupéfaits d'avoir reçu un ordre aussi étrange, inouï : trouver et liquider un singe. Récompense : une médaille et dix jours de permission, et les galons de sergent pour les simples soldats.

Les talkies-walkies crépitaient, hurlaient. On avait déjà touché deux pêcheurs. Estropié un type qui chapardait du foin dans un kolkhoze. Deux camions étaient entrés en collision, il y avait six blessés.

D'autres voix interféraient – de la milice, du deuxième secrétaire du comité du Parti de la région, et même celle d'un ahuri du service des Eaux et Forêts qui était tombé par miracle sur leur fréquence secrète : qu'est-ce qui se passe ?

Les généraux faisaient pression de toutes leurs étoiles, exigeaient le secret, renvoyaient pour plus d'information au commandant du district. L'hélicoptère tanguait, Kalitine avait envie de vomir. On l'avait fait monter presque de force dans le Mi-2, comme pour lui montrer qu'ils étaient embarqués ensemble dans cette affaire. Les pilotes étaient tout juste revenus d'Afghanistan, de ces montagnes où se trouvaient les grottes que les militaires voulaient nettoyer, et maintenant ils faisaient de l'esbroufe, rasant les couronnes des arbres avec leurs pales, effleurant l'eau, frôlant les falaises du ventre de l'appareil, dispersant un troupeau sans berger – de grasses brebis blanches qui s'égaillèrent de tous les côtés. Le second pilote ricana : ça serait bien d'en prendre une pour les chachliks, mais on n'a pas le temps d'atterrir.

À minuit passé la radio émit des sifflements : on en a un. L'hélico perdit de la hauteur en virant de bord, mugit en accélérant. Soulevant une vague, ils atterrirent sur une langue rocheuse. Les soldats coururent dans la nuit, rapportèrent sur une toile de tente – là aussi quelqu'un avait fait preuve de bon sens – un petit corps recroquevillé couvert de chlore blanc comme la neige. Un peu de sang avait traversé la poudre blanche et y faisait de petites taches couleur fraise. Sans masque à gaz, sans combinaison de protection – pas le temps de les enfiler –, ils n'avaient que le fol espoir que les singes venaient bien de la grotte de Kalitine, qu'ils avaient senti la forte odeur du produit chimique, s'étaient réfugiés dans un coin et avaient par hasard trouvé un chemin vers la surface.

Kalitine préleva lui-même un échantillon de sang : un Mi-2 de liaison l'emporta au laboratoire.

Ensuite il y eut encore un trajet en hélicoptère : Kalitine ne savait plus si c'était lui qui tournait ou si c'étaient les pales. Le signal était venu d'une autre direction, à trente kilomètres de là. Hoquet de l'hélicoptère aux derniers litres de carburant. Atterrissage brutal. Matin blême, matin de gueule de bois. Le visage triomphant, carnassier de Kalimoulline. Une brèche longue et étroite dans les roseaux, le clapotis d'une eau dormante, fétide, et là-bas, tout au bout, sur des tiges cassées – le corps déformé d'un singe fauché par une longue rafale. C'était le premier, celui qui entraînait les autres derrière lui, qui avait poussé son congénère et provoqué son électrocution. Il avait presque réussi à passer le dernier cordon du ratissage, mais Kalimoulline, depuis un escarpement, avait repéré un mouvement dans les roseaux et arrosé de loin, plutôt au petit bonheur qu'à coup sûr.

De nouveau Kalitine eut peine à réprimer un haut-le-cœur. Un bref instant il eut l'impression qu'ils avaient tué l'ancêtre de l'humanité. Kalimoulline avait tiré au hasard, il ne pouvait pas être sûr de ce qu'il y avait dans les roseaux, un singe ou un homme, un braconnier qui se serait glissé là.

Les chasseurs restaient silencieux, épuisés. Ils fumaient en protégeant leurs cigarettes dans le creux de leurs mains gelées, les réchauffant par la même occasion.

Kalimoulline avait reconnu le singe, un gros mâle batailleur à l'oreille gauche déchirée. Il était dans la grotte où l'on avait injecté le produit chimique de Kalitine. Celui-ci supposa que le singe en avait ingéré et que cela avait agi ; les balles n'avaient fait qu'achever ce qu'avait commencé sa préparation.

Il y avait des dizaines d'hommes armés, excités par la chasse nocturne, mais personne ne fêtait la fin du danger, personne ne jurait à voix haute.

L'hélicoptère resta sur la berge. On promit aux pilotes de leur envoyer un bateau ravitailleur. Le chemin du retour se fit dans l'UAZ[1] au toit ouvert de Kalimoulline. On jeta dans le coffre le singe mort enveloppé dans une bâche.

Le chauffeur, épuisé, était prudent mais n'arrivait pas à éviter les nids-de-poule. Kalimoulline grimaçait mais ne disait rien : c'était ce sergent qui avait habilement conduit sa voiture sur une hauteur, braqué, freiné, et permis au lieutenant de tirer sa rafale victorieuse. À côté de Kalitine, sur le siège arrière, sommeillait Kazarnovski, un enseignant-chercheur de son laboratoire.

Jadis Zakharievski l'avait choisi comme coéquipier de Kalitine, mais il n'avait pas répondu aux attentes : il faisait ce qu'on lui disait, sans plus. Il avait demandé deux fois sa mutation, et le service de sécurité avait averti Kalitine que Kazarnovski avait fait deux emprunts suspects à la réserve de la bibliothèque de l'institut, deux livres qui ne correspondaient pas pleinement au thème de ses recherches : par exemple, dans le tome d'une encyclopédie scientifique étrangère, demandée sous prétexte que s'y trouvait un article sur

---

1. Véhicule tout-terrain comparable à la jeep.

la modélisation structurelle, il y avait un article sur l'académicien Sakharov.

Ce n'était pas la dissidence prudente de Kazarnovski qui ennuyait Kalitine – il l'avait défendu devant le service de sécurité – mais sa passivité. En fin de compte, leur défunt patron était lui-même un idéologue du communisme des plus douteux. Il lui arrivait de tenir des propos ouvertement séditieux, tout en sachant qu'il pouvait être espionné. Mais quel travail il abattait ! Pour cela on lui pardonnait tout, pour cela Kalitine le respectait, mais Kazarnovski… c'était une chiffe molle.

Ils roulèrent longtemps, se perdant sur de mauvais chemins de campagne. Kalitine regardait autour de lui avec un intérêt inattendu : en fait, c'était la première fois qu'il voyait les environs de l'Île, la vie des gens ordinaires à l'extérieur du territoire protégé. La moisson était déjà rentrée, les champs étaient déserts, seuls des oiseaux becquetaient les derniers grains. Les cheminées fumaient dans les villages. Des milliers de bruits familiers, mélancoliques, bruits de la vie que Kalitine avait oubliés, venaient de là-bas. Cette musique le berçait, il rêvait tout éveillé. Pour lui, c'était cette belle vie paisible qu'ils venaient tout juste de sauver d'une menace ennemie, et c'était en fait pour que les gens se chauffent, les chiens aboient, l'eau des puits coule bruyamment dans les seaux et les enfants mal réveillés partent pour l'école, qu'ils se livraient à tous leurs travaux.

Il se réveilla près du magasin du village. Kalimoulline s'y était arrêté pour acheter quelque chose à manger. Le magasin venait d'ouvrir mais une queue s'était déjà formée à la porte, les gens attendaient que l'on décharge le pain de la camionnette.

Le lieutenant et le chauffeur entrèrent, repoussant les bonnes femmes indignées. Des gamins curieux avaient entouré leur UAZ poussiéreux et éraflé par les branches. À cette heure-ci ils auraient dû être à l'école, mais visiblement leurs mères les avaient envoyés acheter à manger, ou les avaient amenés avec elles pour recevoir le pain et la semoule pour deux.

Kalitine se sentait mal à l'aise. À présent ces commères batailleuses, cette queue bavarde et bruyante, ces gosses insolents l'irritaient. Tout à coup les gamins s'écartèrent brusquement, chuchotèrent quelque chose aux adultes en montrant la voiture du doigt. Kalitine se retourna et vit que les cahots avaient fait glisser la bâche. Le soleil brillait sur le visage mort du singe, avec ses dents jaunes découvertes dans la fente rose de sa bouche ; des mouches brillantes, d'un vert métallique, se promenaient sur son pelage noir.

Kalitine savait, grâce aux rapports réguliers du service de sécurité, que les gens du lieu se souvenaient de beaucoup de choses. Par exemple, des Allemands qui travaillaient ici avant la guerre – un des vieux avait conduit le camion-citerne qui apportait l'eau, un autre avait fait des travaux de menuiserie dans les baraques du terrain militaire. Et Kalitine savait aussi que des bruits couraient dans le district : les bulldozers, en creusant les fondations des nouveaux bâtiments, avaient ouvert des fosses pleines d'ossements animaux et humains. Que sur l'Île même on fabriquait des soldats artificiels à partir de condamnés à mort. Ces bruits étaient consciencieusement listés par les informateurs.

Kalitine s'en amusait, c'était un reliquat de conscience paysanne archaïque. Il savait bien que les bulldozers n'avaient pas déterré d'ossements et qu'on ne fabriquait aucun supersoldat dans les laboratoires. Bien sûr, il était étonné que, malgré toutes les mesures de confidentialité, un mince filet d'information puisse filtrer à l'extérieur, comme si ces gens attardés et encroûtés disposaient eux aussi d'informateurs : les bêtes, les oiseaux, les rosées, les arbres, les herbes. Mais ça, c'était le problème de la garde. Kalitine, lui, aimait cette image de citadelle mystérieuse, effrayante, qui avait le pouvoir sur les environs. Si les habitants du lieu n'avaient rien su du tout, cela aurait été dommage. Cela aurait ôté du sel à sa vie.

Mais ce jour-là Kalitine se sentit agressé. Les gens s'étaient amassés, ils chuchotaient entre eux. Leurs attitudes, leurs habits usés, leurs visages fatigués, leurs silhouettes asexuées qui avaient perdu tout caractère masculin ou féminin, ne gardant que les traces d'un labeur pénible, tout cela ne promettait rien de bon.

Des visages, des visages – Kalitine les vit soudain de tout près, témoignages criants des maladies cachées des corps, visages étirés, camus, asymétriques, avec des verrues garnies d'un horrible poil, des sourcils broussailleux au-dessus d'yeux éteints. Les visages grimaçaient, faisaient la ronde autour de la voiture, le regardant droit dans les yeux, découvrant des dents jaunes et irrégulières comme celles du singe.

– Ça, vous voyez, c'est notre travail, dit calmement Kazarnovski, avec une certaine froideur.

Kalitine vit ce qu'il voulait dire.

Une mère et sa fille faisaient la queue. Le corps de la petite fille était enflé, flasque, ses yeux ternes au blanc trop grand, ses cheveux rares, grisâtres. Son corps lourd était soutenu par des jambes maigres comme des pattes d'oiseau ; ses sandales trouées laissaient voir des orteils sans ongles.

– C'est seulement une maladie, répondit Kalitine en s'efforçant de prendre un ton indifférent. Vous êtes fatigué.

– Seulement une maladie ? répondit Kazarnovski d'une voix forte, trop forte. La petite a dans les quatre ans. Il y a quatre ans on a nettoyé le système de ventilation sortante. Vous vous rappelez ? On a enlevé les vieux filtres et on n'en a pas mis de nouveaux. Les fournisseurs avaient merdé, pour la commande. Zakharievski a ordonné qu'on continue les expériences. Il disait que conformément aux vents dominants tout se dissiperait au-dessus du fleuve. Nous, nous étions à l'intérieur. La ventilation était dirigée vers l'extérieur. Cela a duré deux semaines. Les voilà, vos foutus vents dominants. Regardez autour de vous !

Sans cette nuit qui avait pris toutes ses forces, Kalitine aurait coupé la parole à son subordonné. Mais Kalitine restait assis comme un sac de son. Par contre, Kazarnovski avait de l'énergie, comme s'il la tirait de ces gens qui faisaient la queue, du singe mort, du soleil levant.

Ses paroles avaient retourné le monde comme une peau de lapin, la face cachée à l'extérieur. Kalitine ne voyait plus le vrai paysage, la lumière brillante de la vie, la chair saine de l'univers – mais les taches sombres des maladies, les ulcères des morts en sursis, incrustés dans le feuillage, dans les corps et les visages humains, dans les lettres tordues de l'enseigne ALIMENTATION, dans l'asphalte défoncé, dans les carreaux fendus des maisons déjetées.

– Pour ce qui est de nos ennemis, je ne sais pas ; mais nous nous exterminons très bien nous-mêmes, dit Kazarnovski. Sa voix tremblait.

Il se détourna, se figea dans une pose tendue.

S'il l'avait pu, à cet instant, Kalitine l'aurait tué. Mais sa vue était brouillée par ces sombres taches de mort : le monde entier était devenu piqueté, comme grignoté par un puceron noir.

Kalimoulline et le chauffeur sortirent du magasin. La foule s'était calmée à la vue des uniformes militaires. Chacun s'était remis à fixer la nuque de celui qui le précédait. Le lieutenant fourra dans la main de Kalitine la moitié d'une miche appétissante, qui sentait bon, lui donna une bouteille de lait. Kalitine mordit dans la mie odorante, avala sans mâcher en buvant du lait pour faire passer les morceaux. Un filet de liquide gras coula dans l'encolure de sa chemise à carreaux.

– Qu'est-ce qu'il a ? demanda Kalimoulline sans souci de l'étiquette, car la chasse avait effacé les différences de grades.

– Il est dans les vapes, répondit Kalitine. Les nerfs.

Avec un savoir-faire inattendu Kalimoulline secoua Kazarnovski – il vient sûrement d'une famille nombreuse, il a appris à s'occuper des plus jeunes, pensa Kalitine avec jalousie –, il lui donna l'autre moitié de la miche, une bouteille de lait. Kazarnovski se mit à manger avec bruit. Et, sous le coup de sa haine qui ne retombait toujours pas, Kalitine jeta le croûton encore chaud sur la route : il ne voulait pas partager le pain avec un ennemi, un traître.

La voiture démarra.

Kalitine ne fit pas de rapport. Il savait que cela n'aurait pas été raisonnable. On dénonce une fois de sa propre initiative, et on vous demande de continuer. Il n'aimait pas se trouver dans une situation de dépendance.

Kalitine se vengea bientôt avec élégance, par personne interposée. Le réacteur de Tchernobyl explosa et un ordre chiffré arriva sur l'Île : envoyer des spécialistes pour travailler sur la zone irradiée. Dans leur laboratoire on faisait des expériences sur la radioactivité et tout le monde connaissait le danger. Alors le directeur de l'institut – à la suggestion de Kalitine – donna le nom de Kazarnovski. Il cita le message chiffré qui exigeait qu'on envoie les plus qualifiés, les plus dévoués au Parti. Départ immédiat, l'An-24 attendait à l'aérodrome. Interdiction de communiquer à ses proches la destination et la nature de la mission. Kazarnovski se leva, voûté, fatigué, remercia calmement l'assemblée pour sa confiance. Il longea la table, suivi par les yeux de douzaines de personnes ; son regard rencontra celui de Kalitine, il lui fit un bref signe de tête, presque imperceptible, et disparut derrière la porte.

Plus tard, le comité local du syndicat voulut envoyer quelqu'un pour le visiter à l'hôpital de médecine nucléaire – lui apporter des fleurs, des fruits, quelque chose de bon à manger pris dans leur ration spéciale. Mais le temps qu'on se mette d'accord et qu'on fasse le paquet, Kazarnovski était mort.

Il n'aurait jamais dû être exposé à une dose mortelle, il connaissait par cœur toutes les normes et les chiffres. Mais il s'était porté volontaire pour sauver les autres et il était resté trop longtemps dans la « zone rouge ». Le temps qu'on le transporte à l'hôpital, le temps que les médecins s'occupent de lui…

On l'enterra dans un cercueil de plomb, fermé. Kalitine alla jusqu'à prononcer un discours. Kazarnovski était quand même assez bon, comme chercheur.

Mais c'est après sa mort que tout alla à vau-l'eau. Un incendie dans le laboratoire qui retarda les recherches d'au moins une année. Des interruptions dans la livraison de souris de laboratoire – Seigneur, on n'est même pas fichus de trouver des souris dans ce pays ! La mort de Vera.

Oui, la mort de Vera. Kalitine repassa dans sa tête le florilège des condoléances obligées – transcription sténographique d'une douleur qu'il n'avait jamais éprouvée.

Il aurait dû oublier depuis longtemps cette épouse qu'il n'aimait pas. Il aurait dû rayer de ses souvenirs les circonstances de sa mort. Mais il ne le pouvait pas. Cette mort était pour toujours liée au moment le plus crucial de sa vie : la création du Débutant. Comme si Vera avait payé à sa place. Payé de sa vie.

14

Je me demande si l'objectif savait que sa femme était notre indicatrice, pensait Cherchniov.

Grebeniouk et lui étaient dans une brasserie, ils mangeaient un jarret de porc au chou. Ils avaient bu chacun deux chopes ; la bière était légère, elle descendait bien. Cinq ou six d'affilée, ça serait le paradis, mais demain on prend le volant.

Si Cherchniov avait été seul, il aurait très certainement bu : et alors ? L'endroit est agréable, même si c'est pour les touristes ; ce n'est pas le coup de fusil et il n'y a pas foule. Grebeniouk aussi aurait bu, c'est sûr. Mais ils étaient deux, et chacun devait écrire un rapport sur la conduite de son coéquipier. Cherchniov sentait que, s'il l'avait proposé, Grebeniouk l'aurait soutenu, c'est un type régulier, il n'aurait pas cafté ensuite. Mais il y a des fois où ça ne marche pas, il y a un petit truc qui manque pour que ça démarre. Alors on reste assis là à tripoter son verre.

Il ne s'en doutait sûrement pas – Cherchniov suivait le fil de sa pensée. Cette idée lui plaisait. Elle remettait l'objectif à sa place : enivrante et mesquine ; elle flattait la vanité du lieutenant-colonel. On avait mis dans les pattes de ce minable une jolie laborantine, intelligente, hardie, et lui, il avait foncé tête baissée. Et cette laborantine, déjà à la fac elle bouffait à deux râteliers.

Mais ce qui étonnait et même vexait Cherchniov, c'est qu'il ne pouvait pas savoir si on pouvait se fier à ses rapports. Formellement, oui. Elle écrivait franchement, elle ne protégeait pas son mari. Elle aurait pu édulcorer certaines choses. Mais quand même, après des décennies, vu d'une autre époque, Cherchniov avait l'impression de lire des textes soigneusement rédigés, mis au propre, qui ne mentaient pas mais ne disaient pas tout. Comme si Vera (nom de code : « la Ménagère ») avait décidé : mieux vaut que ce soit elle qui occupe cette place vacante, plutôt que quelqu'un d'autre qui serait capable de lui nuire pour de bon. Elle avait triché. En un certain sens, elle s'était sacrifiée. Aimait-elle son mari ? Ou n'était-ce qu'une impression ?

Cherchniov en était piqué au vif. Il croyait à l'infinie capacité de son service à dompter, briser quelqu'un, le percer à jour. À obtenir, si nécessaire, la vérité absolue. Et là, c'était comme s'il était confronté à un travail ancien, mal fait, à la paresse ou à la bêtise de celui qui était alors l'officier traitant de la Ménagère.

Ils sortirent de la brasserie. La rue menait à une place.

Il y avait des échoppes où l'on faisait griller des saucisses – un vrai délice ! Des dealers rassemblés dans un coin. Le passage d'une voiture de police. C'était l'heure la plus animée de la soirée, les gens avaient dîné et allaient faire la tournée des bars.

– C'est par ici qu'il l'a fait, dit Grebeniouk en regardant autour de lui. Quand nos blindés sont entrés. Il s'est arrosé d'essence et a mis le feu. Mais moi, je me demande bien pourquoi. Les blindés s'en foutent complètement. Il aurait pu au moins se jeter dessous avec une grenade. Mais ça... Je l'ai lu dans le train, expliqua-t-il, voyant le visage surpris de Cherchniov. Maintenant ils en ont fait un héros national. On va voir les filles ? demanda Grebeniouk sans la moindre pause, sans transition.

– Pas très envie, répondit Cherchniov – et c'était vrai.

Grebeniouk hocha la tête d'un air entendu ; il pensait sûrement que le lieutenant-colonel irait lui aussi chercher des distractions nocturnes, mais préférait le faire tout seul.

Cherchniov s'était crispé intérieurement : encore heureux qu'il n'en ait pas parlé à table. Comme s'il m'apprenait quelque chose. Bien sûr, Grebeniouk est un technicien, il a reçu une formation très différente de la sienne. À l'école militaire, ce cas avait été cité comme exemple d'acte de provocation commis sous l'influence de la propagande ennemie. Il y avait eu un autre cas en Lituanie. À Kaunas. C'est drôle, il se souvient même de la formule. Le professeur avait expliqué que tout suicide par le feu, même s'il paraissait sans préméditation, accidentel, devait être soigneusement étudié et l'intention, recherchée.

Bizarrement, Cherchniov avait complètement oublié que ça s'était passé ici même.

Grebeniouk, assuré que son chef ne protesterait pas, tourna derrière un kiosque et se fondit parmi les passants. Cherchniov continua sa promenade. Il voulait que ce jour inutile, intermédiaire, finisse vite ; demain matin ils loueraient une voiture, et tout serait terminé dans la journée.

Demain.

Cherchniov entra dans un magasin qui fermait tard. Il parcourut les rayons des yeux, prit une veste, s'enferma dans une cabine d'essayage puis ouvrit brusquement le rideau. Personne.

Même sans cela il était sûr de ne pas être suivi. Ils étaient passés comme une lettre à la poste. Mais pourtant il sentait une étrange tension, légère mais qui avait augmenté avec le départ de Grebeniouk – comme un zeste de danger. Pourquoi l'autre imbécile avait-il parlé du suicidé ? Mauvais signe. Qu'est-ce qu'il lui avait pris ?

Il sortit dans la rue. Des vagabonds se battaient près d'une benne à ordures. Cherchniov les contourna avec dégoût – et soudain se tendit, en alerte sans même savoir pourquoi.

La femme.

La femme, là-bas devant. Près du marchand de glaces.

Cherchniov la voit de dos.

Danger.

Danger qu'elle irradie par tout son corps, un corps qui n'est pas d'ici, où les gens âgés sont plutôt minces, maigres, et s'ils sont corpulents, c'est d'une rondeur sympathique de gros mangeurs.

Un corps massif, mais fort, puissant. Pas question de le faire bouger ni de l'éviter : la femme restera plantée là, forçant l'attention.

Dix comme elle, cela crée une force qu'il n'a jamais vue chez les femmes de son pays. Chez celles-ci, il avait connu la force de l'abaissement, de la douleur, de la prière. Mais chez celles-là, les montagnardes, il avait connu la force de l'unité impersonnelle, de l'absence de peur née du mépris, une force qui fait perdre contenance à des hommes armés. Pas une force hypnotique et hystérique, comme chez les Tsiganes ; celle des sorcières, de la gent corbeau. Leurs vêtements de tous les jours, noirs, leurs jupes lourdes jusqu'à terre, leurs corsages de vieilles femmes aux boutons écaillés, leurs gilets gris ou noirs, leurs fichus de laine. Pour lui, venu d'ailleurs, elles sont toutes de la même espèce, ont le même visage, la même voix capable d'un cri insupportable, déchirant, comme une scie ; un cri sans émotion, sans relation avec les mots ; un bruit à l'état pur dont on ne peut pas se protéger. Ce cri peut forcer à reculer un cordon d'encerclement protégé par des boucliers métalliques ; il peut transformer des guerriers en petits garçons.

Cherchniov eut l'impression d'entendre ce cri.

Comme ce matin-là quand ils étaient sortis de la base militaire. Après le container, ils avaient mangé un morceau, effacé dans l'eau glacée de la douche primitive la puanteur aigre de la peur d'autrui et du travail de tortionnaire. Et voilà que près des portes il y avait des parents qui attendaient, le plus souvent des femmes comme celle-ci, elles se jetaient sur tous les véhicules, prêtes à se coucher sous les roues d'un camion rien que pour savoir la vérité, récupérer un vivant ou un mort.

Cherchniov savait qu'il y avait ici une grande diaspora, beaucoup avaient reçu l'asile politique. Mais ici et maintenant, précisément, cette femme n'aurait pas dû être là ; Cherchniov n'avait pas peur, ne paniquait pas, mais il se sentait happé comme dans un maelström. C'est une femme comme une autre, une réfugiée ordinaire, il y en a des milliers ici. Pure statistique. Alors, d'où lui vient cette impression que l'univers lui fait une mauvaise farce, qu'un adversaire inconnu lui met des bâtons dans les roues ?

La femme se retourna et marcha droit sur lui. Bref soulagement : non, il ne connaît pas ce visage.

À cet instant son cœur sauta dans sa poitrine.

Près de l'éventaire, les clients assis aux petites tables avaient caché la partie inférieure de son corps. Et il avait cru qu'elle marchait avec un déambulateur. Mais en fait elle tenait les poignées d'un fauteuil roulant.

... Ce que Cherchniov et Evstifeïev avaient fait au gamin d'autrefois l'avait pour toujours figé dans l'adolescence. La promesse d'une fière et mâle beauté ne faisait qu'affleurer sur son visage. Cherchniov le reconnut. Il l'aurait reconnu même grimé, car toute cette longue nuit dans le container il avait attendu, cherché dans ce visage des signes de faiblesse, des failles. Un frère jumeau ? Un mort ? Elle promène une poupée, un mannequin de cire ? C'est de la folie ! Impossible ! Le garçon est mort, mort !

Il comprit.

Ce salaud de Kapoustine. Il l'a trompé. Il l'a roulé, l'ordure. Il a promis de l'achever et puis en douce il l'a vendu à sa famille. Et ensuite il a lui-même été tué. Peut-être par les acheteurs.

Là-bas, dans le container, ils ne portaient pas de cagoules. Ils suaient, ils avaient chaud, et puis à quoi ça aurait servi s'il n'y avait plus personne pour les reconnaître ? La guerre allait durer longtemps et recouvrirait toutes les traces.

Cherchniov avait l'impression que le monde entier le dévisageait. Et sa peau brûlait sans rougir, comme enflammée par un feu glacé. Il se rappela soudain le corps nu du gamin couvert d'ecchymoses ; le contraste étrange, inquiétant entre cette chair mouillée de sang et de sueur et le caoutchouc sec du masque à gaz qui recouvrait sa tête et le transformait en épouvantail sans visage. À cet instant Cherchniov aurait voulu en porter un lui-même, ou un masque de carnaval, ou le stupide costume du type déguisé en lion qui distribuait des prospectus ; ou être recouvert de pansements, d'un voile sombre, de n'importe quoi – du moment que cela cache son visage.

La police. Ils sont descendus de voiture, allument une cigarette. Ils regardent autour d'eux, soi-disant distraitement, en fait pas du tout. C'est une patrouille qui vient de prendre son quart, ou bien ils viennent de recevoir un avis de recherche...

Le gamin ne regarde pas vraiment de son côté. Mais le moindre mouvement de la part de Cherchniov attirera son attention : il le verra.

Cherchniov baissa lentement la tête, fouilla dans ses poches comme s'il cherchait son porte-monnaie ou des cigarettes. Le fauteuil est tout près, les policiers l'ont remarqué, l'accompagnent des yeux.

Si le gamin le reconnaît, s'il se met à crier – pas moyen de s'en sortir sans casse. Ou dire qu'il y a erreur sur la personne, ça marchera peut-être…

Ce genre de coïncidences, ça n'existe pas. Ça ne peut pas exister. Stupidité, ratage. C'est faux, c'est bidon, pourquoi, pourquoi ? Pourquoi il n'a pas dit tout de suite qui il était ? Pourquoi ? Il serait resté en vie. Alors qu'il est mort, mort ! Plus mort que ça, c'est impossible ! Comme les autres, dans ce village, c'est quoi son nom déjà. Des hommes nus debout dans un champ labouré sous la neige première neige tombe hommes chevelus poilus qu'ils y restent le soir tombe au loin balles traçantes l'un d'eux a un gros bonnet de fourrure un vieux c'est marrant des hommes nus couchés sur le champ labouré lui est tombé mais son bonnet est toujours sur sa tête quel imbécile il a labouré le champ c'est la guerre qu'est-ce qu'il espérait faire pousser envie de faire tomber son bonnet de sa tête il tient bon est collé ou quoi un hélico crépite soulève chasse la neige sur le sol froid de loup un loup sur le drapeau fanion blanc pionnier d'argent clairon tombé peinture écaillée matelas pisseux draps déchirés bonbons dans la table de nuit maman les a apportés attendre deux semaines il a appelé son fils Maxime comme la mitrailleuse elle n'a pas compris la blague Maxime Maxim le voilà couché poitrine en sang qui l'a tué le percuteur claque chargeur vide…

… Le gamin est passé à deux pas de lui. Il est attiré par une vitrine, des montres en or sur des présentoirs de satin.

Son fauteuil roulant est coûteux, ses vêtements, modestes. Les Rolex, il bave devant, se disait Cherchniov, il est bien de sa race, il aime l'or, c'est dans le sang, chez eux, le bling-bling et les armes…

Il avait presque repris son self-control. Le gamin ne se retournera pas, la femme l'emmènera ; les policiers tirent leurs dernières bouffées. Une seconde, deux – et ils iront chacun de leur côté. C'est bien que ce soit Grebeniouk qui ait le Débutant. Ça lui évite d'avoir des idées inutiles. Le gamin disparaîtra tout seul et ne reviendra jamais.

Cherchniov s'en fout qu'il soit vivant. Qu'est-ce que ça peut faire maintenant ? Qui s'en soucie ? Dieu, c'est ça ? Dieu ? Cette guignolade, c'est la volonté de Dieu ?

Mais derrière le mince rideau frémissant de cette fanfaronnade se cachait une autre interrogation : comment ce gamin a-t-il survécu ? Ce que Kapoustine avait vendu, c'était un presque cadavre. Un vrai mort-vivant. Qui l'a caché, soigné, guéri là-bas, où il n'y avait ni cachette possible, ni nourriture, ni médicaments, ni médecins ? Qui, et avec quels moyens ? À moitié mort, avec les doigts écrasés ; les côtes cassées – comment avait-il évité tous les pièges, les postes de contrôle, les champs de mines, les raids ? N'importe quel soldat aurait compris que c'était un rebelle blessé. N'importe quel poste de contrôle l'aurait retenu. À qui appartenait la volonté, la force, la chance plus qu'humaine, l'argent qui avaient réussi à tirer ce chiot d'où personne ne sort vivant ? Qui l'a conduit, transporté par les cols montagneux en évitant les patrouilles ? Comment ? Un blessé, sans papiers, comment ? Et s'il avait ses papiers, avec un nom comme le sien, comment ? Si Kapoustine ne l'avait pas achevé, c'était la guerre elle-même qui aurait dû le faire. Comment ? Comment, ensuite, a-t-il pu avoir un passeport ? Ou, sans passeport, qui l'a fait passer en contrebande, dans quel wagon, dans quelle cale, lui qui ne pouvait plus marcher ?

Toute l'expérience de Cherchniov, tout ce qu'il savait de la rareté des coups de chance, du prix de l'effort, de ce qui est possible ou impossible, clamait : comment ? Et pourquoi ? Uniquement pour que lui, Cherchniov, puisse le voir ? Pour qu'ils se croisent sur une place, dans une ville étrangère ? Quand on y pense, c'est une opération gigantesque, pas du tout facile à monter même pour son service. Alors, qui l'a fait ? Le gamin ne l'a pas reconnu et ne le reconnaîtra pas. Il ne va pas se retourner, se venger. Comment ? Qu'est-ce que tout ça veut dire ? D'où ça vient ?

Cherchniov eut une idée – et tout de suite s'en défendit, se ferma, honteux d'admettre qu'il puisse avoir une idée aussi naïve, aussi gnangnan.

Pourtant cette idée s'accrocha.

Un seul sentiment au monde peut relier la chance, l'opiniâtreté, la faiblesse, l'espoir, la peur, le calcul, le désespoir, les atteler ensemble et les transformer en un seul geste salvateur du destin.

Un seul sentiment peut faire ce miracle.

Et que ce sentiment soit vrai, Cherchniov, cet homme de guerre, un manœuvre de l'enfer – comme ils s'appelaient entre collègues par plaisanterie –, en était persuadé.

Il aurait voulu le contester, le rabaisser, dire qu'il n'existait pas – mais son esprit rationnel, sa connaissance solide, indiscutable de la guerre s'y opposaient.

Et, regardant le dos de la femme qui s'éloignait en poussant le fauteuil de cet être né deux fois, il essayait de dissiper ce cauchemar, de s'en dégager, de se réfuter lui-même : quel amour ? Celui de cette grosse bonne femme ? Il y en avait des centaines comme elle, là-bas. Engeance de corbeaux. Et alors, chacune d'entre elles aurait pu le faire ? Alors, pourquoi ça n'a pas marché ? Ça n'a pas marché !

Regardez-les, debout tout nus dans la neige. Ils ne se recroquevillent pas, trop fiers pour ça. Hier on a tiré sur un poste de contrôle, ça venait de leur village, alors qu'ils restent là, ça leur rafraîchira les idées. Le commandement décidera ensuite ce qu'on en fera. Le vieux a mis son gros bonnet de fourrure, si ça peut lui faire plaisir, quoi de plus normal que de respecter un vieil homme… Ça n'a pas marché ! Couchés, qu'ils sont, raides, alors que la neige fond encore sur leurs corps. Ça n'a pas marché !

Cherchniov était prêt à hurler, à casser des vitres, n'importe quoi mais effacer tout cela, faire rentrer le gamin dans le trou d'où il était sorti. Quand on l'avait appelé pour le briefing, un des généraux avait demandé : n'y a-t-il personne d'autre ? Avec son livret de service… S'il est pris, il craquera… Cherchniov était resté sans rien dire, il savait qu'il était le meilleur et que c'était lui qu'on enverrait, quoi qu'en dise le prudent général.

Mais à présent, l'esprit vide et morne, il pensait : qu'est-ce que ça lui aurait coûté d'achever lui-même le prisonnier ? Si Grebeniouk et lui se font prendre, il aura sa photo dans tous les journaux. Le gamin le reconnaîtra. Et le cercle sera quand même bouclé.

Pour la première fois, Cherchniov pensa que l'échec était possible. Et, comme si ce qui venait de se passer lui avait fait perdre son rythme de chasseur, l'avait rejeté dans le cours lent et habituel du temps, celui de tout le monde, il sentit avec terreur que la capacité d'avoir toujours un pas d'avance sur sa victime, de la dépasser, lui avait été retirée ; quelqu'un de fort et de menaçant avait mis leurs montres à la même heure.

Cherchniov comprit qu'il ne pouvait pas rester seul. Il téléphona à Grebeniouk. Ce dernier répondit tout de suite ; il attendait sûrement son appel. Cherchniov voulait une femme, voulait la prendre brutalement, se débarrasser en elle de sa faiblesse, de sa peur. Comme jadis avec Marina. Après l'autre mission.

15

Le prêtre Travniček priait. Il priait depuis bien des jours. Il demandait l'illumination pour tous ceux qui étaient impliqués et entraînés, suppliait Dieu de les détourner des sentiers du mal.

Jadis, dans sa lointaine vie antérieure, il se serait tourné vers Dieu pour connaître la bonne décision, pour être guidé sur ce qu'il fallait faire. Il aurait hésité : dois-je appeler la police ? Me conduire en citoyen plutôt qu'en prêtre ? Il se serait demandé : et si je compliquais tout inutilement ? Peut-être que ce qui se passe n'est pas l'affaire de la foi, ni de l'Église, ni du sacerdoce ? Pas l'affaire de Dieu ?

À présent que sa seconde vie tirait à sa fin, il savait qu'il était inutile de demander des conseils. Il était lui-même la décision. L'action. La clef. S'il n'agissait pas, c'est par lui que quelque chose arriverait. Il était aveugle et clairvoyant. Vide et plein. Exclu et impliqué.

Cela faisait longtemps que Travniček observait « l'homme de la colline ». *Sine ira et studio*[1]. Il ne s'était pas renseigné. N'avait pas essayé d'engager la conversation. Mais il maintenait l'habitant de la vieille maison dans le champ de sa vigilance intérieure. Sa vie passée lui avait enseigné de garder

1. Sans haine ni passion (Tacite).

tout particulièrement les secrets auxquels on a eu accès sans qu'on vous les dévoile.

Toutes ces années où *ils* avaient essayé de faire de lui un informateur ! D'obtenir qu'il viole le secret de la confession, dénonce ses paroissiens, ses frères ! Ceux qui faisaient pression sur lui pressentaient les traits cachés de son caractère : perspicacité, capacité de juger un homme dans son entier à partir de détails infimes – alors ils essayaient de lui faire croire qu'ils avaient besoin de ses dénonciations justement parce qu'ils avaient confiance en ses jugements, parce qu'ils voulaient traiter les affaires honnêtement, en toute équité. Et oui, des pensées honteuses lui étaient venues : se jouer d'eux, les tromper, accepter – et en fait leur communiquer des informations inventées qui ne pouvaient faire de mal à personne. Ces pensées, il les avait repoussées. Mais il s'en souvenait et ne se les était jamais pardonnées. C'est pourquoi aujourd'hui il ne se fiait pas à sa perspicacité. Il lui suffisait d'avoir appris ce qu'il se passait – lui et nul autre. Cela signifiait que son expérience était indispensable – avec tous ses excès, ses étroitesses, ses impasses, avec la brûlure des humiliations et la certitude du salut. Mais à quoi cette expérience pourrait-elle servir, qu'allait-il se passer ou ne pas se passer, Travniček ne se posait pas ces questions. Son devoir était juste d'être présent, ici et maintenant.

De prier pour l'illumination de l'être. Et d'attendre.

Travniček ne pouvait pas dire au juste quand il avait compris quelque chose de particulier à propos de l'homme de la colline. Il n'avait ni véritable intuition ni soupçon précis, toutes ces notions lui étaient à présent étrangères.

Sont-ils si rares, ces vieux savants desséchés, ces célibataires vieillissants qui aiment la solitude et vivent de leurs ambitions passées ? Travniček aurait pu en citer d'autres dans le proche voisinage. Percevait-il vraiment une ombre noire surplombant la maison près du bois de hêtres ? Non.

Son flair infaillible de prêtre était en échec : l'homme de la colline semblait protégé par des barrières surnaturelles, totalement coupé de la vie, de tous ses flux et contacts. Enfermé dans une capsule impénétrable, même pour un ministre du culte. Même pour un prêtre comme lui.

Il n'avait jamais rencontré de barrières d'aussi sinistre nature. Ni de fermeture d'esprit aussi extrême, étouffante, comme si, par peur de la vie, un vivant avait fait sa demeure dans un cercueil.

C'est pour cela que Travniček avait compris que ce voisinage n'était pas fortuit ; on l'avait posté en sentinelle, avec mission de surveillance. Autres lieux – autres gardiens. Son lot à lui, c'était cette porte.

Il ferait tout ce qu'il faut, Seigneur.

Travniček savait que peu de gens le prenaient au sérieux. Il était partiellement content du masque qu'il portait. Cette affreuse muselière l'aidait à cacher sa tragédie intime. Mais à présent le prêtre pressentait que les forces du destin s'étaient mises en mouvement ; et qu'il lui faudrait dénuder son vrai visage.

On l'avait envoyé – ou exilé – dans ces contrées plusieurs dizaines d'années auparavant. Même au début, bien avant sa rencontre avec l'homme de la colline, il n'avait pas cherché à comprendre : pourquoi justement ici ? Il savait que sa punition, toute paternelle, était la simplicité naïve du quotidien.

« Je connais tes œuvres. Je sais que tu n'es ni froid ni bouillant. Puisses-tu être froid ou bouillant ! Ainsi, parce que tu es tiède, et que tu n'es ni froid ni bouillant, je te vomirai de ma bouche[1] » – Travniček répétait les paroles connues et en même temps inconnues de l'Apocalypse qui, chaque fois, sonnaient comme l'immarcescible nouveauté d'une vérité qui lui était adressée.

Mais dans son passé il y avait eu une autre vérité.

L'Apôtre l'a bien dit : « Voici les miracles qui accompagneront ceux qui auront cru : en mon nom, ils chasseront les démons ; ils parleront de nouvelles langues ; ils saisiront des serpents ; s'ils boivent quelque breuvage mortel, il ne leur fera point de mal[2]. » Ces paroles, non seulement Travniček les savait par cœur, mais il les avait expérimentées dans son esprit et dans sa chair ; en les répétant, il les vivait à nouveau.

Elles parlent de miracle.

---

1. Apocalypse de Jean 3,15-16. Toutes les traductions de la Bible sont celles de Louis Segond.
2. Marc 16,17-18.

Adolescent, c'est en pensant au miracle qu'il était venu à l'Église. Et ce n'est que beaucoup plus tard qu'il avait compris qu'en fait, il avait peur des miracles. Peur de Dieu, peur des vérités de l'Apocalypse ; il préférait le Dieu des livres sacrés, le Dieu des églises, des sculptures, le Dieu des saints – vrai Dieu, mais médiatisé, glosé, disséqué, expliqué. Sa foi était inscrite dans une culture, des artefacts, une tradition.

Il avait un sens aigu du mal, il savait le reconnaître, et c'est pour le fuir qu'il s'était réfugié dans l'Église ; il espérait y trouver le salut et la justice. Mais cette justice ritualisée, littérale devint pour lui une sorte d'assurance, de garantie que Dieu la prendrait en compte et comprendrait, pardonnerait sa faiblesse et sa peur, le préserverait d'un affrontement direct avec le mal.

Comme c'était loin !

Il se rappelait les premières années d'après-guerre. Brèves années de trouble et d'espoir, quand on croyait encore que les nouveaux pouvoirs laïques limiteraient l'activité de l'Église mais ne tenteraient pas de l'écraser tout à fait. On parlait de rapprochement sur certains points. De refuser des conflits ouverts. D'analogies avec le communisme sur les questions humanitaires.

Comme tout cela a vite fini !

Quand les véritables persécutions commencèrent, quand les organisations de jeunesse furent qualifiées d'illégales et de criminelles, quand on se mit à dissoudre les assemblées paroissiales, à y introduire des provocateurs, il pensait encore naïvement que cela engendrerait un renouveau, une renaissance, le retour à des sommets de la foi tels qu'ils existaient du temps des persécutions romaines. Il lui semblait que le temps était venu pour l'Église de se séparer de l'État, de refuser cette semi-dépendance honteuse, pleine de compromis forcés, qui avait existé sous les nazis. Et si le gouvernement lui-même imposait la rupture, c'était tant mieux.

Quel rêveur !

Hélas, il n'avait pas compris tout de suite que c'était la voie ouverte à d'autres compromis. Il ne pouvait pas fuir à l'Ouest, ne pouvait pas abandonner sa paroisse, et pourtant il avait souvent l'impression que les gens auraient préféré un autre prêtre, plus sensible, plus malléable, plus terrestre et compréhensif.

« Nous sommes l'Église des faibles et nous devons aller vers les faibles, vers ceux qui doutent », selon les paroles qu'on prête à un pasteur célèbre.

Lui, par contre, fit preuve d'un cœur ferme. De sa faiblesse germa un autre grain, celui de la résistance, dont il pensait : n'est-elle pas trop humaine ? A-t-elle le moindre lien avec la foi ? Avec les vérités évangéliques ? Il répétait les lignes de l'Épître : « Soumettez-vous donc à Dieu ; résistez au diable, et il fuira loin de vous[1]. » Mais il se posait des questions : ton interprétation est-elle la bonne ? N'est-ce pas un mensonge que d'identifier des pouvoirs terrestres au mal diabolique ? Il ne trouvait pas de réponses claires.

Et il éprouvait de plus en plus souvent un malaise qu'il n'arrivait pas à définir exactement. Soif ? Angoisse ? Insatisfaction ? *Sehnsucht*, aspiration passionnée, élan vers la sainteté ?

Cela dura des années. Il était mû par cette énergie que donne l'insatisfaction, le sentiment d'être à l'étroit. Il se mit à diffuser de la littérature chrétienne clandestine, du samizdat, comme on disait à l'Est. À écrire des articles sous un pseudonyme. À collecter de l'argent auprès des paroissiens de confiance, pour aider les persécutés.

C'est alors qu'il fut remarqué par les gens de la maison grise. Par ceux dont la raison d'être est de remarquer. Il sentait leur approche rampante, leur tutelle, avec une joie forcée et inquiète. Il lui semblait que c'était le signe qu'il faisait ce qu'il fallait. Pourtant, son vague à l'âme ne trouvait ni objectif concret ni exutoire.

Combien d'années avait-il vécu *avec eux*, sous *leur* ombre ! Années irrévocablement perdues, irremplaçables ! Lentes comme le mûrissement des baies de genièvre dans le jardin de l'église.

Il s'était habitué à *eux*. Aux postes d'observation dans les maisons d'en face. Aux voitures qui l'accompagnaient, la nuit, sur la chaussée déserte. Aux inconnus qui essayaient habilement de gagner sa confiance. Aux perquisitions clandestines de son appartement et de l'église, à la sensation que des doigts répugnants avaient touché ses affaires. Aux oreilles étrangères qui

1. Épître de Jacques 4,7.

écoutaient ses conversations téléphoniques. Aux yeux étrangers qui lisaient son courrier, le suivaient dans la rue. Aux lettres anonymes. Aux articles diffamatoires dans les journaux. Aux fausses « requêtes » exigeant son remplacement par un prêtre qui serait plus attentif aux besoins de ses paroissiens. Aux saloperies grandes et petites.

Il priait avec ferveur pour ceux qui le persécutaient et le tourmentaient. Il avait développé une sensibilité aiguë, qui ne lui était pas naturelle, à la tromperie, à la surveillance, aux micros, à ce qui pouvait être ambigu ou dangereux dans ce qu'on lui donnait ou dans ce qu'il recevait comme par hasard. Il essayait de vivre en toute connaissance de cause, mais sans être empoisonné par les soupçons ; ces derniers sont rationnels mais insensés, car ils portent en eux le triomphe du mal ; il ne faut pas être aveugle, mais il ne faut pas non plus être inutilement lucide dans le tourbillon, la ronde des visages, chacun pouvant s'avérer trompeur.

Il devint gênant. Entre autres, pour quelques hiérarques. Il fut muté loin des grandes villes, dans de modestes paroisses campagnardes ; il y avait dans ces décisions de l'inquiétude, la peur qu'il devienne trop visible, qu'il irrite trop les autorités. Certains de ses frères, ministres du culte, prétendaient qu'il était mû par le péché d'ambition, qu'il recherchait sa gloire personnelle et non le bien de l'Église.

Lui était mû par sa nostalgie, par son envie de sainteté qui ne trouvait pas d'issue.

Le mal se rapprochait, le palpait, le goûtait. Trois fois, des femmes essayèrent de le séduire ; l'une d'elles, il en était sûr, agissait de sa propre volonté, mais les deux autres… Quand on l'envoya moisir dans un trou perdu, il s'acheta une voiture. Des amis l'avaient aidé. Mais on lui retira bientôt son permis de conduire ; il fut contrôlé lors d'un trajet, l'analyse de sang « prouva » qu'il était ivre au volant. Vous avez réussi à répéter le miracle du Christ, dit-il au tribunal, vous avez changé l'eau en vin. Alors il acheta une mobylette, qu'on peut conduire sans permis. On la lui vola. Il savait qu'un jour on s'occuperait sérieusement de lui. Et même, il le désirait : plus de brimades mesquines, de sales gamineries, mais un vrai martyre, la couronne de la rédemption. Et les gens se rassemblaient tout seuls autour de lui, leur nombre augmentait, on aurait dit qu'ils attendaient de lui quelque chose, qu'ils voyaient en lui celui qui avait le droit de parler.

Mais quand Dieu se manifesta et parla, il n'était pas prêt. Il ne comprit pas. Ne le reçut pas. Ne le reconnut pas. Le rejeta – parce que dans son orgueil il pensait savoir comment Dieu devait agir. Il pensait qu'il reconnaîtrait Sa volonté, qu'il ne permettrait pas aux voix du monde de l'induire en erreur.

Quel aveugle !

Maintenant que sa vie était presque finie, il n'était devenu ni évêque ni prédicateur. Il n'avait pas approfondi ses talents naturels, et ceux qu'il avait empruntés lui avaient été retirés. Dieu avait abattu son orgueil et donné la foi. C'est pourquoi il pouvait s'enfermer, se concentrer sur les affaires ordinaires de l'église : réparer le toit abîmé, équilibrer les comptes, tenir le registre des naissances et des morts.

Il veillait, il attendait sans attendre.

Il avait été éprouvé et mis à part. Maintenant l'heure était venue.

Les événements étaient en marche, les masques allaient tomber, les sceaux protecteurs, disparaître. Travniček comprenait que l'homme de la colline devait valoir cher ; les gens comme lui sont une denrée rare et sans prix. On l'a caché, on lui a donné un toit et de l'argent : d'autres seront donc disposés à faire de même. Ces autres peuvent avoir des craintes et des tentations ; des obligations, des règles, des ordres. C'est pourquoi il va prendre cet homme sous sa responsabilité. Quoi qui se cache dans le vase scellé de cette âme étrangère.

Il est le seul à pouvoir le faire sans danger pour personne.

Travniček se remit à prier : pour l'illumination de l'homme de la colline ; pour tous ceux qui ont fait le mal et sont à présent persécutés eux-mêmes ; pour les chiens courants, pour les gens au cœur nécrosé. Pour le don de ce qui est inaccessible.

16

D'habitude, quand le sommeil ne venait pas, Kalitine répétait par cœur les formules des produits qui avaient échoué aux tests. On ne les avait plus jamais synthétisés, ils avaient disparu du monde et ne s'étaient conservés que dans les archives du laboratoire ; leurs noms menaient au vide, au néant.

Mais à présent l'heure du long reflux des rêves avait sonné. On aurait dit que le fourbe dieu Hypnos avait abandonné la maison, et que sur le seuil s'était posté son frère Thanatos, veilleur incorruptible.

Kalitine sentait qu'il était seul devant la mort et la mémoire. Il se rappelait presque tout ce dont il aimait se souvenir, et beaucoup de ce qu'il espérait oublier. Il aurait aimé s'arrêter, s'endormir. Mais la mémoire – importune, rejetée – semblait être venue exiger réparation pour sa longue réclusion.

Kalitine quitta son lit, ranima les tisons, ajouta du petit bois. Hier, à cette heure, le ciel avait déjà commencé à s'éclaircir au-dessus de la crête, à l'est. Mais aujourd'hui des nuages chargés de pluie étaient arrivés de derrière la montagne et avaient caché l'aurore.

Il avait besoin d'au moins quelques heures de sommeil. Ensuite, il s'en irait. On l'a invité à participer à une enquête, n'est-ce pas ? Oui. Alors il va partir. La décision – sa destination – est venue toute seule. Les bords de la mer d'Arabie.

Un pays gouverné par l'armée et les services secrets, parce que là-bas on les appréciera à leur juste valeur, le Débutant et son inventeur.

Kalitine n'avait pas cherché l'adresse de l'ambassade sur Internet. Il était un jour passé devant par hasard, se rappelait vaguement le bâtiment reconnaissable à sa banalité. Est-il sous surveillance ? Sûrement. Un poste permanent dans un appartement en face. Des caméras avec reconnaissance faciale. Bon, l'important, c'est de leur faire parvenir sa lettre. Ensuite les gens de l'ambassade sauront le trouver. Acheter une carte SIM dans un kiosque... Bien sûr, il lui faudra abandonner toutes ses affaires. Comme alors. Là-bas, dans sa nouvelle vie, tout sera neuf.

Du passé il ne restera que lui, et le Débutant.

Le Débutant. Quand Kalitine recevra enfin un laboratoire digne de ce nom, on pourra le transférer de son caisson de campagne dans un container fixe. Analyser comment il a supporté le passage du temps. Car le temps est le plus grand ennemi de toutes les préparations de sa catégorie, hyperactives mais pas très stables. Alors se posera une autre question : dans le flacon, est-il toujours le Débutant ? Ou est-il seulement un Monsieur Pschitt, une eau pétillante aussi inoffensive que du savon pour enfant ? Cette dernière pensée rendit Kalitine malade. Même en imagination, il ne pouvait pas accepter la mort du Débutant. De son produit. De sa créature. De sa créature aimée.

Vera, elle, voulait un enfant. Un fils. Pourtant elle devinait, bien sûr, que lui ne pouvait avoir qu'un seul enfant : celui qui naît dans une éprouvette. Il avait l'intime conviction qu'avoir des enfants, cela ne lui était pas donné. Il voyait en cela une sorte de bénédiction accordée au chercheur. Mais Vera...

Combien de fois Kalitine s'était-il reproché ce mariage, avait-il décidé de divorcer... Mais il savait trop bien pourquoi il s'était marié. Pour la même raison qu'il était entré au Parti, qu'il participait aux manifestations et aux « samedis communistes ».

L'Île vous défendait mais exigeait la loyauté. Et hors de ses limites commençait le terrarium de la science où, comme dans un étrange Jurassic Park, vivaient les monstres carnassiers des différentes ères.

Les vieillards. Complices des purges sanglantes des écoles scientifiques aboutissant à des exécutions et des déportations. Coupables de meurtres perpétrés à l'aide d'articles critiques. Virtuoses des polémiques mortelles menées dans le jargon scientifique empoisonné par le marxisme ; rivaux dans les batailles livrées pour capter l'attention du Coryphée de toutes les sciences. Inventeurs de doctrines mensongères enfantées par les dogmes de l'idéologie, qui avaient gangrené des pans entiers du savoir.

Kalitine les rencontrait dans les instituts, dans les couloirs des ministères – engeance démoniaque grise et influente qui prolongeait son existence grâce aux privilèges passés, aux médicaments, aux cliniques, cures thermales, massages, prothèses. Tous étaient mortellement dangereux, tous pouvaient vous dévorer – peut-être pas tout crus, comme avant – si votre théorie novatrice venait détrôner les travaux ineptes, vieux de quarante ans, qui leur avaient valu des prix, des médailles et des titres d'académicien.

Les jeunes. Hommes du Parti, habiles, qui jamais n'avaient écrit une seule ligne de leurs thèses, rejetons des familles dirigeantes qu'on avait « casés » dans la science. Malgré leur vernis superficiel, ils n'étaient pas moins sanguinaires que les vieux, bien qu'ils n'eussent plus ni crocs ni griffes : la race avait dégénéré. Par contre ils savaient répandre des bruits, intriguer, détourner un sujet, voler une idée, s'imposer comme co-auteur, couper un financement.

Dans l'Île, auprès de Zakharievski, Kalitine était pratiquement intouchable. Mais l'Île n'était que le lieu de naissance des produits. Il fallait les faire connaître, les lancer dans le monde, même si c'était un monde tout aussi soumis au secret ; et là-bas Kalitine – donc les produits – était en danger.

Il connaissait les points forts et les faiblesses de son curriculum, de sa biographie cent fois vérifiée. Et quand Zakharievski lui conseilla amicalement de fonder une famille, parce que cela l'aiderait à promouvoir sa candidature dans les instances du Parti, Kalitine savait déjà qui il choisirait.

Vera.

Un prénom oublié.

Un jour Vera et lui avaient regardé ensemble l'émission *Le Monde des animaux*. On voyait des iguanes juvéniles sur une plage : il en naît des milliers, des centaines meurent, quelques dizaines atteignent l'eau, trois ou quatre survivent, un seul atteint la maturité sexuelle.

C'est précisément à cette époque que Kalitine commença à réfléchir sérieusement au Débutant. Et il crut voir dans ce film le reflet de ses pensées : des milliers de débutants, des substances numérotées, sans nom, nées dans des éprouvettes ; la plupart seront des ratés, quelques douzaines feront preuve de certaines qualités mais auront des défauts rédhibitoires ; seuls deux ou trois seront indexés, recevront un nom primaire, et ils se livreront de vraies batailles pour vivre, pour se matérialiser, obtenir une place dans les registres et les programmes de production.

Il n'y aura qu'un seul Débutant, avec majuscule.

C'est alors que Kalitine ressentit vivement sa solitude, le poids inutile de leur mariage : Vera pouvait-elle vraiment partager cela ? Comprendre que lui, Kalitine, était aussi un débutant, un des très rares à avoir avant tout soif de réalisation ?

Vera veut dire « la foi ». Comme c'est bien que son prénom coïncide avec le mot. Et qu'on puisse choisir de ne penser qu'au concept en le prononçant.

Mais il se trouva qu'il y avait quand même un sens à leur mariage. Elle lui sauva la vie. Et lui fit don d'une découverte.

C'est lui qui était censé tester le Débutant version zéro, la première composition, expérimentale. Le précurseur. Mais d'avance Kalitine n'était pas satisfait, il avait l'impression qu'une erreur s'était glissée dans les calculs, que le mélange ne serait pas assez efficace.

Vera se porta volontaire. Elle avait la qualification nécessaire.

Une fissure dans la soupape, non détectée à la réception du produit. La soupape sauta, un éclat de métal réussit à percer à la fois le caisson en plastique et le scaphandre de protection ultrarésistant. La ventilation d'urgence fonctionna parfaitement, et dans le scaphandre ne pénétra qu'une infime partie du produit. Quelques molécules, pourrait-on dire. Mais c'était le Débutant, le vrai Débutant. En imaginant sa composition de base, Kalitine était tombé juste.

Le Débutant tua Vera instantanément. C'est la première chose qu'il fit en venant au monde. Il avait pris son dû. Le Débutant était tel que le souhaitait Kalitine. Ce n'était pas seulement une substance. Cela, et non la mort de sa femme, fut pour Kalitine un coup de massue. Il ne pouvait pas s'avouer qu'il avait eu peur. Il eut peur non comme un chimiste dont la préparation se serait révélée effroyablement efficace. Mais comme un démiurge dont la créature, voulue comme un serviteur fidèle ou un guerrier loyal, avait pris vie au-delà de toute mesure, avait refusé de se soumettre et échappé au contrôle de son créateur.

Le Débutant était trop féroce. Il aurait fallu le détruire, le mettre au rebut pour défaut de fabrication ; c'est ainsi qu'on élimine les chiens de combat agressifs qu'on n'arrive pas à dresser.

Mais Kalitine ne pouvait plus y renoncer.

Il s'y était donné entièrement : il savait qu'il n'aurait plus d'autre révélation.

Le Débutant était à ce point secret qu'on ne put même pas transférer le corps de Vera à la morgue de l'hôpital. Le Débutant l'avait touchée – elle était devenue le vase contenant le mystère.

L'autopsie ne montra aucune trace du produit. L'hypothèse de Kalitine était confirmée. Le Débutant était indétectable.

On lui exprima des condoléances, on lui donna un congé, on voulut l'envoyer dans une maison de vacances dans le Sud. Il dit qu'il voulait se remettre au travail. Que cela serait plus facile pour lui. Pour l'amour de Vera.

On le lui permit.

Et il entreprit d'apprivoiser sa créature, de résoudre les problèmes liés à sa conservation, à sa stabilité – sans lesquelles on ne pouvait espérer ni certification ni mise en production.

Mais le Débutant s'avéra extraordinairement sensible, rétif. Il suffisait de changer d'un iota la composition originale pour déséquilibrer instantanément toute la structure. Le Débutant semblait être ce qu'il était de façon innée : limité au seul emploi de sa férocité, de sa passion immédiate pour le meurtre.

Kalitine passa des années et des années à rechercher d'infimes améliorations ; il était proche du succès arraché au destin dans la douleur. Mais le pays se désagrégea, l'Île s'effondra, et le Débutant n'eut pas de naissance officielle, il resta inexistant, non répertorié : comme si son nom l'avait condamné à être un débutant éternel.

Le Débutant.

C'est Kalitine lui-même qui avait proposé ce nom, il y a longtemps. Il en avait assez de ces cryptogrammes qui ne signifiaient rien, comme Radiant, Foliant, Quadrant. Il lui semblait qu'ils volaient quelque chose à la préparation – ce qu'un objet possède quand il porte une appellation adéquate, le petit plus qu'a un chien ou un chat dont le nom est bien choisi : un reflet de son âme, une esquisse de son destin.

Selon une instruction idiote du service du chiffre, le nom du produit devait avoir la terminaison *-ant.*

Il lista des douzaines de noms, chercha dans les dictionnaires – rien n'allait.

Un jour Kalitine, en se promenant, arriva à la limite du terrain militaire. Il y avait là un ravin envahi d'angéliques, une source qui jaillissait d'un mur de pierres gluantes. Au bord du ravin on pouvait voir des pierres tombales enfoncées dans la terre, retournées, brisées, vestiges d'un cimetière campagnard ; les maisons de bois avaient pourri depuis longtemps, mais les pierres de calcaire pointaient parmi les herbes fanées du printemps de l'an dernier. C'est là, près du ravin, que Kalitine inventa ce nom astucieux, élégant, vivant : le Débutant, comme si quelqu'un le lui avait soufflé.

La substance elle-même n'existait pas encore, ni la formule, ni les voies qui y mèneraient : il n'y avait qu'un projet hardi.

Quand il était entré dans le laboratoire de Zakharievski, il ne savait pas qu'il travaillerait à la préparation d'armes chimiques. Il avait signé un accord de non-divulgation alors qu'il n'avait encore rien à divulguer.

Bien sûr, l'institut avait d'autres domaines de recherches. Il n'apprit leur existence que plus tard, alors que Zakharievski lui avait déjà confié son premier travail indépendant.

Mais Kalitine ne regrettait rien. L'ontologie de la mort à laquelle il avait été confronté comme chercheur avait posé des problèmes scientifiques d'une ampleur et d'une profondeur extraordinaires.

Il pouvait maintenant s'avouer qu'il n'avait jamais été athée au sens strict du terme. Mais il n'était pas croyant non plus. Il savait qu'une force supérieure existait dans le monde. Mais il le savait en tant que praticien ayant connu des illuminations non explicables rationnellement. Comme un prospecteur, un mineur qui compte sur ces illuminations, qui sait trouver vers elles un chemin intuitif.

Il ne les attribuait ni à Dieu ni au diable, mais les considérait comme inhérentes à la nature humaine ou aux propriétés de la connaissance. Dans son authenticité secrète il se sentait plutôt comme une créature archaïque, un chaman voyageant dans l'au-delà à la recherche de sources, d'artefacts de puissance. Ce n'était pas un hasard s'il était collectionneur. On faisait beaucoup de fouilles sur le terrain militaire, c'était un territoire d'anciens campements de nomades le long du fleuve, et la terre offrait toujours quelque chose : symboles primitifs sacralisés, grossières figurines du Paléolithique, et aussi des silex taillés, des haches et des pointes de flèches.

Kalitine était persuadé d'être un créateur parmi d'autres, puisqu'il ne s'abreuvait pas à un quelconque puits ténébreux ; il n'était inspiré ni par le sang ni par les souffrances. D'énormes aigles tournoyaient souvent au-dessus de l'Île ; Kalitine aimait ces oiseaux, il aimait les vents, les impétueux crépuscules, les étendues sauvages. C'est en eux qu'il trouvait l'illumination, l'inspiration, le sentiment que sa vie était importante. Cela même lui prouvait qu'il n'était pas différent des autres gens talentueux ; faire des distinctions est toujours hypocrite. Celui qui aurait voulu le juger aurait simplement ignoré que soufflent dans son sang les mêmes vents, les mêmes crépuscules que chez n'importe quel individu doué ; que le Débutant est un produit de l'intuition, du risque et de l'art, tout comme la Victoire de Samothrace ou le tableau périodique de Mendeleïev.

Kalitine se rappelait très bien et pouvait revoir le premier éclair de compréhension, le météore qui l'avait guidé.

Selon les indications de Zakharievski, il travaillait alors sur des substances végétales stables, à l'action immédiate, mais qui laissaient une trace durable et tout aussi stable. Alors il s'efforçait d'abaisser leur niveau de visibilité, de les délayer, de les pulvériser, de les transformer au moins en une traîne évanescente.

Mais la substance obstinée ne se rendait pas, et Kalitine, furieux, jeta son stylo par terre et fixa son regard sur le plafond du laboratoire, la coupole de l'ancienne église où étaient accrochés les appareils de ventilation. De toutes les fresques anciennes il n'en restait qu'une, un ange coupé à la taille, dans un coin. Ailleurs on l'aurait recouvert d'une couche de peinture, mais le comité du Parti n'avait pas accès à ces lieux. Et Kalitine aimait regarder le visage pensif de cet ange ; d'or était sa couronne, d'or aussi la mince trompette dorée pressée contre ses lèvres. Ce fantôme d'une autre époque était en son pouvoir – héraut d'un Jugement inexistant, lointain survivant de l'époque prérévolutionnaire où la représentation d'un ange avait un sens, possédait le pouvoir immédiat du signe.

Sous le regard de l'ange, dernier reste qui refusait obstinément de disparaître, témoin incorruptible d'un tout, Kalitine prit conscience que la mort est par nature quelque chose de sale, et que ce n'est pas une métaphore. La mort laisse toujours des preuves, des traces naturelles les plus variées, et un enquêteur intelligent les suivra. Tel est le monde, telles sont ses lois.

Contourner, piéger ces lois, faire en sorte que la mort passe inaperçue, pénètre à travers toutes les protections sans laisser de traces – c'est le pouvoir suprême, la possibilité de commander à l'existence.

À cet instant Kalitine – il était encore jeune – hésita.

Car il avait compris aussi que la visibilité de la mort, son éternité, le fait qu'elle soit condamnée à laisser des traces, à être démasquée – c'est un bien naturel, le fil rouge tissé, cousu dans la structure du monde. Et que la loi primitive de la rétribution est codée, réalisée dans la matière. Donc la possibilité de son exécution aussi. La possibilité qu'existent les notions de crime, de faute, de châtiment, de rédemption, de repentir. Qu'existe la morale en tant que telle.

Kalitine hésita, mais n'eut pas peur. Il sentit qu'il avait touché là une certaine frontière – cette sensation était concrète, réelle. Et il eut envie de franchir cette frontière.

Mais quand Kalitine créa le Débutant, il comprit qu'on ne pouvait pas contourner le dispositif de sécurité. La loi était plus complexe qu'il ne le pensait.

Le Débutant était faible précisément à cause de sa force. Il était intraçable et létal, mais comme produit chimique il était trop instable ; ces deux qualités portées à l'absolu l'étaient au détriment de toutes les autres. Trop mortellement dangereux pour être viable, comme une chimère.

Le Débutant n'était pas apte à une action ciblée ; il ne laissait pas de trace mais était dépendant de son récipient. Les experts posèrent tout de suite la question du mode d'emploi : comment se servir d'une substance qui tue à la fois l'assassin et la cible ? Cela conduisit à ce schéma bancal basé sur la nécessité de laisser l'objectif seul avec le Débutant, et ensuite de retirer le récipient, la capsule ; c'est précisément ainsi qu'on avait tué le banquier. Le plan avait marché, mais le Débutant avait perdu son avantage principal : son existence n'était plus cachée.

Mais alors, au début, Kalitine était plein d'espoir.

Il devint un fanatique de la mort. Il étudia comment les gens meurent, comment cela se passe aux points de vue chimique et biologique. Il écouta les conférences de spécialistes invités, des médecins qui croyaient transmettre leur savoir à un inventeur d'un médicament secret pour le Comité central. Il s'instruisit auprès d'experts de la médecine légale. Dans la morgue de la Ville, il se pencha sur l'histoire des épidémies, étudia la mort de tous les êtres vivants : plantes, champignons, insectes, plancton, écosystèmes.

Le premier chemin, le plus simple, qu'il choisit pour ses expériences le conduisit à élaborer une substance jumelle.

Il pensait depuis longtemps que toutes les préparations, avec leurs différences concernant la combativité, le délai d'utilisation, la vulnérabilité, les points forts, avaient des jumeaux dans le monde humain. Chez les gens un jumeau peut prétendre être l'autre, dire qu'il était là par hasard, qu'il n'est pas impliqué – et c'est ainsi que Kalitine créait de sombres jumeaux à des substances utilisées dans le public, tentait d'obtenir qu'ils laissent une trace identique que personne n'identifierait comme preuve de meurtre.

Mais pourtant c'était une demi-mesure, une solution boiteuse. En tant que telle, la trace existait toujours et un fâcheux concours de circonstances pouvait éveiller les soupçons.

Un jour Kalitine se rendit à une partie de pêche nocturne avec le chef des services de surveillance, un vieil ami de Zakharievski. Le général, muté dans la réserve active, respectait et soutenait Kalitine à sa façon bourrue. Mais il fallait de temps en temps conforter ses habitudes péquenaudes, par exemple aller avec lui, de nuit, pêcher la carpe. De plus le général intéressait vivement Kalitine. Sans éducation, irrémédiablement dépassé par son époque, c'était un fossile, un vestige pétrifié d'une autre ère pécheresse, fangeuse et sanglante dont Kalitine voulait se distancier. La mort y régnait, simple et absurde, armée d'un revolver Nagant et emportant sans choisir des milliers de vies. Kalitine créait une autre sorte de mort : logique, ciblée ; elle trouvait sa moralité, sa justification dans ce qu'elle était à usage unique. Mais ce qui troublait Kalitine, c'était qu'émanait du général une authentique odeur de sang, de sauvagerie ; par contraste les principes intimes de Kalitine devenaient clairs, prenaient du relief. De plus leurs travaux offraient une ressemblance, indubitable bien que non évidente, qui semblait prédéterminer et bénir leur alliance : celle du savant et de l'officier de sécurité. Ce dernier était un grand professionnel dont l'éthique était la rationalité : il pouvait percer les gens à jour, aller à la vérité par le plus court chemin. C'est ce que faisait Kalitine dans le domaine scientifique.

Ils pêchaient à la lumière d'une lampe à kérosène qui étirait les ombres sur le sable. Ça ne mordait pas. Le général suçotait sa cigarette Belomor puante et regardait longuement, l'esprit vide, la sonnette du bouchon, tout en sirotant au goulot d'une flasque sa liqueur de chaga[1], de la vraie térébenthine – Kalitine avait essayé d'en boire une fois et avait failli se brûler le gosier. À cette époque on venait d'amener sur l'Île trois nouveaux, récemment sortis de l'école militaire, comme lui jadis. Kalitine cherchait l'occasion de se renseigner officieusement sur l'un d'entre eux, qu'il pensait prendre comme laborantin.

– Je ne te le conseille pas, dit amicalement le vieillard, comprenant immédiatement à quoi s'intéressait Kalitine. C'est un imbécile. Il bavarde beaucoup. Il en dira trop. On lui retirera son habilitation.

– Et de quoi parle-t-il ? demanda Kalitine d'un ton neutre.

– De fantômes, dit le vieil homme après un silence. De spectres, merde. Il dit qu'il a vu quelque chose dans la cave.

– Mais c'est idiot, s'exclama sincèrement Kalitine.

– Idiot, oui et non, dit le vieux d'un ton édifiant. C'est un endroit spécial. Avec une histoire. Il y a eu des actions ici, dans le temps. Faut pas bavasser là-dessus.

---

1. Le chaga est un champignon qui est très utilisé dans la médecine populaire en Russie, en Europe de l'Est et au Québec.

Kalitine sentit que quelque chose de personnel et d'ancien parlait en ce vieillard. Il connaissait certains détails de sa biographie : Zakharievski l'avait mis au courant en lui expliquant comment se conduire avec le général.

Et, en pensant au vieil homme, Kalitine s'était plus d'une fois demandé : mais pourquoi donc, durant ces années-là, ne pouvait-on pas tout simplement regrouper les gens, les fusiller et les enterrer ? Pourquoi ouvrait-on des enquêtes, remplissait-on des formulaires, suivait-on des procédures ? Pourquoi toutes ces formalités, alors qu'on savait que tout était faux ? Ce jour-là, en regardant le vieux, il comprit : c'était pour le bien des exécuteurs. Pour les protéger, pour qu'ils ne sombrent pas dans la folie ou se révoltent.

Le vieux s'était tu. Kalitine sentait que le sujet des fantômes l'avait touché, troublé : l'idée que la mort est réversible, que les témoins peuvent se lever du néant. Lui-même ne croyait pas du tout aux esprits. Mais il était content d'observer les superstitions, les peurs enfantines du tout-puissant chef des services de sécurité.

La sonnette tinta. Quelque part, au fond, une carpe avait mordu et déplacé l'appât. Le vieux tira sur la ligne pour ferrer et jura, déçu :

– Elle a foutu le camp, la garce.

Tout à coup, dans la coupole de lumière, papillonnèrent, tournoyèrent des flocons blancs, comme une giboulée de neige. Depuis les vastes étendues du fleuve le vent avait apporté des éphémères, créatures errantes de la nuit, qui ne vivraient pas jusqu'à l'aube.

Les éphémères se collaient sur le verre brûlant, se précipitaient vers la mèche, se consumaient. Le lumignon était la lampe d'Aladin qui les faisait sortir des ténèbres.

Les éphémères jonchaient le sable, à la limite de l'eau, comme des fleurs coupées. Et Kalitine fut pénétré d'enthousiasme. Désormais il savait exactement ce que devait être son Débutant : éphémère, pouvant se perdre dans les ombres du monde, capable, avant de se désincarner, d'accomplir son unique désir – la mort.

Les éphémères. Magnifiques éphémères. La lueur rousse de la lampe à kérosène. Le tourbillon de flocons blancs et vivants à la fin de l'été, la danse des adieux. Annonciatrice des tempêtes qui viendraient plus tard. Le reliquat du blanc sommeil hivernal.

… Kalitine s'endormit, sentant sous ses paupières closes le frémissement d'ombres aux ailes légères.

17

Ils partirent plus tard que prévu. Quand l'employé de l'agence de location voulut entrer les données du permis de conduire de Cherchniov-Ivanov, son ordinateur planta. Il redémarra ; deuxième essai – nouveau plantage.

L'employé s'excusait, Cherchniov pensait : un traquenard ? Les papiers ont été faits comme il faut, entrés dans la base de données.

– Essayez avec le mien, ça ne change rien, proposa Grebeniouk. Croisons les doigts, ajouta-t-il en s'adressant à Cherchniov.

Cela marcha. Enfin, on leur remit la voiture. Une six cylindres à moteur turbocompressé, mais pas trop voyante : la dernière version d'une berline familiale populaire. Fabrication locale ; il y en avait des milliers comme ça sur les routes.

Grebeniouk se mit au volant et, une fois partis, demanda :

– Ça va ?

– Ça va, répondit simplement Cherchniov.

– J'ai un sentiment bizarre, dit Grebeniouk. Comme si on nous freinait. Les gardes-frontières. Le train. Et maintenant cet ordinateur.

Cherchniov le regarda en feignant l'étonnement.

– Qu'est-ce qui t'arrive ? Tu n'as pas assez dormi ?

– Si, si. Excuse-moi. C'est une idée stupide.

– Ça arrive, répondit Cherchniov.

Il ne s'attendait pas à une telle finesse chez le technicien. Avant, ça l'arrangeait de ne rien savoir de son coéquipier : à quoi ça servirait, ils n'allaient pas faire ami-ami. On lui avait dit que c'était un bon professionnel, et basta. À présent Cherchniov regrettait de ne pas s'être intéressé à Grebeniouk de plus près, de ne pas lui avoir fait raconter sa vie. Trop tard, maintenant ce serait maladroit. Il fallait attendre le bon moment.

Cherchniov était heureux de quitter la ville, d'aller enfin au but et de laisser derrière lui la journée précédente. De se convaincre définitivement que le gamin sorti du passé n'était qu'un incident absurde, le fruit avorté, improbable, d'actes lointains. Et là-dessus, voilà Grebeniouk qui se ramène avec sa question !

En plus, le temps s'était gâté. Des nuages avaient envahi le ciel, il tombait une pluie fine. Grebeniouk enclencha les essuie-glaces, poussa le bouton du gicleur – il y eut deux petits jets, vite retombés. Ils se garèrent, achetèrent de l'eau, branchèrent le GPS. Le système se chargea, afficha l'itinéraire, le kilométrage avait l'air correct – on en a pour trois heures et quelques, pensa Grebeniouk en comptant large, par superstition. Une voix de femme commandait en anglais : à gauche, à droite, rond-point, deuxième sortie.

Finalement la dame immatérielle les amena dans un bouchon, sur une route en travaux. La sortie qu'elle indiquait était barrée.

– Ils n'ont visiblement pas mis l'appli à jour, dit Grebeniouk, et Cherchniov attendit, se demandant s'il allait reparler de ces étranges, absurdes contretemps. Mais le major ne dit rien et remit brusquement la voiture dans le flot de la circulation.

À présent la pluie tombait à verse. Les balais étaient réglés sur la vitesse supérieure, le droit grinçait légèrement. Ils étaient maintenant sur l'autoroute, mais même ici les voitures allaient au pas. Au loin, sur une colline, on voyait le clignotement rythmique d'un gyrophare bleu.

Une heure et demie de perdue.

Ils arrivèrent enfin au goulet d'étranglement causé par l'accident. Les policiers laissaient passer les voitures à contresens, par l'autre voie. Un camion renversé barrait la route.

Des débris de caisses en bois et des morceaux de bouteilles cassées jonchaient l'asphalte. Sous la pluie luisaient des mares de vin transparentes ; par la fenêtre entrouverte leur parvenaient des relents acides d'alcool. Sur le bas-côté des secouristes s'affairaient auprès d'une voiture écrasée. Les airbags dégonflés étaient tachés de sang.

– Ils se sont tapé du bon vin, dit joyeusement Grebeniouk. Il en reste même pour le repas d'enterrement.

Au volant, c'était un autre homme – un vrai pro. Il conduisait intelligemment, hardiment, et Cherchniov sentait la supériorité qu'il tirait de la voiture, des deux cent quarante chevaux qui avaient reconnu une main sûre.

Cherchniov regarda sa montre. Deux heures et demie de retard.

– Arrête de regarder. On y arrivera, dit Grebeniouk avec assurance.

Il passa en mode sport et ils filèrent sur la voie de gauche. Après le bouchon la route était dégagée, la pluie tombait encore plus fort, les essuie-glaces avaient du mal à suivre. Grebeniouk conduisait sans faire de mouvements inutiles ni ralentir dans les virages. Un sentiment de confiance envahit Cherchniov, il regardait défiler les bâches plaquées par le vent sur le flanc des camions, les arbres dans le poudroiement de la pluie, les bornes kilométriques.

Il y eut devant eux une voiture rouge, une petite citadine. Grebeniouk fit un appel de phares. Elle ne les laissa pas passer, elle n'allait quand même pas sortir à gauche ? Grebeniouk commença à la doubler par la droite, il y eut un tournant et la voiture rouge, sans mettre le clignotant, se rabattit sur la droite.

Ils passèrent, faillirent déraper, accrochèrent le bas-côté.

Un chien sur le siège arrière. Un schnauzer géant. Les vitres sont embuées à l'intérieur, le conducteur ne voit rien.

Trois heures et demie.

Ils auraient dû arriver à pied d'œuvre, prendre leurs marques. La nuit tombe vite, surtout par ce temps.

« Dans dix kilomètres, tournez à droite », indiqua le navigateur.

Un doute s'éleva chez Cherchniov :

– C'est trop tôt, non ?

– On verra quand on y sera, répondit Grebeniouk. Mais oui, ça a l'air trop tôt.

Ils arrivèrent en haut d'une colline et, au bout d'un couloir nébuleux entre deux rideaux de pluie, ils virent les noirs contreforts d'un massif montagneux, enveloppés d'un brouillard épais couleur ardoise.

Un « pop », comme quand on tire avec un silencieux.

La voiture fit une brusque sortie de route.

Grebeniouk garda le contrôle du volant. La voiture s'affaissa sur sa roue avant droite, le pneu chuinta. Ils s'étaient arrêtés juste devant le rail de sécurité ; en bas il y avait une pente raide parsemée de gros rochers.

Quand ils retirèrent le pneu, ils virent un tesson de bouteille coincé entre les rainures de la bande de roulement.

Grebeniouk secoua la tête.

– Quelle poisse ! On n'aurait peut-être pas dû aller voir les putes hier. Ces filles, elles peuvent te jeter un sort, si tu ne leur as pas plu. On aurait dû se fendre d'un supplément.

Cherchniov ne savait pas si son coéquipier plaisantait ou non. Il n'attendait qu'une chose : que tout ceci se termine au plus vite. Mort de l'objectif, fin de la malchance. Il fallait juste arriver sur place.

Heureusement que la roue de secours était de la bonne taille, même si le cric était plutôt faiblard. Ils se salirent en la changeant, il faudrait qu'ils passent dans un magasin s'acheter des jeans ; les siens, c'est-à-dire ceux d'Ivanov, étaient restés dans la valise.

– J'ai connu ce genre de truc une fois dans ma vie, continua Grebeniouk. Souriez, vous êtes en caméra cachée. En mission, là aussi. Et j'ai compris qu'il ne fallait pas se démener, s'agiter, paniquer. Comme dans un marécage, quand on s'enfonce. Alors on a une chance.

– Je comprends, dit Cherchniov. Allons-y.

Ils se rapprochaient de l'embranchement. Le GPS indiquait qu'il fallait tourner à droite dans trois kilomètres, un kilomètre, cinq cents mètres. Cherchniov fit un zoom arrière sur l'écran tactile. On ne sait pourquoi, la guide électronique leur faisait faire un détour par la vallée voisine, sur une route secondaire à deux voies.

– Alors, on tourne ? demanda Grebeniouk.

– Va tout droit, ordonna Cherchniov.

Là-bas, devant, se rejoignaient deux autoroutes. Sur le large échangeur Cherchniov remarqua la même voiture rouge, ils l'avaient rattrapée. Elle était arrêtée, ses feux de détresse allumés : le conducteur était sans doute perdu, il cherchait sa sortie. Grebeniouk ralentit, se mit un peu plus sur la gauche. Mais la voiture rouge démarra brusquement, de travers, en marche arrière. Grebeniouk freina, fit une embardée, engagea la marche arrière, mais la petite voiture les heurta quand même à l'aile.

Ils bondirent tous les deux à l'extérieur. Un petit cabossage, une éraflure. Rien de grave. Mais leur voiture était à présent trop facile à identifier.

La voiture rouge avait le pare-chocs fendu et un feu arrière brisé.

Grebeniouk éclata soudain de rire, donna un coup de poing sur le capot :

– Et alors, ducon, t'étais en embuscade, tu nous attendais ?

Cherchniov se détendit. Maintenant, ça tournait à la farce. À l'histoire drôle. Quand ils raconteraient ça plus tard, personne ne les croirait. Cet hurluberlu devait avoir déjeuné quelque part dans une station-service, pendant qu'ils changeaient la roue. Et il avait déboulé juste au bon moment, ce connard de kamikaze.

– On fiche le camp ? proposa Grebeniouk.

– Et s'il appelle la police ? répondit Cherchniov. Il dira que c'est notre faute. Nous l'avons heurté par derrière. Il en rajoutera, dira que nous l'avons fait sortir de la route et que nous avons causé l'accident.

Le conducteur descendit de voiture, un gros type aux cheveux gris et à lunettes. Il avait dû calmer son chien qui aboyait, affolé. Lui, par contre, ne semblait pas autrement ému. Il se pencha pour regarder sous le pare-chocs, dit rapidement quelque chose dans la langue du pays. Cherchniov fit signe qu'il ne comprenait pas et répondit en anglais – sans succès, l'autre continuait à discourir dans sa langue. Il prit son téléphone, appela quelqu'un, jacassa un instant, puis leur fit signe de la main : attendez, attendez, et retourna s'asseoir dans sa voiture.

Ce n'était plus drôle. Cherchniov et Grebeniouk se regardèrent. La pluie avait cessé, les dernières gouttes frappaient le pare-brise.

– Il faut attendre, dit Cherchniov. On les enfumera, on se tirera de là.

Il bouillait intérieurement. Le rire s'était presque instantanément transformé en une rage à laquelle il ne devait pas s'abandonner ; mais il n'arrivait pas à la contenir, seulement à la retarder. Cherchniov se raisonnait : bientôt, bientôt tu pourras.

Les policiers arrivèrent au bout d'une vingtaine de minutes ; il leur sembla qu'une heure avait passé. Ils discutèrent avec le conducteur de la voiture rouge, puis vinrent les trouver.

– Il roulait en marche arrière sur l'autoroute. Ce n'est pas notre faute, commença Cherchniov en anglais.

– Oui, oui, on sait, répondit l'officier en anglais, un peu surpris de son agressivité. Le responsable de l'accident nous l'a dit. Il nous a appelés pour dresser le constat destiné à la société de location.

Grebeniouk cligna des yeux.

Le constat fut vite rédigé. Avec un smartphone, on prit quelques photos du flanc éraflé. L'officier, un jeune policier de province qui avait un bon niveau d'anglais scolaire, leur rendit leurs papiers et demanda, comme s'il s'ennuyait au travail et voulait se distraire pendant un service dépourvu de tout événement :

– Et où allez-vous ?

Ils avaient la réponse, apprise par cœur, figurant dans la légende. La région où vivait l'objectif n'était pas touristique – ni châteaux, ni sources thermales, ni canyons avec points d'observation. Il n'y avait qu'un seul endroit intéressant. Les ambassadeurs y venaient chaque année déposer des couronnes. C'est lui qui avait été proposé.

– Au musée, dit Cherchniov. Vous savez, le mémorial…

L'officier s'anima.

– Alors vous l'avez dépassé. Nous pouvons vous montrer le chemin, de toute façon c'est notre direction.

Cherchniov ne prit pas le risque de raconter qu'ils étaient déjà allés au musée – et si le conducteur leur avait dit qu'ils s'étaient déjà rencontrés sur la route ? Le timing serait visiblement faux. Et puis il ne trouva pas quoi répondre, il se sentait pris au piège de cette bienveillance sans bornes, de cet empressement débile à aider les gens. Un crétin avait appelé la police pour qu'elle prenne soin d'eux. Maintenant d'autres crétins voulaient les accompagner plus loin. Ils ne pouvaient pas leur ficher la paix ? Et lui, qu'avait-il eu besoin de répondre ? Il aurait fallu tout simplement éluder la question. Tout a l'air de bien aller, et puis les mots, c'est comme une colle instantanée : vous ne pouvez plus vous en dépêtrer.

– Merci, dit Cherchniov. Nous vous en serons très reconnaissants.

– Qu'est-ce qui t'a pris ? chuchota Grebeniouk dans la voiture. Qu'est-ce qu'on en a à foutre ?

– Et comment j'aurais pu refuser ? répondit Cherchniov avec irritation, vexé d'avoir gaffé. Dire qu'on a changé d'avis ? Qu'on s'en va ? Il ne faut pas se faire remarquer. Il faut faire ce qu'on attend de nous. Je me souviens de la carte. Ce n'est pas loin. On fait l'aller et retour. Ça sera vite fait.

– Ils sont bizarres, dit Grebeniouk. Tu vois nos flics à nous se comporter comme ça ?

– C'est l'Europe, répondit Cherchniov. Faut t'habituer.

18

Kalitine se réveilla bien après midi. Bien qu'il eût bu pas loin de la moitié de la bouteille, il avait l'esprit clair. Sous la douche, il décida de ne pas partir le jour même, mais le lendemain. Nettoyer l'ordinateur ; ce soir, brûler certains papiers. Préparer soigneusement le flacon du Débutant au voyage : aux cahots du chemin, aux chutes imprévues, aux secousses, aux chocs.

Cela faisait vingt ans que le flacon était dans le coffre-fort. Kalitine, privé de laboratoire, ne pouvait pas transvaser le Débutant dans un récipient plus sûr. Il ne pouvait même pas vérifier l'état de la soupape. Les techniciens de l'Île avaient assuré que le flacon rempli resterait éternellement hermétique. Mais Kalitine se rappelait ce qui était arrivé à sa femme et prenait ses précautions.

Le réfrigérateur était vide : hier, en route, il n'avait pas pensé à acheter à manger. Il décida d'aller déjeuner au village. Une omelette au saucisson avec des lardons, un thé revigorant au gingembre. Puis revenir à la maison, dormir encore deux ou trois heures. Prendre une douche écossaise. Un café. Alors ses doigts retrouveront leur fermeté et son esprit, l'acuité nécessaire ; alors, il pourra empaqueter délicatement le Débutant – son enfant capricieux – dans un caisson de transport.

Kalitine prit son chemin habituel, longea l'église, tourna vers la rivière. Le petit restaurant était désert, dans ces régions les heures des repas étaient toujours celles de l'ancien temps. Kalitine s'installa sur une terrasse à l'écart, surplombant le profond réservoir du moulin ; là, dans le lent tournoiement de l'eau, des truites argentées venaient à la surface gober les mouches et autres insectes. On le connaissait, on lui fit l'omelette telle qu'il l'aimait, sans trop faire griller le bacon, en y ajoutant du poivre doux ; et il regretta d'avoir à quitter tout cela.

Il entendit derrière lui des pas discrets et professionnels : sans doute la patronne. Elle lui apportait souvent un supplément, avec les compliments de la maison : un strudel ou des crêpes à la confiture.

Mais c'était Travniček avec sa soutane noire, son visage osseux, et Kalitine tressaillit.

– Excusez-moi, dit le prêtre. Bonjour. Puis-je vous parler un instant ?

C'est encore pour le toit ou des vitraux, pensa Kalitine avec ennui. Quand il s'agissait de réparer l'église, Travniček pouvait être insupportable. « Mais pourquoi vous faites-vous tant de souci ? lui avait dit un jour quelqu'un. L'église a tenu debout six cents ans, elle tiendra bien encore autant. – C'est la maison de Dieu », avait répondu Travniček avec emphase, comme s'il pensait vraiment que Dieu vivait précisément dans ce hangar de pierre.

– Bien sûr. Voulez-vous du thé ?

Kalitine avait décidé de s'amuser une dernière fois, et même de lui donner de l'argent – pourquoi pas, ce prêtre cocasse sera tout content de cette victoire inattendue.

– Je vous remercie – le prêtre s'assit, relevant sa soutane d'un mouvement soigneux de femme. Vous m'avez doublé hier, je vous ai fait signe mais vous ne vous êtes pas arrêté…

Ça commence, pensa Kalitine. Qu'est-ce qu'il y a de cassé cette fois, où est la fuite d'eau ?

– Je voulais aller chez vous, mais vous voilà ici. C'est de bon augure.

Ça promet, commenta à part lui Kalitine. Avant, il n'allait pas quémander chez les gens.

– En fait, dit Travniček, en votre absence… des gens sont venus. Sont venus chez vous. Des agents. Surveillance extérieure.

– Des agents ? Chez moi ? demanda Kalitine, sans encore bien comprendre le sens de ce qu'il venait d'entendre.

Il regardait le prêtre mal bâti, ses mains enflées aux poils rares et incolores, sa poitrine flasque, féminine sous la soutane – sans doute un problème d'hormones. Un vrai miracle de la nature !

– Oui. Chez vous, répondit l'ecclésiastique avec simplicité.

– Monsieur le curé, vous avez rêvé ! répondit sincèrement Kalitine. Quels agents ? Qui suis-je, moi, un espion ? Des touristes égarés, sans doute. Vous regardez trop de films policiers à la télévision.

Mais, intérieurement, c'était comme si s'était brisée une baguette de verre qui sert à mélanger les réactifs.

– Vous n'avez même pas demandé qui j'ai vu au juste, dit Travniček avec un léger sourire. Très bien. Je n'insiste pas. Je vais simplement vous expliquer, pour votre bien, pourquoi je ne peux pas me tromper. Je n'aime pas en parler, mais... J'ai vécu dix-neuf ans sous surveillance. Dans l'autre pays, celui qui, grâce à Dieu, n'existe plus. Tous les jours. Dans l'église. Dans la rue. Dans les magasins. Je ne connais que trop bien les représentants de cette engeance. Leur aspect. Leurs manières. Leurs procédés. Alors voilà, c'étaient eux. Les gens de mon passé. Cette fois-ci, c'est vrai, ils avaient des visages slaves.

Kalitine entendait l'eau bruire dans les cailloux. Les phrases suivantes du prêtre se délayaient, se perdaient dans son grondement qui avait brusquement enflé, menaçant.

Sa maison. Le flacon avec le Débutant. Les restes de l'omelette sur son assiette. Ses plans pour demain. Tout était loin, à présent, tout lui avait été retiré. Il n'était plus qu'un corps, un corps vieux et flétri dans lequel il est si facile de loger une balle.

Mais non, il n'y aurait pas de balle, pensa Kalitine avec une horreur impuissante. Ils m'enverront quelqu'un avec le Débutant. C'est dans leur caractère.

À la seule pensée que le Débutant était là, tout près, dans des mains étrangères, Kalitine se sentit mal. Il se rappela le visage bleu, inhumain de Vera. Qu'est-ce que ça lui aurait coûté d'anéantir tous les exemplaires restants la veille de sa fuite ? Il était dans son laboratoire. Le cœur lui avait manqué. Il avait eu pitié...

– Ça fait longtemps ? demanda Kalitine en se dominant.

Il espérait encore que le commando était venu hier ou avant-hier, et qu'il avait donc du temps devant lui.

– Neuf jours, dit Travniček. Hélas. Je ne savais pas où vous téléphoner. Je pense qu'ils ont communiqué à leurs chefs que personne ne les avait remarqués. C'est étonnant, mais les gens, en général, ne remarquent pas les ecclésiastiques. Pour eux, nous sommes un anachronisme. Vous avez un endroit où aller ?

– Pourquoi cette question ? – Kalitine le demandait machinalement ; neuf jours, cela ne lui laissait presque pas d'espoir.

– Vous habitez ici. Vous êtes mon paroissien, même si vous ne venez pas à l'église, répondit Travniček avec dignité.

Le ton moralisateur du prêtre fit soudain naître chez Kalitine une étrange confiance en cet homme, comme si on lui avait envoyé, pour le sauver, un petit animal intelligent, un lézard débrouillard qui connaissait les passages secrets entre les pierres.

Son esprit commençait à calculer les possibilités.

On l'avait repéré après cette invitation à rejoindre le groupe opérationnel. Donc, la fuite venait de là. Il ne pouvait pas demander de l'aide, ce serait se jeter dans la gueule du loup. Cela faisait peut-être même partie du plan pour qu'il panique, demande de l'aide, une évacuation.

Combien seront-ils ? Deux. Kalitine avait lui-même conseillé les auteurs des instructions. Ils viendront en voiture. Il est très probable qu'ils soient déjà ici. Tout près de sa maison. Dans la forêt. Dans les collines. Avec des jumelles. Ils attendront qu'il revienne.

Nulle part où aller. Personne à qui demander de l'aide. D'une façon ou d'une autre, il fallait qu'il rentre dans sa maison. Où se trouve le Débutant. Son trésor, son sauf-conduit. Sans le produit fini, condamné à mort par la médecine, il n'est utile à personne. Un déchet. On ne le soignerait que s'il montrait d'abord la marchandise.

– Il faut sortir votre voiture du parking, dit gentiment Travniček. Ils connaissent certainement son numéro. Je suppose que vous ne voulez pas appeler la police ?

Kalitine fit signe que non.

– Allons-y, dit Travniček. Et n'oubliez pas de payer.

– Où va-t-on ? demanda Kalitine en se levant, et il sortit son portefeuille.

– À l'église, bien sûr, répondit Travniček. Vous ne pensez quand même pas qu'on va vous chercher dans l'église ?

Kalitine ne sut quoi répondre.

– Pourquoi m'aidez-vous ? demanda-t-il avec insistance dès qu'ils eurent franchi le seuil. La voiture avait été cachée derrière une haie vive, dans un endroit réservé aux bacs à ordures, impossible à trouver si on ne le connaissait pas.

– C'est mon devoir, dit Travniček en fermant la porte à clef.

– Bon. Je pose la question autrement. Pourquoi m'aidez-vous, moi particulièrement ?

Kalitine était en proie à une gaieté hystérique, exutoire à la peur qu'il avait éprouvée.

– C'est mon devoir, répéta Travniček.

– Mais enfin, vous ne savez rien de moi – Kalitine eut un petit rire. Je n'appelle pas la police. Cela ne vous met pas la puce à l'oreille ?

– Attendez, je vais chercher du vin, répondit Travniček amicalement. C'est du vin de messe, ajouta-t-il comme en s'excusant. Mais vous avez besoin d'en boire deux-trois gorgées. Pour vous calmer.

Kalitine resta debout à l'attendre, l'esprit confus.

C'était la première fois qu'il se trouvait à l'intérieur de cette église qu'il avait vue des milliers de fois depuis l'extérieur.

La forme des voûtes lui rappela soudain son laboratoire. Oui. C'est vrai qu'ils travaillaient dans une ancienne église. Les mêmes fenêtres, la même épaisseur exagérée des murailles, le même plan.

Il se mit à examiner les murs, longea lentement les bancs de chêne teinté. Il faisait sombre. On voyait mal. D'ailleurs, même bien éclairées, les peintures seraient restées pour lui sans relief, hermétiques. Qui étaient ces barbus avec des auréoles ? Des apôtres, des saints ? Que faisaient-ils ? Pourquoi étaient-ils disposés ainsi ?

Kalitine s'approcha de l'autel. Les courbures des voûtes étaient plus accentuées, les personnages représentés se penchaient au-dessus de lui. C'est le Jugement dernier, comprit-il. C'était la seule chose qu'il pouvait reconnaître tout seul dans une église, sans qu'on lui souffle.

Il reconnut la composition architecturale, la forme de l'espace. Il se souvint de l'ange à la trompette coupé à la taille, et pensa : la forme dicte le sujet – heureux de constater qu'il était de nouveau capable de pensées brillantes et profondes.

En bas, au niveau de son regard, des diables cornus aux langues bleues transperçaient les pécheurs avec des tridents ; des monstres aux yeux nombreux traînaient les corps dans un abîme rougeoyant, sous le plancher.

Plus haut, dans une auréole de lumière diffuse, une armée céleste foudroyait des créatures qui s'étaient élevées trop haut, transgressant les interdits. Au centre, Jésus était debout sur un nuage. Et sur les côtés de la voûte, postés sur des saillies triangulaires, des anges soufflaient dans de longues trompettes.

Celui de droite avait une lointaine ressemblance avec l'ange représenté dans l'Île, comme si les deux peintres avaient portraituré la même créature, les différences étant dues à la façon de voir de l'artiste, aux conventions de style et au talent.

C'est donc ça qui était là-bas, se dit Kalitine, en voyant tout le tableau. C'est donc ça ! Le Jugement dernier ! Donc nous travaillions en bas. Parmi les diables et les monstres invisibles, effacés des murs.

Kalitine se contracta. Il faisait froid dans l'église. Le calcaire poreux avait comme absorbé l'humidité de la rivière et la restituait à l'intérieur.

Travniček reparut avec le vin. Kalitine but son verre d'un trait : vin doux, parfumé.

Il décida de rester dans l'église jusqu'à la nuit. C'est vrai, qui viendrait le chercher ici ?

Et quand il ferait sombre, il passerait du côté du bois, par la porte de derrière. *Eux* ne savent pas que *lui*, il sait ; si les assassins sont là, ils attendent qu'il arrive en voiture et s'arrête devant l'entrée principale. Pourvu que Travniček ne le trahisse pas, ne change pas d'avis. Lui demander d'aller dans la maison ? Mais comment lui expliquer, pour le flacon ?

– Je vous aiderai, prononça inopinément Travniček. Mais il faut que vous m'écoutiez jusqu'au bout, acheva-t-il d'un ton solennel et sévère.

– Très bien, répondit prudemment Kalitine.

Qu'il dise tout ce qu'il veut, pensait-il, du moment qu'on reste jusqu'à la nuit. Curieusement, dans l'église il se sentait protégé. Il se représentait son aspect extérieur ; rébarbative, sombre, n'appartenant à personne, et cela lui donnait un sentiment d'assurance qui ressemblait à celui qu'il éprouvait dans l'Île.

– Mais ne m'en veuillez pas, dit Travniček. Je ne suis pas très doué comme prêtre. Vous vous rappelez Hessman ? L'agent immobilier qui vous a vendu la maison ?

– Oui, répondit Kalitine, intrigué. Que vient-il faire ici ?

– Je vais essayer de vous expliquer, dit lentement Travniček – il croisa ses mains sur sa poitrine. Vous êtes venu à son enterrement. Hessman avait été un officier de la Sécurité de l'État. Il avait un poste au bureau qui s'occupait des religions.

– C'est lui qui vous a parlé de moi ? demanda rapidement Kalitine, se souvenant d'avoir été étonné par la perspicacité de l'agent immobilier.

– Mais non, voyons, répondit l'ecclésiastique, confus. Nous nous sommes très peu parlé. J'étais le seul à connaître son passé. Hessman – comme vous le savez – était un très bon agent immobilier. Il était régulier en affaires. Je suppose que s'il n'était pas entré à la Sécurité tout jeune, il aurait pu avoir une vie sans reproche. Il aurait vendu des maisons aux gens. D'ailleurs, le mal, il l'a fait sur ordre. C'était un exécutant, rien de plus.

– Où voulez-vous en venir ? demanda Kalitine, secrètement alarmé.

Travniček s'agita.

– Je peux donner l'impression de tourner autour du pot. Je vous ai bien dit que je ne suis pas bon, comme prêtre. Cet agent immobilier, Hessman… Vous comprenez, j'ai eu affaire à d'autres fonctionnaires de son service. Ils s'y prenaient autrement.

– Ah oui ? – la conversation commençait même à amuser Kalitine ; qu'il bavarde, ce nigaud, ça fait passer le temps.

– Pour ma part j'ai nommé cela « la création au nom du mal », dit humblement Travniček. Et même : le problème de la création au nom du mal.

Kalitine résolut de taquiner un peu le prêtre, si grassouillet, si sérieux et si naïf. Il était sûr de son intuition : quoi qu'il dise, quoi qu'il fasse, Travniček ne le mettrait pas à la porte. Kalitine se rappelait l'Île et, jouissant à l'idée que Travniček ne savait pas à qui, en fait, il parlait, il demanda avec une vivacité feinte :

– Et que savez-vous du mal ? Qu'avez-vous vu ? Vous pensez que le mal, c'était cette surveillance que vous avez subie ?

– Vous avez raison, répondit tristement Travniček. Je sais peu de chose. Pas autant qu'il faudrait. Mais en même temps vous avez tort – sa voix changea imperceptiblement, se fit plus profonde, plus calme. Le mal, je l'ai vu. Ses taches de naissance. Notre église a des missions humanitaires. Je suis allé en Yougoslavie. Au Caucase. En Syrie. J'ai vu des camps de concentration et je n'ai pas pu ouvrir leurs portes. J'ai vu des fosses pleines de gens fusillés. Des hommes tués dans les champs, jetés nus dans la neige. Un village après une attaque chimique. Les gens se cachaient dans les caves, mais le gaz y pénétrait. Là-bas, les enfants ont la peau brune. Mais quand on les en sortait, ils étaient blancs. Cireux. Un vieux gaz, je crois qu'on n'en fabrique plus. De vieilles querelles. Un vieil armement. Les taches de naissance du mal. Je les ai vues.

– C'est assez. Je vous crois – Kalitine voulait que le prêtre se taise. Il devinait d'où, de quels arsenaux venait ce gaz. Et pour déstabiliser Travniček, pour le troubler, pour qu'il se referme, il demanda : Dites-moi, qu'est-il arrivé à votre visage ? Vous avez attrapé une maladie en voyage ? En Orient il y a des infections monstrueuses.

– Je m'attendais à cette question, répondit Travniček avec résignation. Eh bien, je vais vous le dire. Cela vous aidera à mieux me comprendre.

19

Cherchniov avait vu de vrais camps de concentration. Bien sûr, on les appelait « points de filtrage » ; ils étaient établis à la va-vite, sur le territoire d'une quelconque usine à demi détruite, il suffisait que son mur d'enceinte soit assez haut. Sinon on l'installait en plein champ : quatre miradors et une rangée de barbelés sur des poteaux. Mais c'était la première fois qu'il se trouvait dans un musée édifié sur le site d'un ex-camp de concentration. Une vieille forteresse, des remparts de terre, de solides fortins en brique. Des casemates ayant servi de cellules.

Il tombait une petite pluie fine. Grebeniouk et lui déambulaient sans savoir où se mettre, faisant semblant de lire les panneaux d'information.

Tout était absurde au dernier degré. Cherchniov se sentait arnaqué. Qu'a dit Grebeniouk, déjà ? « L'adhérence augmente de façon supranaturelle. » Ce n'est d'ailleurs peut-être pas le major qui l'a dit, mais lui, Cherchniov, qui l'a pensé, qui a pêché le mot on ne sait trop où. Qu'est-ce qu'il fait ici ? Comment cela a-t-il pu arriver ? C'est comme si un esprit malin les égarait. En convenir, c'est faire preuve de raison. On ne peut pas ignorer un fait.

Mais Cherchniov était tout simplement perdu. Dans son expérience, il n'y avait pas la moindre trace d'une explication plausible.

Tout ce qu'il pouvait extraire de sa mémoire était la stupéfaction morose avec laquelle, enfant, il regardait les films de Charlie Chaplin. Surtout celui du boxeur. Lui-même faisait de la boxe. Sa section était dirigée par le mi-lourd Cheredega, champion d'Arménie, vainqueur de compétitions au niveau de l'URSS, et Cherchniov n'était pas parmi les derniers de ses élèves : ce n'est pas pour rien que Cheredega l'avait recommandé pour l'école militaire.

Et quand Cherchniov voyait Chaplin, ce gringalet, se moquer de son puissant adversaire qui aurait dû l'écrabouiller au premier coup, il serrait les poings, impuissant, regrettant de n'être pas lui-même sur le ring – lui, il lui aurait fait voir, lui, il aurait pu le battre !

Cherchniov ne pouvait pas trouver dans sa mémoire autre chose que cette magie clownesque de l'esquive, où le pitre l'emporte parce qu'il a à sa disposition tous les trucs et subterfuges du monde, tout l'art de la comédie basé sur la violation constante de ce qui est quotidien, habituel, correct. Mais c'était une comparaison, pas une explication.

En leur montrant le chemin, les policiers les avaient accompagnés jusqu'au parking du mémorial. Ils leur avaient fait des signes d'adieu. Mais, au lieu de s'en aller, ils s'étaient assis sous un parasol du café et avaient commandé quelque chose à la serveuse. D'où ils étaient, ils pouvaient voir tout le parking. Impossible de filer inaperçus, il n'y avait que des champs nus tout autour. Grebeniouk sortit ses cigarettes ; ils fumèrent, espérant que les policiers s'en iraient après avoir bu leur café. Mais la serveuse apparut avec un plateau : deux énormes hamburgers, des frites – de bonnes portions campagnardes. Elle mit des assiettes, s'assit à leur table, alluma une cigarette, dit quelque chose, les policiers se mirent à rire – on les entendait, bien que le vent soufflât de l'autre côté.

– Ils en ont pour longtemps, dit sombrement Grebeniouk.

Les policiers les regardaient. Le chef agita le bras, leur montrant l'entrée : c'est par là.

– On y va, commanda Cherchniov, contraint et forcé. Plus tôt on commencera, plus tôt on aura fini.

Alors ils errèrent dans la forteresse, rencontrant de rares visiteurs. Ils auraient voulu s'asseoir quelque part et attendre, mais ils remarquèrent tout de suite des caméras de surveillance ; qui sait, un gardien pourrait venir leur demander si tout allait bien.

Heureusement, au moins ils ne sont pas en direct avec les chefs, pensa Cherchniov. Qu'est-ce qu'ils pourraient leur dire ? Comment expliquer leur retard sur le plan ? Une visite au musée ? Si cet imbroglio s'ébruite, ils seront virés du service. Encore heureux si on ne les chasse pas de l'armée. Mais ça, c'est pour après. Ils pourront raconter quelque chose, se défendre. Inventer une panne de voiture, n'importe quoi, le principal c'est de se tirer d'ici, se remettre sur la piste.

De plus, Grebeniouk inquiétait Cherchniov. Son coéquipier ne disait rien. Il est en train de composer son rapport, le salaud, pensa-t-il. Il fallait au plus vite mettre le major de son côté, être sûr qu'il sera d'accord pour soutenir sa version bidon des faits.

Cherchniov pouvait demander l'aide de la résidence de l'ambassade. Recevoir de l'argent, des données par satellite, des armes. Il était habitué à se sentir une partie de la force de l'État. Et voilà que cette force sombrait dans le néant, se perdait dans les sables, et cela n'avait aucun sens d'appeler à l'aide – à l'aide contre quoi ? Contre Charlie Chaplin ? Contre Mister Bean ?

Il étouffait. Il avait convenu avec Grebeniouk qu'ils resteraient une demi-heure dans le musée. Cela suffirait pour que les policiers s'en aillent. Dix-neuf minutes étaient passées.

Grebeniouk sortit de derrière un coin de mur, calme, concentré. Il s'arrêta à deux pas, regarda le plafond, les pommeaux de douche grillagés, grisâtres, qui étaient accrochées si haut qu'on ne pouvait pas les atteindre avec la main. Il regarda vers le bas, le carrelage jaunâtre. Et c'est seulement alors que Cherchniov comprit : il était entré dans une chambre à gaz. Il y avait même la lourde porte d'acier coulissante. Il voulut sortir, mais Grebeniouk le retint calmement de la main.

– Écoute-moi, lieutenant-colonel…

Cherchniov se retourna instinctivement vers la porte. Dieu merci, les caméras n'enregistrent pas les sons. En principe, Grebeniouk était à présent à sa merci. Il avait divulgué leur identité. Si Cherchniov, dans son rapport, indique que le major l'a nommé par son grade dans un lieu public, il sera arrêté. Il est devenu fou, ou quoi ? Le stress ?

Selon toutes les apparences, Grebeniouk était au contraire parfaitement normal.

– Écoute-moi, lieutenant-colonel, répéta-t-il à voix basse. Ici c'est l'endroit rêvé pour parler.

Cherchniov était plus grand, plus fort. Tous deux avaient reçu des formations très différentes. Il s'approcha de Grebeniouk à le toucher et, dans un chuchotement, ordonna :

– Ferme-la ! Partons !

– Attends, attends… – Grebeniouk leva les mains d'un geste apaisant. On sent bien tous les deux qu'il y a quelque chose qui cloche. Moi, je suis un technicien. Chez nous, les règles sont strictes. Si quelque chose ne marche pas, il faut chercher la cause.

– Technicien, ouais, c'est ça le problème. Tu déconnes.

– La technique, ça enseigne bien des choses, répondit Grebeniouk. Ça ne t'est jamais arrivé que ta voiture ne démarre pas, alors que tout est en parfait état ? Et puis, d'un coup, elle démarre. Comme si elle avait attendu quelque chose.

Cherchniov acquiesça à contrecœur.

– C'est à ça que je pense – Grebeniouk entrelaça ses doigts puis fit jouer ses articulations. Comme on dit chez nous, si quelque chose qui devrait marcher ne marche pas, la cause est soit à l'entrée, soit à la sortie. J'ai eu un cas comme ça. Je devais donner mon avis aux gars. Deux tentatives, deux échecs. Les détonateurs foiraient. Et pourtant on avait tout vérifié, tout examiné, et pas comme chez nous d'habitude : vite fait, mal fait. Alors on m'a envoyé pour contrôler si ce n'était pas un sabotage. C'était très bizarre. Point de vue vérifications, je n'aurais pas fait mieux. Sur le champ de tir, ça marchait. Sur place, non. J'ai réfléchi, j'ai dit : envoyez une autre équipe. Pour ce qui est de la technique, tout est en ordre. C'est avec les gens que ça cloche. On me dit : c'est ta conclusion officielle ? Moi je réponds : officiellement, je vais mettre que la technique est aux normes et que la cause de l'échec est indéterminée. Mais quand même, envoyez d'autres gars. C'est ce qu'ils ont fait, et qu'est-ce que tu crois ? Ça a explosé comme prévu. Mais le type s'en est quand même sorti vivant. Ses gardes du corps ont été tués. Mais pas lui. Puissant était son dieu barbu – Grebeniouk détourna le regard, eut un petit rire. Mais six mois après c'est un conscrit qui l'a tué. Dix-huit ans. Un blanc-bec tout juste sorti de l'école. Il avait à peine eu le temps d'apprendre à distinguer le canon de la crosse. Les anciens l'avaient envoyé dans la forêt ramasser des noix. S'ils étaient intelligents, les bizuths allaient en acheter au marché avec leur fric. Mais celui-ci, avec sa cervelle grosse comme un petit pois, il y est allé. Tu sais comment ces expéditions se terminent, d'habitude.

Cherchniov savait. Il avait vu les cassettes vidéo que les rebelles faisaient circuler. Plus tard elles avaient fait leur apparition sur Internet. Il ne savait pas que Grebeniouk était allé là-bas lui aussi, dans les montagnes, et il éprouvait à présent de l'amitié envers le major, comme s'ils s'étaient juré fraternité.

– Celui-là aussi, il aurait dû être égorgé devant les caméras. Ou vendu comme esclave. Et qui aurait payé une rançon pour cette bleusaille ? – Grebeniouk resta un instant silencieux. Mais lui, il en a tué trois d'une seule salve. Je ne sais pas comment c'est arrivé, qu'il a dit. Il n'avait pas la moindre idée de qui était devant lui. Il a tiré juste parce qu'il avait peur.

– Alors tu crois que c'est à cause de nous ? demanda directement Cherchniov.

– Ou de nous, ou de lui – du doigt, Grebeniouk indiqua le lointain, les montagnes. Ou des deux. Dis-moi – Grebeniouk s'était décidé –, il n'y a pas quelque chose que tu traînes derrière toi, des fois ? Tu vois de quoi je parle ?

– Rien, major, répondit fermement Cherchniov. Partons d'ici. On l'aura.

Ils longèrent les blocs et les casemates, passèrent devant le mur des fusillés pour revenir à la sortie. Ils croisèrent des enfants en blouson de couleurs vives, une excursion scolaire. Les uns se regroupaient autour de l'institutrice, les autres couraient, bavardaient, ricanaient, faisaient des selfies devant les cellules.

Cherchniov se souvint de tout ce qu'il avait eu le temps de lire en diagonale. Les trains venant de l'ouest et les trains partant vers l'est. La faim. Le crématoire. Les cendres de milliers de prisonniers jetées dans le fleuve.

Il eut l'impression que ce qui se passait avait une double irrationalité, comme il y a parfois, autour du soleil, un double halo.

Ce qui avait été fait ici avait été perpétré par les salauds qu'il avait rêvé de combattre quand il était petit.

Mais à présent, en regardant les miradors de bois restaurés, les visages blêmes en noir et blanc sur les photographies, il ne pouvait pas ne pas se rappeler ce qu'il avait vu : les mêmes miradors, les cellules étroites bondées de prisonniers, les mêmes visages noir et blanc, sales, hirsutes.

Cherchniov était persuadé que ce qu'ils faisaient là-bas était différent. Déplaisant, mais indispensable. Là-bas, derrière les barbelés, ce n'étaient pas des victimes, mais des ennemis.

Pourtant la ressemblance physique était si douloureusement évidente qu'elle mettait littéralement Cherchniov dos au mur.

Et les enfants qui postaient ici leurs photos sur Instagram ne faisaient que multiplier l'absurdité par deux. Ils agissaient comme si le passé ne pouvait en aucun cas les atteindre : ni le passé lointain de cet endroit ni le passé proche de Cherchniov. Et il eut violemment envie de leur montrer qu'ils avaient tort d'être aussi insouciants, de les frapper de stupeur et d'effroi par une confession impromptue et confuse, de les rouler dans de la vraie boue. Mais soudain l'institutrice termina ses explications et remarqua leur présence. Elle les dévisagea calmement, et Cherchniov comprit qu'elle était comme une poule couveuse : tous les enfants étaient sous le contrôle de son regard vague. Elle était liée à eux, les aimait et savait sur eux – sur ces gosses insouciants qui avaient l'indécence de rigoler dans cet endroit marqué par la mort – quelque chose qui était hors de portée de Cherchniov. Elle les connaissait et les défendrait. Marina avait eu ce regard, un jour.

Les policiers n'étaient plus sur le parking. Grebeniouk s'engagea sur la route. Les nuages s'effilochaient ; au-dessus des montagnes apparaissait une lumière blême, comme si elle ouvrait le chemin.

20

Ils avaient déjà passé trois heures ensemble.

Le prêtre parlait, Kalitine écoutait d'une oreille, plaçant parfois une réplique convenue. Travniček débitait une saga théologique compliquée. Il n'avait pas répondu à la question concernant son visage. Mais à présent Kalitine s'en fichait.

Son désir de piquer le prêtre au vif avait disparu depuis longtemps. La peur intense, l'euphorie d'un salut possible avaient laissé la place à une terreur morne, épuisante, lucide.

Cette terreur s'abattait parfois sur lui lors des premières années de sa fuite. Kalitine ne pouvait pas s'endormir, il sentait qu'il n'y avait pas de refuge pour lui en ce monde. Il prenait sa voiture, roulait sur les routes de montagne sinueuses, sentant à ses trousses une meute de limiers. Puis la terreur s'était estompée, avait complètement disparu. Kalitine avait l'impression qu'il était guéri, qu'il avait vaincu la malédiction. Et il n'arrivait pas à comprendre pourquoi tout était revenu, justement aujourd'hui, alors qu'il était si vulnérable. Ce n'était pas un hasard. D'où venait le coup fatal ?

– Quand j'étais jeune, je ne pouvais pas comprendre pourquoi le Seigneur permet que les injustes soient aidés, disait alors Travniček, et Kalitine se mit à l'écouter, espérant s'oublier dans son bavardage.

Dehors, le soir tombait déjà. Donc, d'ici quatre ou cinq heures il pourrait partir pour sa maison. Kalitine espérait toujours qu'*ils* n'avaient pas eu le temps d'arriver. Mais dès qu'il imaginait le trajet qu'il aurait à faire, *ils* surgissaient tout de suite, se cachaient derrière les buissons, les arbres, le guettaient, l'attendaient au tournant du chemin. Gris, sans visages.

– Mon père était un nazi, continuait Travniček, et Kalitine acquiesça mollement. Pas un compagnon de route. Un vrai nazi. Il a été arrêté après la guerre, mais relâché très vite. Des amis l'ont aidé. Il a continué à militer jusqu'à sa mort. Quand je lui ai dit que je voulais être un homme d'Église, il a répondu : au moins, tu ne te marieras pas avec une Juive. D'ailleurs le recteur de cette église – Travniček fit un geste vers les voûtes – a aidé les criminels, lui aussi.

Kalitine s'attendait à ce que Travniček parle de la maison sur la colline. Il s'apprêtait à répondre qu'il ne savait rien.

Travniček soupira.

– Vous m'avez demandé ce qui était arrivé à mon visage, dit-il, et Kalitine comprit qu'il allait entendre un récit larmoyant, comme quoi Dieu n'avait pas guéri son fidèle serviteur alors qu'il favorisait les méchants. Sujet transparent, médiocre, et Kalitine fut soulagé.

« C'est une longue histoire, commença Travniček. Je ne raconterai que la fin, sinon la nuit n'y suffirait pas. Comme je l'ai dit, *ils* m'ont surveillé très longtemps – Kalitine frémit à la façon dont l'ecclésiastique prononçait le mot « ils ». Tout a commencé quand j'ai permis à des jeunes de se réunir dans l'église pour bavarder. C'est alors qu'*ils* ont ouvert un dossier sur moi. Ils ne se pressaient pas, ils essayaient différentes méthodes. Cela a duré des années et, en fait, je m'étais habitué à eux. Puis tout a changé.

Travniček fit une longue pause. Et, sans le vouloir, Kalitine se mit à écouter avec attention.

– Un paroissien avait commencé à enregistrer mes sermons sur son magnétophone, continua le prêtre. Il ne m'avait rien dit. Puis il les a donnés à recopier à des amis. Qui les ont passés à d'autres. Et tout à coup ces cassettes se sont multipliées, répandues toutes seules. Comme une épidémie. Comme un incendie. Elles étaient écoutées par les croyants et les non-croyants. Chez eux. Dans les groupes paroissiaux. Dans les clubs. La police en trouvait lors des perquisitions, les douaniers, dans des colis et des bagages. Des copies passaient le Mur. On commença à les diffuser à la radio, à l'Ouest. Jour après jour. C'était très bizarre d'entendre ma propre voix dans le transistor. Je ne comprenais rien. C'est vrai, je n'avais jamais été un bon orateur. Je disais mes sermons comme d'habitude. Mais apparemment les gens y trouvaient quelque chose que je n'entendais pas moi-même. La vraie Parole de Dieu.

Travniček passa machinalement son doigt sur ses lèvres.

– J'ai eu peur, dit-il fermement, à voix basse. À l'Ouest, on s'était mis à écrire sur moi dans les journaux. On disait que j'étais un martyr. Et même « un vrai saint ». Blasphème !

Kalitine s'aperçut tout à coup qu'il comprenait le prêtre. Lui aussi, aux assemblées du Parti, on l'appelait parfois « l'espoir de la science », on le bombardait membre d'un quelconque présidium honorifique. Et lui, il ne faisait qu'attendre que ces gens s'en aillent enfin pour qu'il puisse retourner à son laboratoire. L'étau de sa terreur s'était un peu desserré, comme si ce prêtre un peu toqué avait, par son récit, écarté les ombres errantes des tueurs.

– Évidemment, *ils* en ont fait toute une histoire. Ils ont décidé que c'était moi qui faisais les enregistrements. Ils m'ont convoqué pour un entretien, continua Travniček. J'ai essayé de leur expliquer que je n'y étais pour rien. Ils ne m'ont pas cru, bien sûr. Qui aurait pu me croire ? En fait, c'était un miracle. Un vrai miracle.

Chiffe molle, pensa Kalitine avec satisfaction. Une petite pression, et il se rend. Kalitine pensait que sa peur à lui était davantage justifiée, et ce sentiment lui était agréable.

– *Ils* venaient à l'église, dit Travniček. *Ils* essayaient de comprendre où je mettais les appareils. Quels étaient les paroissiens qui m'aidaient. Et *ils* ne trouvaient rien. Pourtant, de nouveaux enregistrements voyaient le jour. Encore et encore. Des gens se convertissaient. Se mettaient à pratiquer. Beaucoup de gens. Des centaines. Des milliers.

Kalitine perçut soudain que le récit du prêtre avait un double fond, qu'il menait là où il ne voulait pas aller – mais à présent les mots du prêtre avaient pris le pouvoir sur lui.

– Alors ils ont fait venir des experts, dit Travniček. Des scientifiques. Dans cette ville, il y avait un institut qui travaillait sur les équipements audio. Y compris sur les écoutes. Les chercheurs ont écouté les bandes. Ils ont proposé de placer des agents en civil dans la salle pour mon prochain sermon. On leur a donné des sifflets spéciaux, presque inaudibles pour une oreille humaine, mais que le magnétophone enregistrerait. Ils leur ont dit de siffler toutes les trente secondes. Ils se proposaient de confisquer la cassette. Ensuite, en comparant le moment et la force des sifflements qui auraient aussi été enregistrés, ils détermineraient où et dans les mains de qui était le magnétophone. Pendant ce temps, leur photographe prenait des clichés de la salle, depuis la tribune du chœur. Plus tard, j'ai vu ces photographies. La salle y était quadrillée au stylo-feutre, c'était comme un échiquier. Les agents étaient numérotés. Cela faisait comme un filet invisible.

Travniček parcourut du regard les voûtes de l'église. Kalitine pensa : c'est sans doute cela que le prêtre avait en tête quand il parlait de « la création au nom du mal ». Kalitine eut de nouveau envie de rire : quels mots grandiloquents, alors qu'il s'agissait d'une technique banale de surveillance acoustique, et pas la plus parfaite, d'ailleurs ! Par automatisme, il prit le récit comme une énigme scientifique à résoudre et se demanda si le problème posé avait une solution chimique : avec des repères radioactifs, par exemple, ou un spray de marquage. Ce travail intellectuel familier lui redonna des forces ; et il ressentit encore plus nettement que Travniček jouait avec lui à on ne sait quel jeu.

– Les savants étaient sûrs du succès, dit le prêtre. Mais voilà, les sifflets ne se sont pas enregistrés sur la bande. Pourtant on entendait très bien le sermon. Un effet de l'acoustique de l'église. C'est ce qui est écrit dans le rapport.

Il croit certainement que Dieu l'a aidé, pensa Kalitine. Il était satisfait de son robuste scepticisme ; mais il sentait qu'il cherchait à se défendre, à se tenir à l'écart, parce que ce qu'il percevait dans ce discours – c'était la foi. Un bref instant il eut l'impression que le prêtre et les assassins étaient un rêve absurde, une suite de songes maudits qui se fondaient les uns dans les autres.

– Alors ils ont changé de tactique, continua tristement Travniček. J'habitais à la cure. Un matin on a sonné à ma porte. Je croyais que c'étaient *eux*. Mais c'était le livreur de la pâtisserie. Il m'apportait douze gros gâteaux. J'ai pensé que c'était une plaisanterie. J'avais quelques amis qui pouvaient faire ce genre de farce. C'était mon adresse, mon nom, la commande était payée. J'ai donné les gâteaux à des familles pauvres. J'étais content qu'ils puissent avoir une petite fête. Mais ensuite… – Travniček se tut.

Kalitine attendait.

– Le lendemain on m'apporta des râteaux. Dix paquets. Alors j'ai soupçonné que quelque chose n'allait pas, j'ai demandé qu'on les reprenne, mais le livreur est parti – Travniček s'agita, tira des plis de sa soutane un vieux bloc-notes tout usé. Je l'ai toujours sur moi. Comme un rappel.

L'ecclésiastique feuilleta les pages, montra du doigt :

– Cages pour chiens. Nourriture pour poissons d'aquarium. Bicyclettes. Aspirateurs. Trois camions de charbon. Chaussures de sport. Teinture pour cheveux. Matelas. Haches. Bretelles. Boîtes de cirage. Magnétophones. Téléviseurs. Machines à laver. Cuvettes. Chapeaux. Cadres pour tableaux. Aiguilles. Clous. Tables. Parapluies. Plantes en pot. Divans. Tondeuses à gazon. Trayeuses. Maquettes de bateaux dans des bouteilles. Du foin. Des casseroles.

Kalitine sentit peser sur lui l'immense poids des objets énumérés.

Travniček continua.

– Personne ne voulait remporter la marchandise. Ma maison s'est transformée en entrepôt. Je ne pouvais rien distribuer – et si tout à coup on exigeait que je rende tout ça ? Des bruits commencèrent à courir : que j'avais perdu l'esprit. Que j'étais devenu brocanteur. Mais je disais mes sermons comme avant. C'était comme un chemin lumineux dans cette folie.

– Torture par l'abondance, dit soudain Kalitine – il n'en avait jamais entendu parler, mais il y croyait sans hésitation.

– Oui, répondit Travniček. Ensuite ils se sont mis à répondre en mon nom à des annonces. Si quelqu'un vendait quelque chose d'énorme, comme un canot à moteur ou un piano à queue. Les gens apportaient la marchandise. Faisaient des scandales. L'un d'entre eux m'a cassé la figure. Intellectuellement, je comprenais que cela venait d'*eux*. Mais cela me paraissait quand même inexplicable, surnaturel : qui suis-je, pour qu'on dépense pour moi tant de forces, tant d'argent ?

Kalitine se représenta le gros, le gauche ecclésiastique essayant de s'expliquer avec le vendeur du canot. Ce n'était pas drôle.

– Merci de m'écouter si aimablement, dit Travniček. Je pense qu'ils savaient ce qu'ils faisaient. N'importe qui finit par craquer, par penser que c'est la volonté de Dieu. La malédiction de Dieu. J'ai pensé à fuir. À tout abandonner, et fuir.

Kalitine frémit.

– Mais ils savaient cela aussi, dit Travniček. La fois d'après ils m'ont apporté des poules. Des cages avec des poules. Elles étaient là, sur le seuil, je ne pouvais pas les laisser mourir. Parmi ce qu'ils avaient envoyé avant, il y avait de la nourriture. Ensuite ils m'ont apporté des poissons d'aquarium. Des perroquets. Et des souris blanches, des souris de laboratoire.

Kalitine fut replongé dans le passé. Des souris blanches – combien étaient mortes là-bas, dans l'Île, des dizaines, des centaines de milliers, personne ne comptait, on brûlait les petits cadavres dans le four, et voilà tout.

Le récit sans artifice de Travniček l'avait plongé dans une étrange stupeur. Sa vision devenait multidimensionnelle, il pouvait à présent voir à la fois les ombres grises des tueurs dans le lointain, lui-même protégé par les murs de l'église, et les actions passées de l'Île.

– Les animaux mouraient quand même. Je ne pouvais pas m'occuper de tous, dit Travniček avec chagrin. Ils mouraient. On peut encore trouver à qui donner des poules, des perroquets ou des poissons. Mais des centaines de souris ? Alors, quand j'ai vu qu'au lieu d'animaux on m'amenait des mannequins, je me suis même réjoui. Pas besoin de les nourrir.

– Des mannequins ? répéta Kalitine en écho.

– Des mannequins, oui, confirma Travniček. En matière plastique. De ceux qu'on met dans les vitrines. Nus. Des mannequins de femmes.

Kalitine se rappela ce à quoi il ne pensait jamais, ce qu'il avait laissé là-bas, sur l'Île.

Les mannequins.

S'il avait pu, il se serait enfui. Mais là-bas, les ombres des tueurs l'attendaient. Et ici, ce rusé prêtre se moquait de lui. Les mannequins. Zakharievski l'avait dit un jour : officiellement les mannequins n'existent pas et n'ont jamais existé. N'existent pas et n'ont jamais existé, répétait Kalitine. N'existent pas et n'ont jamais existé.

– Elles étaient couchées en tas, dit Travniček. Roses. Il neigeait depuis le matin. Et elles avaient des yeux. Des yeux de plastique bleu, avec des cils.

Kalitine ne se souvenait pas des yeux. Et leurs corps n'étaient pas roses. Blancs, gris, bleus. Parfois la couleur revenait. Sur la table de la morgue.

– J'aurais dû deviner que c'était un avertissement, dit Travniček. Mais moi je les ai seulement portées à l'intérieur. Dix femmes nues en plastique dans la maison d'un ecclésiastique... J'avais peur qu'on me photographie avec elles, *ils* avaient loué un appartement en face, quelle photo ça aurait fait...

Des femmes. On ne leur donnait pas de femmes. Kalitine en demandait : les organismes sont différenciés selon le genre, expliquait-il, c'est une autre biochimie. On a besoin de faire des tests. Mais ceux d'en haut ne voulaient rien savoir. Leur décision biaisée rendait Kalitine enragé.

– Puis tout s'est arrêté, dit Travniček. Et c'était pire que tout. La torture par le vide. Je m'étais habitué à cette folie, je commençais même à y trouver une sorte d'appui. J'ai tenu bon onze jours. Le douzième j'ai demandé la mort, puisque Dieu ne voulait pas me défendre. J'ai craqué. J'ai arrêté de prononcer des sermons. « ... Car les flèches du Tout-Puissant m'ont percé, et mon âme en suce le venin ; les terreurs de Dieu se rangent en bataille contre moi », psalmodia le prêtre. C'est Job. Le chapitre 6.

Kalitine le regarda en face. Voir sa laideur lui procurait un plaisir vengeur.

– Voilà à quoi je ressemblais à l'époque.

Travniček tira une photo d'une pochette de son bloc-notes en cuir et la lui tendit.

Kalitine se figea, stupéfait. Il ne pouvait pas se représenter Travniček tel qu'il était avant, élégant, inspiré, mince, aristocratique, avec un grand front. Doux, détaché, et en même temps volontaire. Beau. Très beau. Tendu vers un but élevé qui n'était pas de ce monde.

Les femmes devaient tomber comme des mouches, pensa Kalitine, essayant de rabaisser, de banaliser l'image qu'il venait de voir.

– Alors j'ai commencé à boire, dit Travniček. À la maison, bien sûr. J'avais toujours une bouteille ouverte dans mon placard. La source des mots était tarie, alors j'ai bu à une autre. Je savais ce qui se passait autour de moi. Les enregistrements, les cassettes avaient disparu, les gens avaient cessé de les écouter, c'était comme un vent qui se serait calmé. La tempête était passée. Alors je buvais de plus en plus. « Leur vin, c'est le venin des serpents, c'est le poison cruel des aspics[1] », continua-t-il solennellement.

Kalitine leva une fois de plus les yeux. Il regarda le masque écailleux. Derrière lui, à présent, il distinguait un visage.

– Leur vin est le venin des serpents… dit pensivement Travniček. Je n'avais bu qu'une seule gorgée, alors. C'était le goût habituel, l'habituel pinot gris. Ensuite, ce fut la douleur. Dans tout le corps à la fois. Rien d'étonnant si l'idée de modifier des pesticides vient à l'esprit de ceux qui pensent que certaines gens sont des nuisibles et se soucient de la pureté de la race.

Travniček nomma le produit.

Un voile noir passa devant les yeux de Kalitine. Il avait devant lui un cadavre vivant. Ni lavage d'estomac ni transfusion de sang ne pouvait sauver celui qui avait ingéré ce produit. Il n'avait aucun antidote. Pour Kalitine, c'était aussi vrai que deux et deux font quatre.

Sa raison, son monde solide et rationnel s'étaient fissurés, et la faille s'ouvrait sur l'inconnu.

Le prêtre poursuivait comme s'il ne voyait pas ce qui arrivait à son interlocuteur :

– On m'a dit que j'étais une anomalie. J'aurais dû mourir. Et en fait, je suis mort. Mon « moi » d'avant est mort. Par la suite, j'ai fait des sermons. Des mots ordinaires. Il n'y avait aucun miracle en eux. En ce qui concerne mon visage… Les médecins ont dit que c'était une réaction hormonale. C'est sans doute physiologiquement exact. Mais c'est un sceau. Le sceau de Dieu.

Kalitine fit un pas en arrière.

Le visage de Travniček se brouilla devant ses yeux. Il prit toutes sortes d'aspects : humains, animaux, minéraux, végétaux,

1. Deutéronome 32,33.

reptiliens, comme un masque composite fait de plusieurs couches. Toutes les créatures tuées, empoisonnées par Kalitine ressuscitaient en lui. Les chevaux. Les chèvres. Les chiens. Les singes. Les rats. Les souris. Les hommes.

La dernière à émerger du tourbillon, des profondeurs, à jeter une lueur puis s'éteindre, fut l'image de Vera.

Kalitine eut l'impression que les âmes ressuscitées se précipitaient en lui pour y faire leur demeure : ils n'avaient d'autre asile que le corps de leur meurtrier. Son visage devenait un sceau de pierre, tandis que celui de Travniček s'illuminait de l'intérieur, s'humanisait. Kalitine se mit à se griffer la peau, à essayer d'arracher le masque du dragon.

Le prêtre l'entoura de ses bras. Lui caressa la tête.

Kalitine sentait que le prêtre ne mentait pas. Travniček était le miracle vivant qui biffait l'existence de Kalitine, qui rendait son Débutant absurde, insignifiant. Kalitine prétendait au pouvoir absolu sur la matière, et cet absolu était détruit. Il essaya de se persuader que le Débutant aurait tué le prêtre – et il eut l'intuition que l'irrationnalité du miracle était plus forte que ses raisonnements, ses plans, ses calculs.

Il était vaincu : une haine mortelle le submergea. Kalitine voulait tuer le prêtre ; il lui restait sous la main une seule arme. Et Kalitine se mit à chuchoter, à déballer au prêtre toute sa noirceur, toute sa méchanceté, à lui raconter, à instiller sa vie en lui comme un poison. Kalitine ne pouvait pas s'arrêter, il ouvrait, comme on décapsule des flacons ou des ampoules, toutes les caches de son passé, il criait sans entendre qu'il criait, il voulait que le prêtre miraculeux se noie dans sa révélation délétère, meure comme étaient morts les souris et les chiens, les singes et les hommes, Kazarnovski et Vera – qu'il meure de la mort des créatures. D'une mort sans miracle.

21

Ce n'est que là, sur cette route de montagne, que Cherchniov put apprécier la maestria de Grebeniouk. Minute après minute, le major regagnait obstinément le temps que leur avaient volé les policiers.

À gauche, la paroi. À droite, l'abîme, le défilement des barrières de sécurité. Les pavés lumineux jaunes dans les tunnels – la voiture filait sans obstacle, seuls les essuie-glaces se déclenchaient de temps en temps, balayant les moucherons du pare-brise ; les phares trouaient la pénombre, la musique dorée des discothèques de sa jeunesse jouait doucement – Modern Talking.

Cherchniov n'avait jamais aussi vivement ressenti qu'on pouvait échanger l'espace contre du temps et que l'échange était en leur faveur ; comme si Grebeniouk, en cet instant, payait généreusement en puisant dans la cagnotte de ses futurs succès.

Les flèches blanches de la signalisation disaient : en avant ! en avant ! La route montait de plus en plus vers le col, vers l'ancienne frontière.

Un tunnel. Rétrécissement sur deux voies. Grebeniouk ne ralentit pas ; un tournant, un autre. Un flamboiement rouge devant eux : tous les feux de stop s'étaient allumés. La voiture s'arrêta. On entendit ronfler les ventilateurs extracteurs d'air sous le plafond de béton. Ils étaient coincés à l'intérieur de la montagne.

D'autres voitures arrivaient par-derrière ; les conducteurs disciplinés coupèrent leur moteur. Grebeniouk mit la radio : de la friture sur toutes les fréquences.

Ils se regardèrent – regards lourds, soucieux. Cherchniov sortit, toqua à la vitre de la voiture devant eux. Trois types, sans doute des étudiants, fumaient – et pas du tabac : ça sentait l'herbe.

– Vous ne savez pas ce qui s'est passé ? demanda-t-il. On en a pour longtemps ?

Le conducteur rit, dit d'une voix joyeuse, un peu floue :

– C'est la montagne, vieux. Il se passe toujours des trucs par ici. Tu veux ? – et il lui tendit son joint entamé.

– Merci, répondit Cherchniov.

Il longea les files. Personne ne savait rien. Les portables ne fonctionnaient pas, les GPS n'étaient plus reliés. Cherchniov vit un téléphone sur le mur, une boîte rouge. Il décrocha le combiné, appuya sur le bouton : il y avait une tonalité. Des bips longs, mais pas de réponse.

Les gens restaient assis dans leurs voitures, calmes, résignés. Des moutons, pensa Cherchniov. Il se souvint d'un jour où son convoi s'était retrouvé, dans un ravin, en face d'un troupeau de quelques milliers de têtes. Le berger regardait avec une joie mauvaise les engins militaires noyés dans une mer de brebis, et les bêtes descendaient la pente sans porter la moindre attention aux coups d'avertisseurs, essuyant de leur laine les flancs des véhicules. Stupides, cédant au tourbillon de la vie. Comme ceux-ci. Ils ne laisseront passer personne, ni ne se rangeront sur le côté. Ils attendront.

Il revint à la voiture.

– Dommage, on n'a pas pris nos gyrophares, dit Grebeniouk.

La plaisanterie s'éteignit comme un pétard mouillé. La carrosserie crissait en se refroidissant. Ils n'avaient plus la force de penser, de comparer, d'émettre des propositions.

Cherchniov se sentait bien dans les espaces fermés. Claustrophobie inversée, comme disait le médecin. Il était descendu dans des caches étroites dans la forêt, dans des canaux d'irrigation souterrains servant de passages clandestins, il avait erré des jours entiers dans les tunnels humides d'une ancienne base de missiles où les rebelles avaient organisé une planque. Il n'avait peur ni de la roche, ni des endroits resserrés, ni du noir, ni du manque d'oxygène, ni de l'air vicié.

Mais ici, dans ce tunnel sec, éclairé, muni de puits d'évacuation, pour la première fois il se sentit mal sous terre. Une odeur d'essence, de gaz d'échappement envahissait ses narines, et la masse énorme de la montagne pesait sur lui comme une presse.

Pierre traîtresse, avec sa solidité trompeuse ! Combien de fois avait-il vu des blocs projetés sur la route, percutés par des voitures fumantes ; les taches rondes, fuligineuses laissées par des roues brûlées, dispersées par l'explosion ; des têtes humaines... Ou ce tunnel en 2008. Les montagnes là-bas étaient plus hautes. Un tunnel étroit, sans éclairage, saturé de la fumée noire des diesels dans laquelle luisaient faiblement les phares des chars d'assaut ; on aurait dit que la voûte du tunnel allait céder au rugissement des moteurs, à la terreur des pauvres carcasses humaines cuirassées que les poursuivants talonnaient dans la gorge de la montagne, si étroite qu'on n'aurait pas pu s'y croiser.

Et cet air, de l'autre côté ! Ni l'odeur de brûlé ni celle de la mort ne souillaient sa pureté, sa merveilleuse pureté ! Ils étaient passés, oui, ils étaient passés, se dit Cherchniov.

Des feux rouges clignotèrent devant eux. En tête du bouchon, les voitures commençaient à bouger lentement.

À l'extérieur il faisait déjà sombre. Les voitures s'arrêtèrent de nouveau. Cherchniov sortit, prit une goulée d'air glacé et humide qui avait l'odeur sauvage de la montagne. Sur les lointains contreforts brillaient des étoiles rouges en haut des éoliennes ; des lambeaux d'épais brouillard traînaient sur la route. La lumière des phares s'y dispersait en une espèce de luminescence étrange, d'outre-tombe.

Cherchniov secoua la tête. Il a fumé du shit, ou quoi ?

Les voitures repartirent. Après un tournant, derrière un rocher, il y avait l'ancienne frontière. Les postes de contrôle abandonnés. Les boutiques de duty free, vides. Un hélicoptère de la police était posé en travers de la route. Des agents de la circulation dirigeaient les voitures vers l'ex-parking de la douane.

C'est pour nous, pensa tout d'abord Cherchniov.

Mais il changea d'avis tout de suite : ils s'y seraient pris autrement. Ils n'auraient arrêté que leur voiture, auraient envoyé les forces spéciales. Là, c'étaient des officiers ordinaires, ils n'avaient même pas de gilets pare-balles.

Grebeniouk amena la voiture près d'un policier, ouvrit la vitre.

– Il y a un éboulement, là-bas, cria un agent surmené. À cause des pluies. La route sera ouverte demain matin. On y travaille. Attendez au parking. Si vous êtes à court d'essence, vous avez une station vingt kilomètres plus bas.

Il agita son bâton lumineux.

Les camionneurs s'installaient dans leurs cabines. Les passagers des voitures particulières inclinaient le dossier de leurs sièges. Grebeniouk se gara juste à la sortie du parking. Bien pensé, apprécia Cherchniov. Demain matin tout le troupeau se précipitera vers la sortie, il faudra être les premiers.

Alors seulement il s'aperçut qu'il était fatigué et affamé.

– Allons jeter un coup d'œil dans le secteur, dit-il.

– Ça ne serait pas mal de bouffer quelque chose, répondit Grebeniouk. Tout ça nous a donné faim.

Ils longèrent des boutiques dont l'intérieur était tapissé d'affiches publicitaires défraîchies. Des lèvres pulpeuses rouge sombre et un bâton doré de rouge à lèvres. Des palmiers tropicaux, une pin-up en bikini, une bouteille de whisky sur un bar. Des boucles d'oreilles en perles sur du velours noir. Un flacon de parfum pour hommes, bleu nuit, ressemblant à une voile : un article qu'on ne produisait plus depuis longtemps.

Cherchniov reporta son regard sur Grebeniouk, qui toucha légèrement sa poche intérieure : le flacon est là, je l'ai pris avec moi comme convenu, ne t'inquiète pas.

Des mâts pour drapeaux, vides, qui grinçaient dans le vent. Le vrombissement d'un transformateur. Puis un marchand de hot-dogs aux stores baissés, poussiéreux, un menu délavé par les pluies aux prix indiqués dans une monnaie qui n'existait plus. Un petit magasin d'alimentation. Des congélateurs à crèmes glacées renversés en tas. Un parapluie aux baleines cassées. Un chien sortit de l'ombre, maigre, pelé, les regardant d'un air suppliant et affectueux ; il remua sa queue coupée comme s'il leur demandait de le suivre.

Dans un coin éloigné du parking tremblotait une petite lumière. Aucun chauffeur ou automobiliste ne s'y dirigeait, comme s'ils avaient une bonne raison de ne pas le faire. Ou peut-être s'étaient-ils déjà habitués à passer devant à pleine vitesse, peut-être ne se rappelaient-ils plus les lieux. C'était un énorme panneau qui signalait un hôtel ; jadis il brillait de centaines d'ampoules électriques, maintenant seule une dernière était allumée sur le bord inférieur. Cherchniov et Grebeniouk se regardèrent et partirent dans l'obscurité. De là-bas parvenait une faible odeur d'habitation, de cuisine.

Derrière des arbres et une haie vive qui jadis était taillée mais était revenue à l'état sauvage, apparut une maison. Un hôtel à la frontière – beaucoup de bancs dans le jardin, qui auraient pu accueillir cent personnes. Maintenant l'endroit périclitait. Les bancs étaient jonchés de feuilles. Mais au rez-de-chaussée les fenêtres étaient éclairées.

Cherchniov ouvrit la porte.

Une machine à sous sonne et tressaute, des cœurs rouges et des pommes vertes clignotent. La grosse barmaid fume derrière le comptoir, envoyant des bouffées au plafond que le tabac a rendu jaunâtre, comme du papier paraffiné. Elle a les seins pendants, si énormes qu'on dirait qu'elle a nourri les bébés des géants des montagnes. En face d'elle, un vieux rocker boit une bière, il a de longues mèches grises, il est mince, sec, moulé de cuir noir ; ses bras et ses jambes sont anormalement raides, comme s'il était une marionnette et que son créateur avait oublié de faire les articulations. Quelqu'un, dans un coin, est caché derrière son journal, seul le haut de sa tête est visible.

Au-dessus du comptoir, un vieux téléviseur à l'image trouble. De petites silhouettes courent mollement sur le terrain, même de loin on voit que ce sont des équipes de second ordre, une deuxième division quelconque, futurs éliminés, des perdants, des tordus qui n'attendent déjà plus rien ni du jeu ni d'eux-mêmes.

Cherchniov grimaça de dégoût, voulut sortir. Mais il sentit que l'endroit était en accord avec la journée ; ici, dans cet hôtel oublié, il ne leur arriverait plus rien. Ici tout était arrivé une fois pour toutes, vingt ans plus tôt.

La barmaid sortit de derrière le comptoir. Elle avait des jambes maigres qui n'auraient jamais dû être en mesure de soutenir son corps pesant et envahi par la graisse. Cherchniov pensa qu'elle ne savait rien du glissement de terrain, de la route coupée, du parking plein à craquer, des centaines de gens tout près qui pourraient lui rapporter ce qu'elle gagnait en un an.

– Deux bières, dit Grebeniouk.

Elle passa derrière le comptoir.

Le robinet à bière émit brusquement un effrayant glouglou d'agonie. Il en coula une écume épaisse qui éclaboussa les verres et le comptoir. La barmaid se hâta de tourner le robinet, mais il râlait, crachait, puis, avec un petit sifflement, il se tut.

Le journal s'abaissa, découvrant un mot croisé géant, sur toute la page, entièrement rempli. L'homme, visiblement le fils de la barmaid et du vieux, un étrange hybride de peuples frontaliers, ventripotent, aux membres rachitiques, passa lentement près d'eux, ouvrit une trappe près du comptoir et inséra tant bien que mal son corps dans la cave ; on l'entendit s'agiter en bas, et il poussa dehors un fût cylindrique, froid, humide.

– Parade des monstres, dit tout bas Grebeniouk. On risque le coup de bouffer ici ?

Cherchniov regarda le menu, choisit des saucisses à l'air inoffensif et des pommes de terre sautées.

La barmaid apporta les bières. Cherchniov mit le doigt sur l'image des saucisses, mais elle secoua la tête et montra : on n'a que ça. Du steak.

Cherchniov fit oui de la tête.

La bière était glacée, amère juste ce qu'il fallait, très fraîche, comme si en bas, sous le plancher, elle jaillissait en une source montagnarde. Ils vidèrent la moitié de leur chope d'une traite, allumèrent une cigarette.

Boire de la bière l'estomac vide leur amollit l'esprit et tout alentour devint un peu trouble et familier : les longs rubans de papier tue-mouches chargés de cadavres des deux dernières années, le match lourdaud entre perdants, les trilles glapissants de l'appareil à sous. L'objectif était maintenant tout près, sur ce flanc de montagne, et Cherchniov se permit de ne plus y penser : qu'il dorme. La rencontre ne tardera pas.

La barmaid disparut derrière un rideau délavé et troué, remua bruyamment ses poêles. Le vieux les regarda d'un air interrogateur, se pencha par-dessus le comptoir et emplit encore deux verres.

– Je me souviens d'un endroit merdique comme ça, dit Grebeniouk en finissant sa bière. C'était un vieux restaurant à kebabs. Comme chez nous quand j'étais petit. On y a mangé des brochettes. Un mouton qu'on avait jeté dans la caisse du camion en chemin. Même le comptoir était entier avec ses verres et ses plateaux. Il y avait des fourchettes en alu, de celles qu'on ne peut pas piquer dans la viande, elles se tordent.

Cherchniov but. Lui aussi, il avait mangé avec ces fourchettes, à la cantine de la garnison où l'amenait son père.

– Le truc, c'était qu'il ne fallait surtout pas regarder par la fenêtre, dit Grebeniouk. Parce que autour, c'était la ville après le deuxième assaut. Des ruines. Bizarrement, seul le kebab était intact. Même l'enseigne n'avait pas été touchée.

Cherchniov hocha la tête. Il se rappelait cette ville, noircie, brûlée, marquée par les impacts de balles – mais avec les mêmes enseignes, magasins, abribus, autobus, réverbères qu'au pays. C'était cela le plus étrange : retrouver dans les ruines son environnement familier. Il se souvenait même du kebab – ils étaient passés devant plusieurs fois. On s'est donc croisés, pensa-t-il. On est du même bord.

Ils trinquèrent.

Gargouillements dans le ventre. Cherchniov chercha du regard la bonne porte, la trouva. Là, dans le petit couloir, était accroché un distributeur automatique de cigarettes et de préservatifs, vide depuis longtemps. Il y avait une odeur de cabinets et d'eau de javel, l'odeur de la solitude. À l'école militaire, le seul endroit où l'on pouvait être seul, c'était assis sur la lunette. Et encore, en dehors des cours. Il baissa son pantalon, s'assit, libéra avec satisfaction le contenu de ses boyaux en révolte. Même la chasse ici était ancienne, fixée au mur, avec une poignée de porcelaine au bout de la chaîne.

Cherchniov la tira. Pas d'eau.

– C'est ma merde, dit-il en regardant dans la cuvette.

Il comprit qu'il était ivre, soûl pour avoir bu une chope et demie, comme un gamin. Il ferma brutalement l'abattant, repartit – que les patrons se débrouillent. Il se rinça les mains, les essuya sur son pantalon. Il n'y avait pas de serviette.

Grebeniouk mangeait déjà. La viande était saignante. Du veau de première qualité. Cherchniov s'y connaissait en viandes. Le major avait déjà bouffé la moitié d'une grosse portion ; du coin de ses lèvres coulait un liquide rosé. Cherchniov coupa près du bord, prit le morceau, commença à mâcher – une viande fraîche, pas rassie, d'où vient-elle ? Il en coupa encore un bout, le mit dans sa bouche, et il eut l'impression que la viande mugissait, un mugissement effrayant et plaintif. Cherchniov lâcha sa fourchette, et Grebeniouk lui dit avec un petit rire :

– J'ai failli m'étouffer. Il y a une étable, derrière le mur. Ils ont du bétail.

Cherchniov regardait le sang qui sourdait de la viande. Les petites feuilles pointues de romarin. Il avait la nausée.

– Tu n'aimes pas quand c'est saignant ? demanda gentiment Grebeniouk. Tout le monde n'aime pas. Moi, oui. Demande à la patronne, elle te la fera cuire un peu plus. Mais c'est mauvais pour la viande, elle sera dure.

– Oui, je préfère « à point », mentit Cherchniov. Prenons encore une bière.

Ils trinquèrent une nouvelle fois.

Au moment de payer avec la carte de crédit d'Ivanov, Cherchniov s'aperçut qu'il avait oublié le code.

Il se souvenait de tout : des vieux mots de passe de ses boîtes mail, des codes pour entrer en contact avec l'ambassade, des numéros de téléphone, mais ces quatre chiffres s'échappaient, se tortillaient quand il essayait de les visualiser, le six se changeait en huit, le sept en deux, le trois en huit et inversement.

La vieille avait déjà apporté un antique terminal et attendait sans rien dire. Grebeniouk sortit sa carte, tapa rapidement son code, et Cherchniov comprit que le jour passé l'avait profondément perturbé, au point qu'il en avait oublié un nombre qu'il avait sûrement lié lui-même à une date ou un événement.

La vieille les conduisit à l'étage, ouvrit des chambres étonnamment propres et confortables. Des appliques, des armoires, des tapisseries au mur. Cherchniov eut celle où des chasseurs soufflent dans des cors, et à leurs pieds gît un cerf agonisant.

Cherchniov se déshabilla, mit le réveil à six heures. Il s'endormit en entendant Grebeniouk s'agiter dans son lit, et grincer les vieux ressorts éprouvés par des centaines de corps.

Il savait que le lendemain, tout irait bien.

22

Le Débutant...

Kalitine, « l'homme de la colline », était parti chercher le produit ; le prêtre n'avait pas pu le retenir. Mais ce mot continuait à flotter dans la pénombre de l'église.

Si familier. Si lointain.

Le Débutant...

Il rappelait à Travniček les premières années de sa prêtrise. Les premières confessions qu'il avait écoutées. Combien y en avait-il eu ensuite, des courtes et des longues, des bavardes et des extorquées à grand-peine, des sincères, et des mensongères du premier au dernier mot... Dans les villages forestiers, les bourgades minières, les villes industrielles, il avait lu le livre des péchés d'autrui, vu les mêmes taches de naissance du mal, la monotonie de ses différents visages. Il avait appris à discerner ses schémas rudimentaires, ses thèmes simplistes ; ses signes distinctifs aussi lisibles que les déformations professionnelles – les callosités sont différentes chez le mineur et le bûcheron, le tourneur ou le pêcheur. Il avait déchiffré la logique du calendrier : il y avait les péchés d'automne et de printemps, d'hiver et d'été ; les péchés de la pauvreté et de la richesse, du vice et de la vertu blessée ; du passé et de l'avenir ; les péchés de la force et de la faiblesse, du pouvoir et de la servitude, de l'espoir et du désespoir, de l'amour et du désamour.

Rares étaient les confessions dont il pouvait se souvenir à présent ; et c'est sans doute heureux, pensait Travniček. Sa mémoire était restée solide et ses célébrations n'avaient jamais tourné à la routine ; mais, en donnant l'absolution, il ne gardait pas en lui les péchés des autres. Ils disparaissaient, laissant derrière eux les coquilles des mots, vides et toutes pareilles.

Il n'avait retenu, presque par cœur, qu'une seule confession ; elle résonnait en lui comme le Verbe ineffable.

Franz. Un vieil homme, ancien soldat. C'était le patron d'une brasserie et le président d'une société de chasse ; tous les ans, à l'automne, les chasseurs se réunissaient dans son établissement, partaient en voiture vers des lacs éloignés, et ensuite ils exposaient oies et canards dans l'arrière-cour. Le lendemain, Franz venait à l'église ; il sentait la bière et la plume brûlée. Travniček était jeune alors, et chaque fois Franz essayait de lui lancer des piques, de lui reprocher son inexpérience ; il disait que le prêtre précédent, le père Haschke, le comprenait mieux, et puis il officiait plus posément, avec la dignité qui convenait à sa charge. Les péchés de Franz étaient simples et strictement dosés, comme les petits verres de schnaps des vieilles gens.

Franz l'appela avant de mourir. Le vieillard vivait dans sa brasserie, dans les pièces de derrière. Quand Travniček arriva, la salle était comme toujours pleine de clients bruyants, on entendait s'entrechoquer les boules de billard et sonner la caisse enregistreuse ; le prêtre fut choqué de ce mépris affiché du mystère de la mort. Franz était dans un lit étonnamment grand pour son corps desséché.

– La plage. C'était sur la plage, dit le vieillard, et Travniček – il avait encore beaucoup à apprendre, c'était un débutant – pensa qu'il allait entendre l'histoire d'une aventure ancienne, peu reluisante, près de la mer, d'une femme séduite, ou d'une fillette.

« C'était sur la plage, répéta Franz. Ils marchaient, marchaient droit sur moi. Qu'est-ce que je pouvais faire ? Le lieutenant Huber a donné l'ordre de tirer. Alors j'ai tiré. Un aide me passait les bandes de munitions, et je tirais. »

Franz parla du canon chauffé à blanc qu'il fallait absolument refroidir ; de l'épaisseur du béton armé de leur bunker, des communications qui s'interrompaient ; il parla de ce jour long, si long – et Travniček n'entendait et ne voyait plus devant lui que les centaines de soldats américains qui sautaient des péniches de débarquement, qui couraient sur le sable – et qui mouraient, qui mouraient, qui mouraient, il voyait de ses yeux la tautologie terrible et vide du mal, qui durait et ne durait pas, résumée à une seule pression sur la détente de la mitrailleuse.

– Notre bunker s'appelait « Franz », dit le vieillard. Je pensais que c'était bon signe.

L'ex-mitrailleur rendit son dernier soupir.

Tandis qu'il attendait le retour de Kalitine, Travniček pensait à cette confession. Il ne ressentait que de la fatigue, une fatigue immense. La confession de Kalitine et l'histoire de sa vie avaient choqué le prêtre – mais pas du tout comme le chimiste l'aurait souhaité.

Travniček voyait toujours la même tautologie, la réaction en chaîne du mal ; un tas de fruits pourris, infecté par un ver immonde. Il se rappelait tous les objets qu'on lui avait envoyés, de bons objets, utiles aux gens, comme coupés de leur destination par une volonté mauvaise, transformés – contrairement à leur nature – en instruments de torture ; l'*absurde* érigé en montagne.

Travniček savait que Kalitine reviendrait. Qu'il apporterait son gaz.

Soit. Il l'attendrait ici, dans l'église.

Le Débutant.

Comme c'était étrange… Dommage que Kalitine ne le sache pas.

Le Débutant.

C'était le nom de code du OV, *Operativer Vorgang*, le dossier qu'ils avaient monté contre lui. D'après le sobriquet que lui avaient donné les gens de la maison grise. D'autres recevaient des surnoms plus gratifiants, plus colorés : l'Inspirateur, le Missionnaire, le Fanatique, le Capitaine, l'Insolent, le Pèlerin, l'Apôtre, le Prélat, le Trésorier, l'Avare – on l'avait su plus tard, après l'ouverture des archives.

Et lui, quand ils avaient ouvert son dossier, avait été considéré comme un débutant. Un gamin. Un blanc-bec. Un nullard. Pour les informateurs, les officiers, il était le Débutant. Nom qui était écrit dans chaque rapport, dans chaque dénonciation des services de renseignement, comme s'ils voulaient lui coller cette étiquette, lui imposer ce sobriquet.

Au début, il n'avait pas voulu demander à consulter son dossier. Il pressentait qu'il en retirerait beaucoup d'amertume. Il était loin de penser comme ces prêtres qui s'étaient lancés dans la politique ; il n'avait pas l'impression que la rétribution était directement entre les mains des hommes. Mais ensuite il se rappela ce qui était évident : « Il n'y a rien de caché qui ne doive être découvert[1]. » Alors il se rendit aux archives ; à présent il voulait savoir, car il ne faut pas rejeter la vérité. Et tant pis si là-bas, dans les papiers de la maison grise, il n'y avait pas seulement la vérité mais aussi le mensonge, la trahison : le seul côté du tableau qui soit visible et profitable aux délateurs. Soit. Il saurait pour qui il devait prier, c'est tout.

Il put voir sa vie par *leurs* yeux. Une suite peu exaltante de jours ordinaires. Grâce à la sécheresse du style, ces journées volées, sorties de leur contexte et ajoutées au dossier, se ressemblaient toutes. Mais il sentit à quel point, même à travers la monotonie disciplinée des dénonciations, transparaissaient sa souffrance, son insubordination, ses efforts de résistance – tels qu'il ne les avait jamais vus avant. Soudain, dans les archives, il prit conscience qu'il avait mis vraiment beaucoup de temps à plier. C'était un miracle humain, et il l'avait accompli. Il s'était renié, mais il était resté longtemps debout dans la fournaise. Ce n'était pas pour lui un objet de fierté ou de justification.

Travniček ne regardait pas sa montre. Ce n'était pas une question de temps. Simplement, il devait être prêt.

Il y a longtemps, il avait entendu à la radio que le père Jerzy Popiełuszko avait été reconnu martyr de la foi. Le prêtre pensa alors à lui et à beaucoup d'autres qui avaient été tués : n'étaient-ils donc pas dignes de vivre jusqu'à la liberté ? Jusqu'à ce que leur prison soit détruite ? Eux, ses interlocuteurs invisibles, ses confesseurs lointains ? Pourquoi est-ce à travers lui que ce miracle – échapper à la mort – a été manifesté ? Lui, le pire, le moins digne ? « D'autres subirent les moqueries et le fouet, les chaînes et la prison ; ils furent lapidés, sciés, torturés, ils moururent tués par l'épée... » se disait-il alors. « Tous ceux-là, à la foi desquels il a été rendu témoignage, n'ont pas

1. Luc 12,2.

obtenu ce qui leur était promis, Dieu ayant en vue quelque chose de meilleur pour nous, afin qu'ils ne parvinssent pas sans nous à la perfection[1]. » Alors il comprit qu'il était vain de chercher dans leurs morts l'intervention directe du diable, de ratiociner sur ce que Dieu permet ; il y a des époques et des pays qui ressemblent à des champs de mines, et celui qui marche sait où il pose le pied.

À présent c'était en eux, en leur sacrifice involontaire qu'il voyait son phare, son appui.

Il regrettait amèrement d'avoir conseillé à Kalitine de faire une confession publique. Il s'en repentait, parce qu'il avait anticipé la voix de sa conscience. Il était allé trop vite. Il avait été brusque et insistant, il avait trop cherché à convaincre. Mais ensuite il se dit qu'il n'y avait pas de regrets à avoir : il ne savait pas, il ne pouvait pas savoir ce qui serait encore révélé à Kalitine pour éveiller sa conscience ; comment l'affaire se dénouerait là-bas, dans la solitude de la nuit, entre le fuyard et son Créateur.

Il ne pouvait qu'attendre.

1. Hébreux 11,36-40.

23

Kalitine coupa le moteur tout au début de l'allée de pommiers qui menait à sa maison. Il y avait là d'épais buissons de mûres ; de jeunes couples y cachaient parfois leur voiture.

C'étaient de nouveau ses montagnes. Les ombres n'étaient plus là. Il savait que Travniček ne lui avait pas menti, que des agents étaient venus et que les tueurs pouvaient être tout près. Mais *eux*, il ne les craignait plus, il ne peuplait plus la nuit de fantômes immatériels.

La peur, il ne l'éprouvait plus qu'envers le prêtre.

Kalitine sentait qu'il ne l'avait pas blessé, qu'il ne l'avait même pas frôlé. Il avait mis toute sa vie dans ce coup unique – et ce coup s'était perdu dans le vide, comme s'il n'avait pas existé. Il ne s'était rien passé. Et sa force, sa force intérieure, ce qui s'était accumulé, durci, tout ce qui pressait, brûlait, poussait en avant – tout cela avait disparu pour toujours. Il ne restait que l'inertie. Des intentions insignifiantes qui couraient sur leur erre.

Il se souvint brusquement d'une comptine, celle qu'ils chuchotaient, tout excités, chez oncle Igor, avant de jouer à cache-cache :

Ding dong, ding dong, ran plan,
T'es le dernier, fiche le camp,

Plan, plan, rataplan,
J'ai rêvé d'un éléphant
Qui piétine tout le champ,
Et toi, va-t'en !

« Et toi, va-t'en », répéta Kalitine. « Va-t'en. »

Même la mort de Vera n'avait pas horrifié le prêtre, ne l'avait pas repoussé. Il avait répondu, et sa réponse avait brûlé Kalitine au fer rouge.

– Vous avez entendu parler de Clara Immerwahr ? demanda Travniček, comme s'il tenait sa réponse toute prête.

– Non, dit Kalitine avec indifférence.

– Et de Fritz Haber ? demanda calmement Travniček.

– Oui, répondit Kalitine, méfiant.

Il se souvenait du nom pour l'avoir lu dans un manuel spécial, au dos cousu d'un fil solide pour qu'on ne puisse pas arracher discrètement une page. Après les cours, le manuel était remis dans le coffre de la section spéciale. Haber. Père des engrais azotés – et des armes chimiques ; grand-père du Zyklon B mis au point dans son laboratoire.

– Clara était sa femme. Une chimiste, elle aussi, dit Travniček. Elle a tenté de le dissuader. Mais quand elle a su qu'il partait pour le front diriger une attaque aux gaz, elle s'est tiré une balle dans le cœur. Avec son pistolet à lui. Pas une seule Église n'approuve le suicide. Mais je ne suis pas un prêtre conventionnel. Parfois, il faut seulement refuser de participer.

Après une pause, Travniček poursuivit :

– Je pense au savant qui a inventé la substance avec laquelle on m'a empoisonné. Et à ce que vous m'avez raconté. Il ne s'agit pas seulement d'éthique, du commandement : tu ne tueras pas. Vous pensez qu'en violant l'interdiction de faire des expériences sur les êtres humains, vous écourtez le chemin vers la connaissance. Vous prenez un raccourci. Mais alors, en fait, le moyen commence à déterminer la fin. Et le résultat obtenu, c'est une création privée de la grâce. Privée d'une de ses composantes : le bien. Une création diabolique, si je peux dire.

« J'ai rêvé d'un éléphant, et toi, va-t'en », murmura Kalitine. « Plan, plan, rataplan. Il piétine tout le champ. »

Il mit le moteur en marche. Sans se cacher, il s'approcha de la maison. Il n'y avait personne dans l'obscurité derrière les arbres, il le sentait. Une heure plus tôt, une heure plus tard, peut-être, mais maintenant, non.

Seule la lune déroulait un tapis sur l'herbe couverte de rosée.

Kalitine descendit à la cave, ouvrit le coffre, en tira la boîte d'acier où dormait le Débutant. Il l'ouvrit pour la première fois depuis des années. Un flacon bleu qui ressemblait à une voile agitée par le vent.

Kalitine referma la boîte avec précaution et la mit dans un attaché-case spécial, avec un compartiment équipé de stabilisateurs ; il le ferma, fit tourner les roulettes des serrures à combinaison.

Il prit lentement la poignée, posa l'attaché-case en position verticale ; il sentait le Débutant bouger, se retourner dans son sommeil à l'intérieur du flacon.

Il dévissa le capot de son ordinateur, retira le disque dur. Tout était réglé.

Kalitine posa l'attaché-case sur le siège arrière, le fixa avec la ceinture de sécurité.

Sa maison. Il se retourna. Dans son bureau, le lustre était allumé. Très bien. Ceux qui viendront penseront qu'il est là.

Et soudain Kalitine se souvint qu'il avait, exactement de la même façon, laissé la lumière allumée dans la chambre d'hôtel quand il était parti dans la nuit – quand il s'était enfui. Et la lumière ressemblait à celle-ci, jaune orangé. Lointaine, oubliée. Comme celle qui brillait sous l'abat-jour de la lampe, sur le bureau de son père. Il savait que c'était juste une coïncidence, mais il ne s'était encore jamais avisé qu'une proximité naturelle de tons et de nuances puisse avoir une telle force, une telle signification intérieure.

Un désir insupportable l'envahit : briser cette chaîne de fuites sans issue. Retourner à l'endroit où il était encore le jeune garçon qui s'était arrêté à la porte de la Troisième entrée.

Le petit sapin désodorisant se balançait devant le pare-brise : ding dong, ding dong.

Il eut l'impression de ne pas savoir où aller ; il avait oublié les tournants à prendre, les indications, et même la région. Et pourtant il démarra : il ne pouvait pas rester, attendre, croire à un salut possible.

J'ai rêvé d'un éléphant. Curé, va-t'en.

Il passa en deuxième. Le chemin était cahoteux. Ça ne fait rien, il allait conduire lentement. Il n'y a pas loin jusqu'à l'asphalte.

Kalitine se représenta Travniček mort, laid, dans sa soutane, tombé à la renverse devant l'autel ; il baissa la vitre pour respirer l'odeur amère de la nuit. Il s'en sortirait. Il partirait dans un pays lointain. Mais d'abord, il réduirait le témoin au silence.

Il lui sembla que sa chance était là, il la sentait – la chance folle et maligne de ce lieu. C'était la route des fuyards.

Une roue avant heurta une pierre. Il y eut une secousse, un amortisseur claqua.

Kalitine s'endormit sans savoir qu'il était mort, que les hirondelles, les vrillettes, les vers, les cloportes, les taupes étaient morts. La voiture roula sur la pente, éclairée par la lune, jusqu'à un fossé où elle cala. Et le Débutant se volatilisa, partit dans l'infini, se perdit parmi les atomes et les molécules.

Quand la police arriva, appelée par les vigilants habitants du village – ils avaient remarqué dans le champ le faisceau immobile des phares –, la plus infime odeur avait disparu.

L'officier alla sonner chez Travniček. Un villageois avait vu la veille l'habitant solitaire de la colline en compagnie du prêtre.

Il faisait encore sombre, pas la moindre lueur de l'aube.

Travniček était complètement épuisé. Il attendait le retour de Kalitine.

Mais quand il comprit ce qui s'était passé, il pensa aux hommes qui cherchaient Kalitine. À ces hommes au cœur de fer. Bizarrement, il était sûr qu'ils n'étaient pas encore arrivés. Mais la police ne savait même pas qu'ils étaient en route. Travniček devait décider de leur sort.

Il fut pris de doute. Mais il se souvint que Kalitine parlait des ombres qui l'avaient persécuté pendant toute sa vie. Alors il dit simplement à l'officier :

– Je dois vous communiquer encore quelque chose…

Cherchniov ne dormait déjà plus quand le réveil sonna. De derrière la cloison lui parvenaient des bruits caractéristiques : apparemment, Grebeniouk vomissait. Cherchniov se figea. Il pensa à l'étanchéité du flacon. À ce qui était à l'intérieur.

Serait-ce le Débutant qui ?… Non. Il ne donne pas des nausées. En un clin d'œil, c'est fini.

Il alla dans la chambre d'à côté. Grebeniouk, penché sur la cuvette des toilettes, vomissait. Il était blanc comme un linge.

– C'est cette foutue viande, grinça le major. Manque d'habitude. Tu as eu de la veine. J'ai les boyaux en capilotade. Je ne vais pas pouvoir conduire.

Cherchniov s'habilla. Il mit le flacon dans sa poche intérieure.

– Attends-moi ici, dit-il. Je passerai te prendre au retour.

Grebeniouk se remit à vomir.

– Mais n'appelle surtout pas les urgences, dit Cherchniov.

L'événement ne lui paraissait pas étrange. Au contraire, il sentait que c'était bien ainsi. Tout seul, ce serait plus facile. La pensée fugitive que Grebeniouk s'était empoisonné exprès ou qu'il simulait lui passa par la tête. Non, le major a juste joué de malchance. Ce qui devait arriver, un emmerdement de plus, était arrivé.

Les gens sur le parking dormaient encore. L'hélicoptère était parti. Sur le lieu de l'éboulement les bulldozers s'activaient, déplaçaient des blocs de terre. Une voie délimitée par de petits drapeaux était déjà libre. Un ouvrier lui fit signe de la main : tu peux y aller, et Cherchniov mit les gaz, heureux de sentir le moteur répondre.

Il descendit par la route en lacets, tourna et prit une route secondaire. Les vallées étaient encore brumeuses, bien que le soleil fût déjà au-dessus des crêtes. C'était l'heure où le bétail se réveille avant les paysans, et Cherchniov sentit qu'il avait de nouveau du temps devant lui ; il conduisait plus vite que Grebeniouk, la veille.

Voici la petite ville. Le premier tramway est à l'arrêt, au terminus. Le conducteur fume, boit du café tiré de son thermos. Les arbres sont ceux d'hier. Et les maisons. Et les ordures dans la poubelle, même le réverbère date d'hier : personne ne les a encore vus aujourd'hui, personne n'est éveillé sauf lui, Cherchniov, et ce conducteur. Le composteur du tram, bourdonnant de tous ses petits rouages, s'est déjà mis à la date du jour, mais il n'a encore validé aucun ticket.

Un tournant à droite. L'église sur la colline. Il arrivera à temps, c'est comme si le long jour précédent durait encore.

Vision fugitive d'une silhouette noire. Sans doute le prêtre, qui est sorti. C'est quelle religion, ici, à quelle heure ils commencent leurs offices ? Catholiques ? Protestants ? Ça lui est égal. Un autre aurait pensé que rencontrer un prêtre sur son chemin, c'est mauvais signe. Mais Cherchniov se borna à accélérer légèrement. Aujourd'hui, il n'y aurait pas de mauvais signes. Même si ce prêtre se souvient de sa voiture et en parle ensuite à la police, ce sera trop tard.

Le tournant, l'allée de pommiers, une brèche fraîche dans les buissons – sans doute faite par un camion en marche arrière. La vallée étroite. Tout est comme dans le rapport des agents. L'objectif doit dormir, c'est sûr. Tout le monde dort.

Un seul ne se réveillera pas.

Quand l'hélicoptère apparut au-dessus de la forêt et que des voix métalliques lui parlèrent, il eut le temps de regarder en arrière : un fourgon de police, blindé, lui coupait la retraite.

Il fit franchir le fossé à la voiture, la lança dans la pente qui montait sur la colline. Le léger sentiment de succès le portait encore, lui faisait survoler les pierres et les mottes de terre. La voiture buta sur la pente raide et cala.

Il courut vers les arbres. Au-dessus de lui vrombissait l'hélicoptère, des voix métalliques lui ordonnaient de s'arrêter. Une rafale cingla l'herbe, mais il réussit à plonger dans la forêt. L'aboiement des chiens résonnait sur les pentes, il entendait les ordres, les coups de feu. La forêt le faisait courir en rond, lui mettait sous les pieds une racine ou un trou, le fouettait de ses branches.

Au bas d'un talus il trouva une niche dans le sable, un terrier, et se pelotonna dedans, hébété par la course.

D'en haut tomba une grenade lacrymogène, elle chuinta en dégageant une fumée blanchâtre et acide. Il pouvait encore activer le flacon, libérer le Débutant ; il tâtonna pour le trouver, pour au moins le toucher, sentir qu'il avait une arme.

Sa poche était vide. Le flacon était tombé quelque part en chemin.

Pleurant à cause du gaz lacrymogène, il sortit en rampant, tout couvert de feuilles, comme un homme des bois.

Déployés en demi-cercle, des assaillants en combinaison noire anti-gaz le tenaient en joue.

Cherchniov leva lentement les bras.

D'autres membres du groupe d'intervention, de plus en plus nombreux, sortaient en courant de derrière les arbres.

Les gueules des fusils étaient braquées sur son visage. C'était le seul visage nu parmi des dizaines de masques noirs.

Dès ce soir, il serait dans tous les journaux. À la télévision. Sur Internet.

Dans le smartphone du garçon du container.

Dans le smartphone de Maxime.

Et si… et si c'était à cause de lui, Cherchniov, qu'ils avaient eu toute cette déveine ? Si c'était pour que Maxime… sache ?

Non. Non. Ce n'est pas possible.

Cherchniov sentait couler sur ses joues des larmes qui ne lui apportaient aucun soulagement, uniquement dues au gaz corrosif.

COMPOSITION ET MISE EN PAGES
NORD COMPO À VILLENEUVE-D'ASCQ

CET OUVRAGE A ÉTÉ ACHEVÉ D'IMPRIMER
SUR ROTO-PAGE
PAR L'IMPRIMERIE FLOCH À MAYENNE
EN MAI 2022

N° d'impression : 100484
Dépôt légal : août 2022
Imprimé en France